U0004659

島嶼上的安

清秀佳人 vol 3.

ANNE *of* the ISLAND

L. M. MONTGOMERY
露西·蒙哥瑪麗
賴怡毓——譯

目錄

CONTENTS

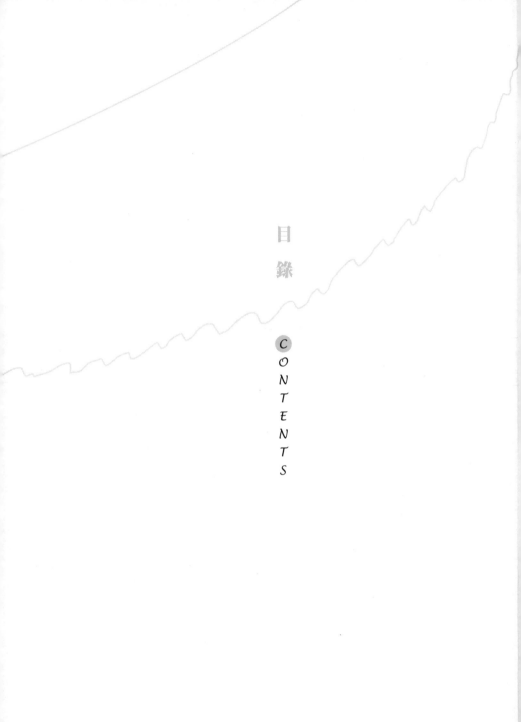

CONTENTS

第1章 改變的徵兆……9
第2章 秋天的榮耀……19
第3章 離別時分……27
第4章 四月的淑女……34
第5章 故鄉的來信……47
第6章 公園郊遊……55
第7章 返鄉……63
第8章 初次求婚……72
第9章 討厭的求親者與老友的來信……77
第10章 芭蒂之家……85
第11章 生命的循環……94
第12章 艾薇兒的贖罪……104
第13章 悖逆者的道路……113
第14章 天堂的召喚……125

第15章 破碎的美夢……134
第16章 同居新生活……140
第17章 德比的來信……152
第18章 喬瑟芬姑媽的遺言……156
第19章 插曲……162
第20章 吉伯的求婚……167
第21章 昨日的玫瑰……173
第22章 春天返鄉……177
第23章 尋不著故友的保羅……182
第24章 牧師喬納斯……187
第25章 安的白馬王子……193
第26章 克莉絲汀登場……200
第27章 相互信任……204
第28章 六月的黃昏……210

CONTENTS

第29章 黛安娜的婚禮……215
第30章 史金娜夫人的愛情故事……219
第31章 安給菲兒的信……223
第32章 與道格拉斯夫人的茶敘……226
第33章 二十年的歲月……231
第34章 道格拉斯的坦白……235
第35章 在雷蒙的最後一年……241
第36章 加德納夫人的到訪……248
第37章 畢業典禮……254
第38章 虛幻的美好……260
第39章 婚禮的籌備……266
第40章 啓示錄……274
第41章 眞情時刻……279

第1章 改變的徵兆

「收割完成，夏天也結束了[1]。」安・雪莉凝視著收成後的田園，彷彿在做夢般地說。安和黛安娜・貝瑞在綠色屋頂之家的果園摘完蘋果後，來到陽光照拂的角落歇息。蒲公英種子乘著風翼輕盈飄過，從幽靈森林中帶來蕨類的清香，美妙的夏日氣息似乎仍未走遠。

儘管如此，周遭所有景色都訴說著秋天的降臨。遠方的海洋悶聲咆哮；田野一片光禿乾燥，徒留下金黃的枝條；綠色屋頂之家下方的小河邊開滿了淺紫色的紫苑花；「耀眼之湖」則呈現出一片藍色，那既非春天裡瞬息萬變的藍，也不是夏季清新淡雅的藍，而是清澈、堅定且沉靜的藍，彷彿歷經過大風大浪之後，再沒有善變的夢可以掀起一絲波瀾。

「這真是個美好的夏天。」黛安娜扭動左手上的戒指，微笑著說。「拉文達小姐的婚禮可說是圓滿了這個季節。這個時間，艾文夫婦應該已經抵達太平洋海岸了吧。」

「我總感覺他們已經離開了好久，久到可以環遊世界一圈了。」安嘆息。

「真不敢相信，婚禮只是上週的事情。這裡一切都變了，拉文達小姐和亞倫夫婦都走了，牧

1出自《舊約・耶利米書》8:20。

師住宅的百葉窗全部緊閉，看起來多孤寂呀！昨晚我經過那裡，感覺像裡面的人都死去了一樣。」

「我們再也遇不到像亞倫先生那樣好的牧師了。」黛安娜很沮喪。「今年冬天會有各種代理人過來，有半數星期天都聽不到精彩的布道了。你和吉伯也要走了……我肯定會無聊透頂的。」

「佛雷德會陪著你啊。」安調皮地調侃她。

「林德夫人什麼時候要搬過去？」黛安娜裝作沒聽見安的話。

「明天。我很高興她要搬過來……但這又會是另一場改變。昨天，我和瑪麗拉把客房徹底清乾淨了。你知道嗎？其實我很不想要這麼做，當然啦，我這樣想很愚蠢，可是……我真心覺得自己在褻瀆神壇。對我來說，那個老舊的房間一直都是很神聖的地方。小時候，我認爲那是世上最完美的房間了。你還記得我有多渴望住在客房吧——但絕不是綠色屋頂之家的客房啊。天啊，不行，絕對不行！那簡直糟糕透頂，我肯定敬畏得睡都睡不著。瑪麗拉讓我進去拿東西時，我都不敢大搖大擺地走進去，事實上，我可是踮起腳尖、屏住呼吸，像要走進教堂一樣，出來後才能鬆一口氣。喬治．懷特腓[2]和威靈頓公爵[3]的畫像就掛在鏡子的兩側，每次我踏進去，他們都皺著眉頭，一臉嚴肅地盯著我，特別是我鼓起勇氣偷瞄鏡子的時候，可偏偏那又是唯一能照出我眞實模樣的鏡子。我都不懂瑪麗拉怎麼敢去打掃那間房。可是，現在房間不僅一塵不染，還空蕩蕩的，喬治．懷特腓和威靈頓公爵已經被放逐到樓上走廊，可說是『改朝換代』了呀。」安笑了出來，笑容裡卻帶著一絲遺憾。心中的神聖之地遭到褻瀆，任誰都高興不起來，即便我們長大了、不再懷有兒時的信仰，那種心情也不會改變。

「你走了我肯定會很寂寞。」黛安娜已經哀嘆了上百次。「眞不敢相信你下週就要離開了！」

「現在我們還在一起啊，我們可不能讓未來的事阻礙這幾天的快樂。」安笑著說。「我也不想一個人離開，家和我是如此親密的朋友，該感到孤單的人是我才對吧！你有一大群老朋友陪你留在這裡，還有佛雷德呢！而我卻要面對陌生的環境，一個人都不認識！」

「你有吉伯陪你啊，還有查理．史隆呢。」黛安娜模仿安的語氣揶揄道。

「當然啊，查理．史隆肯定會好好安慰我的。」安調侃自己，使得兩人都忍不住笑了出來。黛安娜十分清楚安對查理．史隆的看法，然而，儘管聊過各式各樣的小秘密，她還是摸不透安對吉伯．布萊斯的感覺。這也難怪，就連安自己都不明白自己的心。

「據我所知，男生會住在金斯泊的另一頭。」安說。「我很高興能上雷蒙大學，也肯定很快就會喜歡上那裡。不過，我知道一開始的幾個星期，我會很不適應，那邊跟皇后學院不同，沒辦法每個週末都回家。而聖誕假期彷彿一千年後那般遙遠。」

2喬治．懷特腓（George Whitefield, 1714-1770），基督教大覺醒運動中的重要人物之一，與約翰．衛斯理（John Wesley, 1703-1791）同爲循道宗的創始人。

3此指第一代威靈頓公爵阿瑟．韋爾斯利（Arthur Wellesley, 1st Duke of Wellington, 1769-1852），英國軍事家、政治家、貴族，爲歷代威靈頓公爵之始祖。

「所有事情都在改變，不然就是正要改變。」黛安娜傷心地說。「安，我總覺得一切都不會再像從前一樣了。」

「可能我們已經來到人生的十字路口了吧，所以必須做出抉擇。」安若有所思地說。「黛安娜，你說……長大這件事，眞的有像小時候想像的那麼美好嗎？」

「我不知道。有些事情是很美好，」黛安娜一邊回答，一邊微笑撫摸手上的戒指。每當安看見這個畫面，內心就會突然生出被拋棄的感受，那是個她一無所知的世界。「只是，也有許多令人感到迷惘的事。有時候我會害怕長大，甚至願意付出一切代價，只求重新回到小時候。」

「我們遲早會習慣當一個大人吧。」安爽朗地說。「生活中的驚喜會逐漸變少，雖說人生還是要有意想不到的插曲才有趣。黛安娜，我們已經十八歲，再兩年就二十了。十歲時，我覺得二十歲就是成熟穩重的年紀了，很快你就會變成一名端莊的婦人，而我會成爲單身的安阿姨，休假時前去拜訪你。親愛的黛安娜，你永遠都會爲我保留一個位子吧？你不用替我準備客房，老阿姨是不能奢求客房的，我會跟烏利亞．希普[4]一樣『卑微』，只要有個靠近門廊或遠離客廳的小房間就很滿足了。」

「你在說什麼傻話啊，安。」黛安娜大笑。「你肯定會嫁給一個傑出、帥氣又富有的男子，到時候艾凡里再華麗的客房都配不上你了，而你就會對兒時的老友嗤之以鼻啦。」

「那眞是太可惜了，我的鼻子長得不錯，我怕隨意使用會把它糟蹋了。」安拍拍她優美的鼻子。

「我最好看的也只有鼻子了，所以我向你保證，就算是嫁給食人族的族長，我也不會用鼻子藐視你的，黛安娜。」

兩人又樂得放聲大笑。隨後，黛安娜回到「果樹嶺」，安則來到郵局，正巧有封信件在等著她。吉伯．布萊斯在「耀眼之湖」的橋上追上安時，她正興奮地閱讀那一封信。

「普莉希拉．格蘭特也要去雷蒙大學了！」安興奮大喊。「眞是太好了！本來她以爲她父親不會同意，沒想到竟然答應了，這樣我們就可以一起住了。有普莉希拉和我作伴，我就有面對千軍萬馬的力量了，屆時就算雷蒙大學的所有教授都與我爲敵，我也不怕。」

「我們肯定會喜歡金斯泊，」吉伯說。「聽說那是一座美麗的古城，有世界上最美麗的自然公園，據說裡面的景緻十分壯觀。」

「難道會比這裡更美嗎？」安低語。她以深情又迷戀的目光環顧四周，眼神彷彿在訴說，儘管星空下有其他更美麗的地方，但家鄉永遠都是世界上最美好的所在。

兩人倚靠在舊湖畔的木橋上，沉醉於如夢似幻的薄暮中。這裡正巧是安扮演伊蓮公主卻遭遇沉船時，爬上來的地方。美麗的夕陽染紅西邊的天空，月亮也逐漸升起；月光下，湖水彷彿迷人

4烏利亞．希普（Uriah Heep），查爾斯．狄更斯《塊肉餘生記》（*David Copperfield*）中的反派人物，爲一典型僞君子，經常假裝謙虛又愛諂媚，稱自己卑賤的同時，卻在背地裡從事邪惡勾當。

的銀色幻境，回憶在兩個年輕人的心中編織出甜美而微妙的咒語。

「安，你怎麼都不說話了？」吉伯忍不住開口。

「我怕一旦開口或是做出動作，會讓這片美好消失不見。」安小聲地說。

突然間，吉伯將手覆在安放在欄杆的手上。他淡褐色的眼瞳變得深邃，仍孩子氣的嘴張口想要訴說那令他靈魂顫抖的想望。然而，安卻抽回她的手，著急地背過身，對她而言，薄暮的魔法已經被打破了。

「我得趕緊回家了，」她不自在地說。「瑪麗拉下午有些犯頭痛，而且雙胞胎這時候肯定又會闖禍，我實在不該在外面逗留這麼久。」

兩人走到綠色屋頂之家前的小徑，這一路上，安喋喋不休說著些前後不連貫的話，可憐的吉伯連插嘴的機會都沒有。直到兩人分頭後，安才眞正鬆一口氣。自從在「回聲莊」的庭院裡，吉伯對安表明心意後，安的心裡便悄悄泛起從未有過的異樣感受。曾經美好又純粹的同學情誼，逐漸遭到侵蝕殆盡。

「這是我第一次慶幸吉伯離開。」安獨自沿著小徑走回家，心中又氣惱又憂愁。「如果他一直這樣胡搞下去，我們的友誼遲早會被破壞掉。這可不行，我不會讓這件事發生的。天啊，爲什麼男生就不能明理一點呢？」

即便如此，安仍然能夠淸楚感受到吉伯掌心的溫度，雖然只是碰觸了短短幾秒鐘而已，她不禁懷疑，自己是否也不夠「明理」。而且更奇怪的是，那種感覺一點也不讓人討厭。三天前的夜晚，安參加白沙鎮的派對，與查理．史隆坐在一旁看著別人跳舞時，查理也做了類似的舉動，感受卻與今日截然不同。一想到這件事，安不由得打了個寒顫。不過，當安踏進綠色屋頂之家的廚房後，所有煩惱就被全部拋在腦後了。眼前，八歲大的德比正在沙發上嚎啕大哭。

「德比，發生什麼事了？」安將他攬進懷裡。「瑪麗拉和朵拉呢？」

「瑪麗拉在哄朵拉睡覺。」德比一邊啜泣一邊回答。「我哭是因爲朵拉從地下室的樓梯摔下去了，而且頭朝下，把鼻子都擦破了，還有啊……」

「噢，原來是這樣啊，親愛的，不要哭了。我知道你同情朵拉，可是掉眼淚是沒有辦法幫助她的。明天朵拉就會好起來了。小德比，哭泣無助於事，而且……」

「我不是因爲朵拉摔跤才哭的，」德比打斷安善意的大道理，內心的痛苦不斷擴大。「我是因爲沒看見她摔下去的模樣，我怎麼總是錯過這麼好玩的場面啊？」

「天啊，德比！」安強忍住大笑的衝動。「可憐的小朵拉摔下樓梯受傷了，你竟然說這樣很好玩？」

「她只有受一點點傷啊，」德比理直氣壯地說。「如果朵拉死掉的話，我當然會很傷心，可是我們姓凱西的不會那麼輕易就死掉。我猜我們就跟布列維一樣。上個星期三啊，哈普．布列維從乾草堆摔下來，正好從輸送蕪菁的滑槽滾進馬棚，就這麼跌在一隻兇巴巴的馬兒腳邊，可是他還是活得好好的，只斷了三根骨頭而已。林德夫人說，有些人就算你拿斧頭砍也砍不死。安，林德夫人是明天搬來嗎？」

「是啊，德比。我希望你今後都要當個好孩子，好好尊敬她。」

「我會很乖的。安，林德夫人會哄我上床睡覺嗎？」

「肯定會的。爲什麼這麼問？」

「要是這樣，我不會在她面前禱告。安，我只會在你面前禱告。」德比堅定地說。

「爲什麼？」

「因爲我覺得在陌生人面前跟神說話不好，朵拉要禱告就讓她去好了，可是我不要。我會等林德夫人走了之後再禱告。安，這樣可以嗎？」

「可以的，小德比，不要忘記禱告就好。」

「噢，我絕對不會忘記的。我覺得禱告很有趣，可是自己禱告就沒有在你面前禱告那麼好玩了。安，我好希望你留在家哦。我不知道你爲什麼要走掉，丟下我們。」

「我也不想走，德比，但我覺得我應該要去。」

「如果不想就別去了嘛。你是大人了。安，等我長大以後，我絕對不做自己不想做的事。」

「德比，等你長大就會發現，這一輩子，你得做很多你根本不願意做的事。」

「才不是呢！」德比斷然地說。「我偏不要！我現在要做我不想做的事了，因爲我不上床睡覺的話，你和瑪麗拉就會拖著我去睡。可是等我長大以後，你們就沒辦法強迫我了，我要做什麼，都沒有人可以管。只要長大就可以成眞了！對了，安，謬弟．波爾特的母親說你上大學是爲了找男人。安，這是眞的嗎？我好想知道哦。」

這瞬間，安的怒火燃燒了起來。然後她笑了，她告訴自己，波爾特夫人粗俗的思想和言論怎麼可能傷得了她呢。

「德比，這不是眞的。我上大學是爲了念書和成長，學習更多新知識。」

「什麼新知識？」

「鞋子、船隻和封蠟，
還有捲心菜和國王。」[5]

安朗誦起來。

「如果你眞的想找男人，你會怎麼做？我好想知道哦。」德比顯然對這個話題很感興趣。

「關於這個問題，你還是去請教波爾特夫人好了。」安的語氣輕蔑。「我想她應該比我還要更懂。」

「那下次見到她，我一定要問個清楚。」德比認眞地說。

5出自路易斯．卡羅《愛麗絲鏡中奇遇》裡的敘事詩《海象與木匠》（"The Walrus and the Carpenter"）。

「德比！你敢！」安驚呼，她發現自己說錯話了。

「是你叫我去問她的。」德比委屈地抗議。

「你該睡覺了。」安趕緊命令他，好擺脫現下的窘境。

德比上床睡覺後，安漫步到她的「維多利亞島」，獨自一人披著夜色，坐在朦朧月光下。周圍小河和微風上演起二重奏，河水也嘻笑起來。安一直都很喜歡這條小河，過去的許多日子裡，她在波光粼粼的河水上編織過無數的美夢。此刻，安忘記了爲愛煩惱的少年們、惡鄰居的閒言閒語，以及身爲女孩的各種煩憂。她幻想自己在傳說的海洋航行，遠方的海浪沖刷著「荒島仙境」[6]的海岸，那是失落的亞特蘭提斯[7]以及極樂世界所在。夜空中的星星成爲安的嚮導，引領她前往心中嚮往的樂土。

幻想世界中的安比現實更加富有，因爲眼所能見的東西，終會消逝；而看不見的東西，卻永遠不朽。[8]

6出自約翰．濟慈《夜鶯頌》（"Ode to a Nightingale"）。

7最早出現於柏拉圖的《對話錄》，傳說亞特蘭提斯是高度發展的王國，後因腐敗而遭天罰，一夕之間沉入海底，成爲神秘的夢幻文明。

8出自《新約．哥林多後書》4:18。

第2章 秋天的榮耀

接下來的一週過得飛快，許多「最後事項」全都擠在一起等待處理。安得去向眾人一一辭行，也有些人直接登門而來，至於過程愉快與否，端看對方是眞心支持安的理想，或者認爲安對於上大學這件事過於自負，有責任殺殺她的威風。

一天晚上，「村善會」在喬西．帕伊家爲安和吉伯舉辦歡送會，選在帕伊家的一部分原因是她家又大又方便，另一部分則是因爲眾人強烈懷疑，若不在她們家舉辦，她們就不會出席了。這短短的時光和樂融融，帕伊家的女孩難得表現出和藹可親的模樣，沒有口出惡言，也沒有破壞和諧的氣氛。喬西更是有別以往地友善，甚至「好意地」對安說：

「安，你的新洋裝非常適合你呢！我是說眞的，你的樣子稱得上是漂亮了。」

「謝謝你的誇獎。」安眉飛色舞地回答。如今，安已經培養出十足的幽默感，若是在十四歲時聽見這席話，她肯定會受傷，但現在她已經能一笑置之了。喬西十分懷疑安那邪惡的笑眼是在取笑她，於是她便在下樓時跟伽蒂說：「你等著瞧吧，安上大學之後，肯定比以前更會擺架子！」

這群「老朋友」齊聚一堂，年輕人的青春活力讓場面充滿了熱情與歡笑。忠誠的佛雷德陪伴在黛安娜．貝瑞身邊，讓她玫瑰色的臉頰浮現出兩個酒窩；琴．安德羅斯打扮得樸實素雅，簡約大方；露比．吉利斯身穿奶油色的絲綢衣裳，金黃色的秀髮以鮮紅天竺葵妝點，看起來美麗又亮眼；吉伯．布萊斯和查理．史隆想盡辦法接近安，安則不停躲避他們；嘉麗．史隆臉色慘白且憂鬱，據說是因爲她父親不讓奧利佛．金博接近她的關係；穆迪．斯帕約翰．麥克法遜的臉蛋和耳朵一如往常地圓潤且不討喜；而比利．安德羅斯整個晚上都坐在角落，只要有人和他說話，就咯咯地笑幾聲，長滿雀斑的大臉帶著微笑，眼神不停注視著安。

安早知道會辦這場歡送會，但令她驚喜的是，成員竟爲她與吉伯這兩位創始人，準備了隆重的謝詞和充滿敬意的謝禮。他們贈與她莎士比亞劇本全集，吉伯則收到一支鋼筆。穆迪．斯帕約翰如牧師一般用莊嚴的語氣致詞，讓安流下感動的淚水。爲「村善會」投入所有心力的安，獲得衆人誠摯的感謝，令她內心倍感溫暖。每個人都這麼溫柔友善，連帕伊家的女孩也不例外，這一刻，安愛上了全世界。

安十分享受這個美妙的夜晚，可是一到尾聲，卻又被破壞殆盡。當他們在月光皎潔的露台上吃晚餐時，吉伯再次感性地對安兒女情長了起來。安爲了懲罰他，特意對查理．史隆表現出熱切的態度，並答應讓查理送自己回家。誰知道這個復仇最終打擊到的只有自己。吉伯和露比．吉利斯快快樂樂地一起走回家，兩人在寂靜涼爽的秋風下漫步，談笑聲更傳進安的耳裡。他們顯然正在享受美好時光，而她卻感到無聊透頂。查理．史隆不停說話，但不管是有意還是無意，竟沒有一個話題令她感興趣。安只是偶爾心不在焉地說幾句「對啊」、「不是吧」做回應，心裡想著今晚的露比看起來太漂亮了，而查理的眼睛在月光下變得更嚇人了，竟比白天還要長得更凸。這樣看來，這個世界並沒有像她先前想像的這樣美好。

「我只是太累了，所以才會這麼反常。」安終於回到自己的房間，她在心中如此深信。然而翌日傍晚，她見到吉伯穿越「幽靈森林」，以他堅定又快速的步伐沿著古木橋走來時，內心深處不禁湧起一股喜悅。這表示吉伯沒有要與露比．吉利斯一起度過最後的夜晚啊！

「安，你好像很累的樣子。」他說。

「對啊，而且我還很不高興。累是因爲我整天都在打包行李和縫衣服。不高興則是因爲有六個婦人來向我道別，說的話就像十一月早晨一樣灰暗陰沉，把人生色彩全部抹殺得一乾二淨。」

「那些老太婆眞是可惡！」這是吉伯最優雅的批評。

「嗯，也不是，她們並不可惡。」安認眞地說。「這就是令我爲難的地方。如果她們眞的很可惡，那我就不會在意了。可是她們親切又善良，像媽媽一樣疼愛我，我也很敬愛她們，所以她們的任何想法和建議才會對我造成這麼大的影響。我發現在她們眼中，上雷蒙大學，還有試圖取得學位是多麼瘋狂的事情，也讓我不停懷疑我的選擇是否正確。彼得．史隆夫人嘆了口氣，說希望我可以熬過去，我的腦中馬上浮現出，等我大三快結束時無助又意志消沉的模樣；埃本．萊特夫人說在雷蒙大學就讀四年肯定要花很多錢，讓我覺得自己簡直不可饒恕，竟然將我和瑪麗拉的錢浪費在這麼愚蠢的事上；賈斯伯．貝爾夫人說希望我不會像有些人一樣，在大學學壞，讓我打從心裡覺得，從雷蒙大學畢業後，我會變得很討人厭，以爲自己無所不知，還看不起艾凡里的每個人事物；愛麗莎．萊特夫人說她最清楚那些上雷蒙大學的女孩了，不但打扮得很誇張，態度又高傲得不行，尤其是那些住在金斯泊的，她說我肯定會格格不入，這又讓我覺得自己只是個長相扁平、打扮過時又丟人現眼的鄉下女孩，幻想自己踩著一雙老土的靴子，像個蠢蛋一樣站在雷蒙的高貴廳堂。」

安笑著嘆口氣。她一向都是敏感的人，所有非難在她心中都有重量，即便是她難以尊敬之人提出的見解，她也無法輕易釋懷。這一刻，她感覺人生變得枯燥乏味，野心同燭火般煙消雲散。

「你不必在意她們說的話。」吉伯十分不認同。「她們人是很好，但你也知道她們的人生觀有多狹隘。只要有人有新的創舉，對她們來說都是離經叛道。你是艾凡里第一個上大學的女孩，所有的先驅者都會被認定是不正常的人。」

「嗯，我當然知道。可是感受和理智是兩回事。我的認知跟你的想法一樣，可是有時候並不管用，那些相反的認知反而能操控我的靈魂。愛麗莎夫人走後，我都沒心情繼續收拾行李了。」

「安，你只是累了。什麼都別想了，走吧，跟我一起去散散步。我們去沼澤後面的樹林，我想讓你看個東西，它一定在那裡。」

「一定在？難道你不確定嗎？」

「嗯，但我想它肯定會在的，那是我春天時發現的。走吧，我們就假裝回到小時候，一起順風而行吧。」

兩人興高采烈地出發了。安仍記得昨晚回家時的低落情緒，因此對吉伯格外友善。而吉伯也變聰明了，小心翼翼地不再做出逾越同學情誼的舉動。

林德夫人和瑪麗拉從廚房的窗戶看著他們。

「他們兩人很快就會配成一對囉。」林德夫人讚許地說。

瑪麗拉稍微閃避了這個話題。她的內心也如此盼望，但卻不樂意聽見林德夫人以八卦的口吻談論這件事。

「他們還只是孩子。」她簡單地回應。

林德夫人和善地笑了。

「安已經十八歲啦，我在那個年紀早就結婚了。瑪麗拉啊，我跟你說，我們老一輩的總覺得孩子永遠不會長大。可是安已經是個成熟的女人了，吉伯也是個穩重的男人，而且任誰看了都知道，吉伯對安簡直崇拜極了。吉伯是很優秀的青年，安找不到比他更好的了。我希望安到雷蒙大學以後，不會產生不切實際的幻想，就是因爲這樣，我一向都不贊成男女合校。我可不相信學生在這種學校裡面，除了亂搞男女關係外，還能做什麼正經事。」林德夫人嚴肅地說。

「他們多少還是會念點書吧。」瑪麗拉微笑著說。

「念不了多少啦。」林德夫人嗤之以鼻。「不過我相信安會好好讀書，她從來就不是輕浮的人，只是很可惜，她看不見吉伯的優點。哎呀，我最懂女孩子的心了！查理．史隆也對安有意思，但我可不贊成她嫁到史隆家。雖然史隆家善良、誠實、又正派，可是說到底，他們就是史隆家。」

瑪麗拉點點頭。對外人來說，「他們就是史隆家」這句話令人摸不著頭緒，但是瑪麗拉明白朋友的意思。每個村莊總有這麼一個家庭和史隆家一樣，善良、耿直又正派，即便他們能說萬人的方言還有天使的話語[1]，也改變不了他們的平凡。

不曉得自己的未來已經被林德夫人給編排好了的兩人，高興地在幽靈森林的樹影下漫步。逐漸暗下來的天空泛著玫瑰色與淡藍色，遠方的丘陵則沐浴在琥珀色的夕陽中。遠處的雲杉林發出青銅色的亮光，長長的樹影覆蓋了高山的草地。微風於樅樹間吟唱，帶來了秋天的信息。

「童年記憶在這裡縈繞不去，這下森林可眞算是鬧鬼了。」安俯身折下一枝披著白霜的小枝條。「我彷彿看見小小的我和黛安娜仍在這裡玩耍，薄暮中，我們坐在『妖精之泉』邊等待著與幽靈相見。你知道嗎？每當我在傍晚時分經過這條小路，我都會想起那種恐怖的感覺，而害怕得顫抖呢。我們創造了一個特別可怕的幽魂，那就是被謀殺的嬰兒。祂會悄無聲息地從你背後出現，再用冰冷的手指觸碰你的手。說眞的，我到現在只要天黑之後來到這裡，總會莫名覺得背後傳來隱隱約約的腳步聲。我一點都不害怕『白衣女子』、無頭男子或是骷髏頭，但我眞希望自己從來沒有幻想過嬰兒魂的存在。瑪麗拉和貝瑞夫人爲了這件事可是暴跳如雷呢！」回憶起往事，她忍不住笑了出來。

沼澤上方的樹林開滿了紫色的花，上頭遍布著蜘蛛網。他們穿過盤根錯節的雲杉林，以及長滿楓樹且被太陽曬得暖烘烘的山谷後，終於找到吉伯說的「東西」了。

「啊，找到了！」吉伯高興地說。

「哇，這裡竟然會有蘋果樹！」安興奮地大喊。

「是啊，一棵貨眞價實的蘋果樹！想不到它生長在一片松樹和山毛櫸中間，而且距離最近的果樹園至少也有一哩以上。今年春天我在這裡偶然發現它，當時樹上開滿了白花。後來我決定秋天的時候再過來一趟，瞧瞧它到底是不是蘋果樹。你看，樹上長了好多蘋果，看起來眞是可口。雖然和冬季的蘋果一樣是黃褐色的，但是有一邊呈現深紅色。一般野生的果實都是青綠色的，一點也不好吃。」

「我想這棵樹一定是多年前，被偶然播下的一顆種子。」安幻想著。「它竟然獨自在異類中生長，還長得這麼茂盛，如此堅忍不拔，簡直太勇敢了！」

「安，這裡有一棵倒下來的樹，上面長了很多青苔，你把它當成林地裡的寶座，休息一下吧。我爬上去摘些蘋果。它們都長得好高啊，想必是爲了要吸收陽光吧。」

這些蘋果當眞是美味無比。黃褐色的果皮包裹著白色果肉，上頭略帶一絲絲紅色紋理，除了

1出自《新約・哥林多前書》13:1。

蘋果本身的鮮甜外，還帶有一種野生的香氣，人工栽種的蘋果可種不出這種味道。

「即便是伊甸園的禁果也不會比這個更好吃了。」安讚美道。「我們該回家了。你看，三分鐘前還是黃昏，現在已經月光高照啦。可惜我們錯過了天色變化的瞬間，但或許這是永遠都捕捉不到的時刻吧。」

「我們繞過沼澤，從『戀人小徑』回去吧。安，你的心情是不是好些了？」

「好多了。那些蘋果簡直就是我的精神糧食。我覺得我一定會喜歡雷蒙大學，在那裡度過精彩的四年。」

「那……四年以後呢？」

「嗯……路的盡頭還會有轉彎呀。」安的態度輕鬆。「我不曉得轉彎後會遇見什麼，我也不想知道，這樣比較好。」

那一夜，「戀人小徑」在朦朧的月光下顯得寂靜而神秘，令人感到心醉神迷。他們都沒打算開口說話，在親密且舒適的氛圍中，一同緩慢地踏上歸途。

「若是吉伯永遠都像今晚一樣好，一切會有多單純美好啊。」安心想。

吉伯看著走在他身旁的安，身穿淺色洋裝的她，嬌柔纖細，令他聯想起潔白的鳶尾花。

「不知道有沒有那麼一天，她能夠傾心於我？」吉伯心想，薄弱的自信心令他內心泛起了一股疼痛。

第3章 離別時分

星期一早上，查理・史隆、吉伯・布萊斯和安・雪莉從艾凡里出發了。安一直祈禱這天會是好天氣，她們計劃好，由黛安娜載她到車站，畢竟之後會有好長一段時間沒辦法一起享受馬車風光了，因此兩人都期盼順利成行。

然而前一個晚上，安準備上床睡覺時，東風竟不停在綠色屋頂之家的周圍呼嘯，帶來了不好的預兆。果不其然，隔天一早就應驗了。安一醒來便看見雨滴拍打著窗戶，池塘的灰色水面泛起陣陣漣漪，霧氣籠罩住山丘與大海，整個世界看起來既黯淡又陰沉。在這個破曉，安為了趕搭與客輪接駁的火車，只好早早穿戴整齊，強忍住盈眶的淚水。就要離開溫暖的家了，她總覺得像是再也不會回來了一樣，一切都變了，就算是在短暫的假日回家，也不是在這裡生活了。唉，這裡的一切多麼珍貴可愛，在少女時代的幻想中神聖無比——包括白色門廊邊的小房間、窗邊的「白雪女王」、低地的小河、「妖精之泉」、「幽靈森林」和「戀人小徑」，以及許許多多充滿舊時回憶的地方。離開家鄉之後，還有哪裡能讓她感受到同樣的幸福嗎？

那天早晨，綠色屋頂之家的餐桌上瀰漫著哀傷的氣氛。這大概是德比有生以來第一次吃不下東西，而且全然不顧旁人眼光，在麥片粥前面嚎啕大哭起來。其他人也沒什麼食慾，只有朵拉舒舒服服地把早餐吃完了。她就像不朽名著裡精明的夏綠蒂，即便看見摯愛之人的屍體被抬走，還是若無其事地繼續切麵包、塗奶油[1]，這樣的人不會輕易為任何事煩惱，可說是非常幸運的人類。

時間已經來到八點鐘，朵拉還是一點都不緊張。安要離家了，她當然難過，但也沒理由放棄美味的蛋吐司吧？不僅如此，她瞧見德比吃不下早餐，還連他的份一起吃乾抹淨了。

時間一到，穿著雨衣，臉色紅潤的黛安娜準時駕著馬車抵達。分別的時刻終究還是來了。林德夫人從房裡走出來，給安一個熱烈的擁抱，叮嚀她無論做什麼都要好好注意身體健康。瑪麗拉沒有流淚，只是略略吻過安的臉頰，讓她安頓好後寫封信回來。一般人若是沒仔細瞧，大概會以為瑪麗拉一點也不難過，但其實她的眼眶早就盈滿淚水；朵拉照本宣科地親了安一下，然後禮貌性地擠出兩顆小小的淚珠；至於德比，自眾人從餐桌起身後，就一直縮在廚房階梯上哭泣，拒絕和安說再見。當他看見安朝他走過來，還跳起來轉身衝上樓，躲進衣櫃裡，不管怎麼勸都不願意出來。德比隔著門板的哭聲，成了安離開綠色屋頂之家時，最後聽見的聲音。

由於卡摩地的鐵路支線沒有連接搭配船班的火車，所以安必須到光河車站搭乘。這一路上大雨始終未歇，兩人抵達時，查理和吉伯已經在月台上等候，火車也在鳴笛了。安買好車票、寄完行李、匆匆向黛安娜道別後，便趕緊上車了。她真希望能和黛安娜一起回艾凡里，否則她肯定會因過度思鄉而死的。唉！若是這陰沉的傾盆大雨能停下來就好了，全世界都像是在為夏天的結束和消逝的喜悅而哭泣。即便吉伯就在身旁，也無法令安感到寬慰，因為查理．史隆也在，這要是在好天氣還能接受，但是雨天的時候就萬分無法忍受了。

慶幸的是，輪船駛出夏洛特鎮港口後，雨終於停了。太陽時而從雲朵間的裂縫透射出璀璨金光，使得灰溜溜的海面閃爍著紅銅色的光芒，原本籠罩迷霧的紅色海岸也變得清晰起來，預示著美好的一天。正巧查理．史隆因爲暈船而去休息，此刻，甲板上只剩下安和吉伯兩人。

「幸好史隆一家一到海上就暈船。」安壞心地想。「要是查理．史隆在旁邊故作感傷的話，我就沒辦法離情依依地望著故鄉了。」

「啓程了。」吉伯平靜地說。

「是啊，我的心情就像拜倫筆下的恰爾德．哈羅爾德[2]一樣，只不過眼前這片不是我『家鄉的海岸』而已。」安俏皮地眨了眨灰色大眼。「其實新斯科細亞才是我眞正的出生地，但『家鄉的海岸』應該是指心中最愛的地方，對我來說，那就是愛德華王子島。我眞不敢相信我小時候竟在別的地方生活，那十一個年頭簡直是場惡夢。距離我上一次渡海已經是七年前了，那天傍晚史賓瑟夫人將我從賀普鎮帶來。我穿著破舊的混紡衣裳，戴著褪色的水手帽，興奮又好奇地在甲板和

1出自小說家威廉．梅克比斯．薩克萊（William Makepeace Thackeray, 1811-1863）針對《少年維特的煩惱》一書所寫的諷刺詩。

2出自拜倫的敘事詩《恰爾德．哈羅爾德遊記》（*Childe Harold's Pilgrimage*），主角厭惡現有生活，離開故國四處飄流。

客艙四處探險，這些畫面都還歷歷在目。那是個美好的夜晚，紅色的海岸也在陽光下閃耀。現在我又穿越同一片海峽了。噢！吉伯，我眞的好希望我會愛上雷蒙和金斯泊哦！可惜這是不可能發生的事。」

「安，你的理智都跑到哪去啦？」

「全被孤獨和思鄉的巨浪淹沒了啦。這三年來我一直渴望上大學，現在好不容易如願，我卻又不想去了。算了！等我好好大哭一場之後，又是一尾活龍了。我一定得哭，作爲一場『離別儀式』，而且我要等到在宿舍的床上躺下來後才能哭，然後我就會回復正常了。嗯……不知道德比從衣櫃裡出來了沒有。」

晚上九點，火車抵達金斯泊，他們一下車，便發現車站內的藍白色燈光非常刺眼，而且人潮十分擁擠。安被搞得暈頭轉向，所幸沒多久，星期六就先抵達金斯泊的普莉希拉．格蘭特，便找到了她。

「安，總算找到你了！你一定很累吧？我上週六晚上也是一樣。」

「累死了！普莉希拉，先別說這些了。我又累又陌生又像個只有十歲、不懂世事的鄉巴佬。你行行好，把你崩潰又可憐的朋友帶去一個能夠安靜下來整理思緒的地方吧！」

「我直接帶你去宿舍吧。馬車已經在外面等了。」

「普莉希拉，有你在眞是太好了！不然我就只能坐在行李箱上，流下苦澀的淚水了。能在這個龐大的陌生人潮裡看見一張熟悉的臉，眞是安慰啊！」

「那是吉伯．布萊斯嗎？才短短一年，他竟然變得這麼成熟！我在卡摩地教書的時候，他還只是個小男孩而已呢。另一位肯定是查理．史隆吧。他一點都沒變……不過也不可能變啦！他從出生就長這樣，就算到了八十歲，肯定也是一樣。跟我來吧，親愛的，二十分鐘後就能到家啦。」

「家？」安抱怨道：「你是指糟糕的宿舍，還是更糟糕的臥室？我猜房間看出去只有一片髒亂的後院吧。」

「安，宿舍一點都不糟糕。我們的車到了，上去吧！車伕會幫你提行李。至於宿舍嘛……眞的很棒哦，等你今晚睡個好覺，把壞心情一掃而空後，就會同意了。它是一棟大型的復古灰色石屋，座落在聖約翰街，離雷蒙大學只有一段散步的距離。聖約翰街以前可是都住著大人物呢，可惜時勢變遷，如今他們都只求日子能過得好一些了。由於每棟房子都太大了，爲了塡補空缺，每家都有收寄宿生。至少我們的女房東會因爲這個理由，努力讓我們留下好印象的。安，我們的女房東們是很有趣的人哦。」

「房東有幾個？」

「兩個，分別是漢娜．哈維和艾達．哈維小姐，她們是雙胞胎，大約五十歲左右。」

「看來我和雙胞胎很有緣份。」安笑著說。「不管走到哪都能遇到。」

「不過，她們現在已經不像雙胞胎了。三十歲以後兩人就長得不一樣了。漢娜小姐已經年老色衰，不再貌美，艾達小姐則是風韻猶存，但也不如從前那般秀雅了。我到現在都還沒看過漢娜小姐笑，而艾達小姐雖然整天都在笑，但好像也沒有比較好。話說回來，她們都是善良的好人，每年固定收兩名寄宿者，原因是漢娜小姐的經濟觀念令她無法忍受『浪費空房』，而不是因爲他們缺錢。關於這點，從我上週六晚上來到現在，艾達小姐已經跟我強調了七次。至於我們的房間嘛，我承認那就是大學宿舍的模樣，我房間看出去是後院，你的房間在前面，看出去是對街的老聖約翰墓園。」

「聽起來太可怕了。」安忍不住打了個寒顫。「我寧可面對後院。」

「一點都不可怕，到時候你就知道了。老聖約翰墓園是很漂亮的地方，它的歷史悠久早就不再作爲墳墓使用，反而成爲金斯泊的景點呢。昨天我去那裡繞了一圈，順便散散步。裡面有一堵巨大的石牆，石牆邊有一排大樹，墓園裡還有一片樹林，以及刻著古怪銘文的神秘墓碑。安，我猜你肯定會跑去仔細研究一番。當然啦，現在已經沒有人埋葬在那裡了。可是幾年前，他們爲在克里米亞戰爭中犧牲的新斯科細亞士兵建立了美麗的紀念碑，就面對著入口，那裡就像你以前常說的，很有『幻想的空間』。安，你的行李到了，兩個男生也來說晚安了。我需要跟查理．史隆握手嗎？他的手老是像魚一樣冷冰冰的。我們可以歡迎他們有空過來玩。漢娜小姐很嚴肅地跟我說，可以請年輕男士來作客，但是一週最多兩次，而且不能太晚離開。艾達小姐則笑著對我說，千萬不能讓他們使用漂亮的坐墊。我向她們保證會注意，但天知道這樣客人能坐哪裡？家裡到處都是坐墊，難道要請他們坐地板嗎？艾達小姐甚至在鋼琴上放了一個精緻的巴騰堡格紋坐墊呢。」

安終於笑了。普莉希拉的一番話成功讓她的心情好轉起來，思鄉的情緒也暫時消失了，就連獨自回到小房間後也不覺得低落。安走到窗邊向外看，底下的街道昏暗寂靜。對街的老聖約翰墓園裡，可見紀念碑上漆黑的巨大獅頭，月亮高掛在正上方，月光則灑落在後方的樹上。安難以置信，自己今天早上才離開艾凡里，經過一整天的行程和變化，她有種恍若隔世的感覺。

「那月亮肯定也正俯瞰著綠色屋頂之家吧。」安心想。「但我不能再繼續想下去，否則思鄉病又要犯了。我也不打算哭了，等到合適時機再說吧。今晚我要保持平靜和理性，好好睡一覺。」

第4章 四月的淑女

金斯泊是一座典雅的古城，歷史可追溯至早期殖民時代。城市中瀰漫著古老的氛圍，彷彿一名優雅的熟齡女子，仍以年輕時的流行做打扮。雖然四處可見現代化的跡象，卻依然保有舊時代的風采，許多珍貴的遺跡更是承載著古老的浪漫傳說。

曾經，這裡只是一處荒野中的邊疆駐地，在印地安人的進犯下，打破了移民者原有的單純生活，而後又成爲英法兩國必爭之地，也許今日才被法國占領，明天又成英國的屬地，每一次的交替與爭奪都在百姓身上留下新的傷疤。

城市的公園裡有一座圓形砲塔，上頭密密麻麻全是觀光客留下的簽名；遠處的山丘上有一座法國堡壘遺跡，廣場上也裝設有數門老舊的大砲。充滿好奇心的人或許會發現，這裡還有好多歷史景點，只不過那些地方都沒有市中心的老聖約翰墓園那般別緻。

城市裡有兩旁佇立著老舊房屋的寧靜街道，也有繁忙喧囂的現代大街。這裡每位市民都以老聖約翰墓園爲傲，但凡有人表現出一絲絲驕傲，就代表他有祖先長眠於此。他們習慣在往生者頭部擺放一塊怪異又凹凸不平的石板，或是用好幾塊石板包圍整座墳墓，像在保護死者一樣。墓碑上則記錄了他們的生平事蹟。大多數古墓碑並不講究雕工技術，基本上都是粗略雕刻的褐色或灰色原石，只有少數幾座稍微經過設計。有些雕刻著頭骨加上兩隻交叉的骨頭，而這類圖形中比較常見的還有小天使頭像。

經過歲月的摧殘，很多墓碑都已經倒塌毀損了，有些碑文也被磨去痕跡，有些則只能稍加辨識。墓園裡十分擁擠，四周林立著成排的榆樹和柳樹，因此全是樹蔭，附近的車流聲也傳不到這裡，想必在此長眠的人能夠一直在微風和樹葉的輕柔吟唱中，安然沉睡吧。

隔天下午，安選擇老聖約翰墓園作爲第一個散步的景點。稍早的時候，她與普莉希拉一起到雷蒙大學辦理註冊手續，之後就沒有行程了。她們可說是興高采烈地「逃離」學校，因爲她們不想被一群陌生人包圍，而且大家看起來又相當面生，不曉得都來自何方。

「女新生」三三兩兩地站在一起，不時用斜眼觀察彼此；「男新生」比較有團隊精神，他們集結在大廳樓梯上用力呼喝，展現出年輕的活力，這是一種新生挑戰大二生的傳統。有幾個舊生就在樓梯上方走動，擺出高傲的姿態，一臉鄙視地盯著底下的「菜鳥」。吉伯和查理則不知道跑哪裡去了。

「想不到我竟然會有希望看見史隆的一天。」普莉希拉說，她們正穿越過校園。「我現在要是看到他的凸眼，肯定會非常開心，因爲那至少是我熟悉的眼睛啊。」

「唉！」安嘆氣。「眞難形容剛才的心情，排在註冊隊伍裡，我就像巨型水桶裡最渺小的一滴水，簡直微不足道。這種感覺已經很痛苦了，更糟糕的是，它還在我心裡發酵，對我說：『你這一輩子都會這麼微不足道。』而我確實也是這麼想的——我就是連肉眼都不可見的渺小。二年級生大概會直接把我踩過去，而且我死了以後也沒有人會哭泣、尊敬我，或是為我歌頌。」

「明年就好多了。」普莉希拉安慰道。「到時候我們就跟那些三年級生一樣討人厭又世故了。渺小的感覺真的很可怕，但像我這麼大隻又不靈活也沒有比較好啊！我感覺自己把整個雷蒙大學都蓋住了，大概是因為我足足比其他人高了至少五公分吧。我一點都不擔心二年級生會把我踩扁，反而怕他們把我當成一頭大象，或是吃馬鈴薯長大而生長過度的島上居民。」

「大概是因為我們還接受不了這裡不是小小的皇后學院，而是大大的雷蒙吧。」安努力找回開朗的處世哲學，好遮掩她徬徨的心。「我們從皇后學院畢業時，大家都互相認識，還有自己的定位。我們下意識期盼來雷蒙大學也有一樣的生活，所以才會感覺世界正在崩塌。幸好林德夫人和愛麗莎·萊特夫人不曉得我現在的心境，不然她們一定會得意地說：『我早就告訴你了！』接著就認定這是不幸的起點。可事實才不是這樣，這只是一個新開始！」

「沒錯，這才像安會說的話嘛。我們很快就會適應了，一切都會很順利的。安，你有注意到化妝室外面那個女孩嗎？就是那個有棕色眼睛、抿著嘴唇的漂亮女生，她整個早上都孤零零地站在那裡。」

「嗯，她是在場唯一看起來和我一樣孤單無助的人。我還有你作伴，但她一個朋友都沒有。」

「她肯定很寂寞吧。好幾次我看她像是要走過來，但又放棄了，大概是太害羞了。我希望她能過來，要不是我長得像頭大象，我早就靠過去啦。而且那些男生在樓梯上吼來吼去的，我也不敢靠近。她是我今天看到最漂亮的新生，但可能就像聖經說的，『豔麗是虛假的，美麗是虛浮的。』所以美貌在雷蒙大學的第一天也不管用。」普莉希拉一說完就笑出來。

「吃完午餐後，我要去老聖約翰墓園走走。」安說。「不知道墓園是不是提振心情的好地方，但只有那裡有很多樹木。我太需要樹了！我要坐在年代久遠的石碑旁邊，閉上眼睛，幻想自己身處在艾凡里的森林。」

結果安根本就沒有機會閉眼，她發現墓園有趣極了！

她們從大門進去，穿越一座有石獅的巨型石拱門。

「印克爾曼[1]的野生黑莓染上了鮮血，

從今爾後，那些荒涼的高地將成為故事的一頁。」[2]

安興奮地看著獅子，想起了這首詩歌。

她們發現自己踏進一個涼爽且草木繁盛的地方，微風正徐徐吹著。她們四處漫遊、閱讀古雅的長篇碑文，在那個刻下碑文的年代，人們比現在擁有更多餘暇時光。

1印克爾曼（Inkerman），克里米亞的一座城鎮。

2引用自羅伯特．布爾沃．李頓《露西爾》（*Lucile*），其時以筆名歐文．梅雷迪斯（Owen Meredith）發表。

「『此乃艾爾伯特・克勞福德先生之墓，』安把一塊老石板上的文字念出來。『於金斯泊為皇室掌管軍械多年，在軍中服務直到一七六三年方因重病退役。他是一名英勇的軍官、稱職的丈夫、優秀的父親以及忠誠的朋友。一七九二年十月二十九日逝世，享壽八十四歲。』普莉希拉，這個碑文好特別啊，的確很有『幻想的空間』呢。他的人生肯定充滿冒險！至於他的人格特質，想必就和上面寫的一樣完美吧。不知道他活著的時候，有沒有人告訴過他。」

「這裡也有一篇，」普莉希拉說。「我念給你聽——以此紀念亞歷山大・羅斯。一八四零年九月二十二日逝世，享年四十三歲。為感念故人二十七年來盡忠職守，其友以忠實、誠摯之情特立此碑，以茲紀念。」

「寫得眞好。」安感慨地評論。「我不奢求看到比這篇更好的碑文了。某種層面來說，我們都是僕人，只要我們的忠誠能夠被如實記錄，那就足夠了。普莉希拉，這裡有個小石碑，內容好哀傷啊——『以此紀念愛子』，還有——『為埋葬在異鄉之靈，特立此碑，以茲紀念』。我眞想知道是哪個異鄉。普莉希拉，現代的墓園不可能比這個更有趣了。你說的對，我應該要常來走走，我已經愛上這裡了。而且，我發現墓園裡不只我們在，你看，走道的另一端有個女孩。」

「對呀，她正是我們早上在雷蒙大學看見的女生。五分鐘前我就注意到了。她好幾次都想要走過來，但中途又折返了。她一定很內向，不然就是覺得內心有負擔。我們去認識她吧！在這裡肯定比在雷蒙大學要容易親近。」

她們沿著長滿草的長廊走過去。那名陌生的女孩正坐在柳樹下的一塊石板邊，她是一個十足的美人，美得既生動又獨特，令人感到陶醉。她的秀髮如絲緞般柔滑，散發著栗色光澤，澎潤的臉頰透出成熟又柔和的光芒，尖細的黑眉下是一雙褐色大眼，像天鵝絨一樣柔美，緊抿的唇則如玫瑰般鮮紅。她穿著時髦的褐色套裝，裙下露出新款的小鞋，頭頂的淺粉色草帽以金褐色的罌粟花圈做裝飾，無疑是設計師的藝術作品。見此，普莉希拉突然覺得一陣瑟縮，因爲自己頭上的帽子只是鄉村帽店裝飾的，而安身上這套衣服也是由林德夫人縫製，相較之下顯得俗氣不已，一看便知是自製的。這一瞬間，兩人都萌生打退堂鼓的念頭。

不過，她們來不及撤退了。那名褐眼女孩已經認定兩人是來找她的，於是馬上跳起來走過去。她帶著友善的笑容伸出手，絲毫沒有半點害羞或是負擔的神情。

「嗨，我好想認識你們。」她的態度熱切。「眞的很想！早上我就在雷蒙看見你們了。哎呀，你們不覺得那個地方很討人厭嗎？我還想說，倒不如就待在家，找個人嫁了。」

她的話令安和普莉希拉忍不住笑出來。褐眼女孩也跟著笑了。

「我是眞心的，我乾脆就直接跑回家嫁人算了。來，我們一起坐下來聊聊天，互相認識一下吧！我們肯定會喜歡彼此，早上我一看到你們就知道了。我多想馬上走過去擁抱你們呢！」

「那你爲什麼不過來呀？」普莉希拉問。

「因爲我沒辦法下定決心。我向來做不了決定，所以總是爲自己的優柔寡斷而苦惱。每次我好不容易確定好了，心裡又會想說或許另一個選擇才是對的。這眞是太不幸了！但我生來就是如此，責怪我也沒有用。所以說，就算我很想去和你們說話，我也下不了決心。」

「我們還以爲你是太害羞呢！」安說。

「沒有啦！害羞可不在我菲莉帕·高登的缺點……還是美德之列呢。你們可以喊我『菲兒』就好。那我該怎麼稱呼你們呢？」

「這位是普莉希拉·格蘭特。」安指著普莉希拉。

「這位是安·雪莉。」普莉希拉指著安。

「我們是從愛德華王子島來的。」兩人異口同聲。

「我來自新斯科細亞的波林布洛克。」菲兒說。

「波林布洛克！」安驚呼。「那是我出生的地方！」

「眞的嗎？那你也是新斯科細亞人囉？」

「我不是。」安反駁。「丹尼爾·歐康諾[3]不是說過嗎？人就算在馬廄裡出生，也不會是匹馬。我可是個徹頭徹尾的愛德華王子島民。」

「好吧！不管怎麼說，我很高興你在波林布洛克出生。我們感覺就像鄰居一樣了。這樣我和你講秘密，就不會像是在和陌生人傾訴了。我是個守不住秘密的人，想藏都藏不住，這是我最大的缺點，還有剛剛說過的優柔寡斷。你們能相信嗎？我出門前光是選帽子就花了三十分鐘，就爲了來墓園耶！本來我想戴褐色有羽毛的那頂，可是我一戴上就發現，這頂帽簷下垂的粉紅草帽更合適。就在我戴好粉色的之後，我又想要褐色的了。最後我把兩頂帽子擺在床上，然後閉上眼，用帽針一戳，就刺中粉紅色這頂，很好看吧！你們說說，我的樣子如何？」

聽她用正經八百的語氣問這麼天眞的問題，普莉希拉忍不住大笑。安則突然緊握住菲兒的手，說：「你是今天雷蒙大學裡最美麗的女孩了。」

聽見此話，菲兒緊抿的唇立刻綻放出迷人的笑容，並露出潔白的牙齒。

「我也這麼覺得。」菲兒又一次語出驚人。「但我需要別人的意見來鞏固我的想法，因爲我連自己的外貌都無法確定。只要我一想說自己很漂亮，下一秒我又可憐兮兮地覺得自己好醜。而且我那年邁又可怕的姨婆經常一邊嘆氣一邊說：『你小時候多漂亮啊，長大後全變了。』其他的阿姨婆婆我都很喜歡，唯獨討厭姨婆。如果你們不介意的話，可以經常稱讚我美嗎？當我相信自己很美的時候，心情就會變得很好。若是你們也需要，我也很樂意讚美你們——而且絕對出自肺腑之言。」

「謝啦，」安笑著說。「但我和普莉希拉都對自己的容貌相當有自信，不需要任何人背書，所以就不勞你費心了。」

3丹尼爾・歐康諾（Daniel O'Connell, 1775-1847），愛爾蘭政治人物、英國議員，爲天主教解放運動的領導者。

「好啊，你竟然嘲笑我。我知道你覺得我太虛榮，但我眞的半點虛榮心都沒有。而且當有女孩値得讚美時，我是一點都不會吝嗇的。我眞的高興能認識你們，自從上週六來到這裡後，我都快因思鄉病而死了，那感覺糟透了。我在波林布洛克可是個重要人物呢！但在金斯泊，我卻只是個無名小卒。有好幾次我都覺得內心變得好脆弱、好憂鬱啊。對了，你們兩個住在哪裡呀？」

「聖約翰街三十八號。」

「太好了！我正巧住在威力斯街的轉角。可惜我不喜歡我的宿舍，冷冰冰的，孤單極了！我的房間又面對著髒亂的後院，那眞是世界上最討人厭的地方。而且金斯泊至少有一半的貓都聚集在那裡了吧。我很喜歡那些趴在壁爐前面打盹的貓，但是會在大半夜跑到後院的貓，根本就不像貓。我來的第一天哭了一整晚，那些貓也叫了一整晚。你們沒看見我隔天早上鼻子有多紅，我眞後悔離開家。」

「我很好奇，既然你的個性這麼優柔寡斷，又是怎麼下定決心來雷蒙念書的呢？」調皮的普莉希拉問。

「這不是我決定的，是我父親堅持要把我送來，我也不曉得原因。他竟然希望我取得學士學位，眞是太荒謬了。我不是說我做不到，我可是很聰明的。」

「是喔！」普莉希拉懷疑地說。

「對啊。可是動腦好累哦，而且文學士肯定都博學多聞、聰明伶俐又端莊嚴肅吧。我一點都不想來雷蒙，我只是順我父親的意，因爲他是我最親愛的家人。況且我待在家就只能嫁人了，因爲母親希望我趕快結婚，而且她很堅持。她替我做了很多決定，但我眞的不想要這麼早就結婚，我希望在定下來之前，好好享樂一番。雖然要我成爲文學士是很可笑的事情，但要我做一個黃臉婆更荒唐吧？我才十八歲而已耶！我寧願來雷蒙，也不要結婚。況且，我要怎麼決定嫁給誰啊？」

「你的追求者這麼多啊？」安笑著說。

「一大堆。那些男生太喜歡我了——喜歡到不行，但只有兩個人符合條件，其他不是太年輕，就是太窮，我勢必要嫁給有錢人的。」

「爲什麼？」

「親愛的，你能想像我成爲窮人的妻子嗎？我什麼事都不會做，又很愛花錢，所以我的丈夫一定要很有錢，那就只有這兩個人符合資格。可是二選一跟兩百選一對我來說一樣困難。不管我選誰，餘生都會後悔當初沒有選擇另外一個人。」

「你……愛他們其中一人嗎？」安有些遲疑地問。對她來說，跟一個陌生人談論人生的奧妙和變化，實在不是件容易的事。

「當然不愛啊！我沒辦法去愛任何人，我沒這個念頭也不想要有。我覺得愛情會使人成爲奴隸，而且它賦予男人極大的權力去傷害你，我害怕這種事發生。不過，亞力克和阿蘭索都很好，只是我不知道我更喜歡哪一個。亞力克長得很好看，我也不可能嫁給一個其貌不揚的男人。他的脾氣也很溫和，還有一頭可愛的黑色捲髮。他實在太完美了，完美到這一輩子找不到任何缺點，但我怎麼可能會想要這樣的丈夫。」

「那你爲什麼不嫁給阿蘭索？」普莉希拉認眞地問。

「我受不了阿蘭索這個名字！」菲兒憂鬱地說。「但是他的鼻子很好看，若是另一半有這種鼻子，我會比較放心，畢竟我挺擔心自己的鼻子，雖然我目前還是遺傳自哥頓家族的鼻型，但我怕隨著年紀增長，會發展成派安家族的模樣。我擔心到每天都會檢查鼻子，確保還是哥頓家的形狀。我母親就是最典型的派安鼻，你們有機會就會看到了。我很喜歡漂亮的鼻子，安·雪莉，你的鼻子就非常好看。阿蘭索的鼻子差點就讓他勝出了，但我實在不喜歡他的名字。我就是做不了決定，要是能像挑帽子一樣，讓他們並排站在一起，然後閉上眼睛用帽針戳，事情就簡單多了。」

「你來雷蒙大學，亞力克跟阿蘭索有什麼反應？」普莉希拉問。

「他們沒打算放棄。我告訴他們，如果這樣就只能一直等了，他們都很樂意，因爲他們太崇拜我了。我打算盡情享樂一番，我在雷蒙應該也會有一堆追求者吧！若是一個也沒有，那就沒意思了。不過，你們不覺得新生都長得很普通嗎？我只有看到一個很帥的，可是他在你們來之前就離開了。我聽他的朋友喊他吉伯。他的朋友眼睛有這麼凸耶！啊，你們要走了嗎？再待一會嘛。」

「我們要走了，」安冷淡地回應。「時間差不多了，我還有事要做。」

「你們會來找我吧？」菲兒站起來，環住兩人的手臂。「我會去拜訪你們。我想和你們當好朋友，我真的好喜歡你們。你們是不是覺得我說話太輕浮了？」

「沒這回事。」安笑了，她誠摯地握住菲兒的手。

「我不像表面看起來那麼輕浮的。上帝創造了菲兒．高登，她有她的缺點，你們只要接受她，就會慢慢喜歡她了。這座墓園是個很棒的地方，對吧？我死後也想葬在這裡。你們瞧，這裡有個墓我沒見過，就圍在鐵欄杆裡。石碑上說這是一名海軍軍官的墓，他在波士頓港戰役中戰死了。好吸引人的故事啊！」

安走到欄杆邊看看磨損的石碑，心中一陣熱血沸騰。整座古老的墓園、枝葉交錯的大樹，還有長長的林蔭小路，逐漸消失於安的視線，而將近一百年前的金斯泊港竟從眼前浮現。濃霧中，一艘高掛著英國國旗的巨大護衛艦緩緩駛來，後方跟著另一艘戰艦。戰艦的甲板上，有一名包裹著國旗的英雄一動也不動地躺著，這個人便是戰死的指揮官勞倫斯。時光之手翻開了歷史的書頁，那是得意洋洋的香儂號挾著被俘虜的切薩皮克號護衛艦，向海灣行駛而來。

「安．雪莉，該回神了——」菲兒笑著搖晃安的手。「你已經神遊到一百年前啦，是時候回到現實了。」

安回神後嘆了口氣，眼眶有些濕潤。

「我一直都很喜歡這個歷史故事，」她說。「雖然最終英國戰勝了，但我欣賞的卻是戰敗的英勇指揮官。這座墳墓讓我們更貼近歷史，過去也變得更加真實。這名可憐的小軍官當年才十八歲而已，碑文上說：『於英勇的戰鬥中身負重傷而亡。』這正是一名軍人的最高榮耀啊。」

離開之前，安摘下別在身上的紫色三色堇，輕輕將它擺在墳前，向這名於海上戰役中殞落的少年英雄致敬。

「安，你覺得這位新朋友怎麼樣？」與菲兒分頭後，普莉希拉好奇地問。

「我滿喜歡她的。雖然她很愛說一些漫無邊際的話，但是還挺討喜的。我相信她不如表面那般輕佻，反倒像個可愛又惹人疼的孩子，永遠都不會長大。」

「我也很喜歡她。」普莉希拉說。「她和露比．吉利斯一樣，張口閉口都是男孩子。可是每次聽露比聊，我都會覺得很反感，而聽菲兒說時，我卻只覺得好笑。這是爲什麼？」

「她們不太一樣。」安認眞地思索。「因爲露比滿腦子只想著男生，一味地玩感情遊戲。每當她吹噓自己有衆多追求者的同時，也在嘲諷我們的異性緣沒有她好。相反的，菲兒提起追求者時，倒像是在談論好朋友。她眞的把男生當成好夥伴。她希望有一堆男生圍在她身邊，純粹是想當個受歡迎的人，還有看起來受歡迎而已。就連亞力克和阿蘭索對她來說，也只是單純的玩伴，而他們兩個都希望能一輩子和菲兒玩在一塊——現在那兩個人的名字對我來說已經是一組的了。我很高興能認識她，也慶幸今天有去墓園走走。經過這個下午，我的內心似乎在金斯泊這片土地上，扎下了小小的根。這樣很好，因爲我不喜歡身在異鄉的感覺。」

第5章 故鄉的來信

接下來的三星期，安和普莉希拉還是沒有擺脫身在異鄉的感受。同時間，她們又得面對許多新的人事物，像是雷蒙大學的教授、課程、學生、學習和社交。原本由不相關的片段所組合而成的生活，再次變得單調起來。新生們也發現彼此不再只是無關的個體，而是一個班級的成員，有班級的精神、口號、利益、喜惡與目標。

在今年度的才藝比賽中，新生打敗二年級榮獲勝利，贏得了全校的尊敬，也增加了不少自信。過去三年都是由二年級蟬聯冠軍寶座，而今年的這座獎盃要歸功於吉伯・布萊斯的將才。他領軍統帥，使出創新戰術，重挫了敵軍的氣勢，引領大一生橫掃千軍，拔得頭籌。爲了報答吉伯的汗馬功勞，新生推舉他擔任大一生代表，這個職位象徵著榮譽和責任，十分炙手可熱——至少在新生的眼中是如此。他還受邀加入兄弟會，這可是大一學生少有的殊榮。不過他必須通過入會儀式，考驗是頭戴女用大遮陽帽、身穿俗氣的印花大圍裙，在金斯泊最繁忙的街道上展示一整天。吉伯二話不說便接受考驗，他在街上遇見認識的女同學時，還會很有風度地脫帽致意。沒收到入會邀請的查理・史隆對安說，沒想到布萊斯願意做這種事，若換作是他自己，絕對不會接受這種羞辱。

「想想查理・史隆穿著印花圍裙又戴上女用遮陽帽的樣子……」普莉希拉咯咯地笑個不停。

「肯定像極了他奶奶！倒是吉伯這樣打扮還是跟他平常一樣，很有男子氣概。」

不知不覺中，安和普莉希拉踏進了雷蒙大學社交圈的中心位置，事情進展得如此迅速是多虧了菲兒．高登的關係。菲兒的父親是個富有的名人，他們在新斯科細亞是歷史悠久的名門望族，如此雄厚的背景，再加上她的美貌與公認的魅力，讓她在各個小圈子、社團和班級中無往不利。

舉凡她所到之處，安和普莉希拉都會同行。菲兒也很喜歡她們兩個，尤其是安。因爲菲兒是個眞誠的女孩，沒有半絲嬌蠻或勢利，而她的座右銘是「愛我，也要愛我的朋友」，所以輕輕鬆鬆就能將安和普莉希拉帶進不斷擴大的社交圈中，讓這兩位來自艾凡里的女孩在雷蒙的社交上十分吃香，其他的女新生心裡羨慕不已，因爲她們的大一生活註定只能成爲邊緣人物。

對於人生觀較務實的安和普莉希拉來說，菲兒仍和初見面時一樣，保有純眞又討喜的性格。不過，正如她所說，她確實挺聰明的，只是她究竟哪來的時間念書始終是個謎團，因爲她無時無刻都在找樂子，而且每天傍晚，她的宿舍總是擠滿了訪客。她擁有各式各樣的追求者，九成的男新生和來自其他班級的競爭者都想盡辦法博得她的笑容，這讓天眞的菲兒感到非常高興，時常向安和普莉希拉細數她的愛情俘虜。若是情場失意的人聽見她的評語，恐怕會因爲被議論而感到耳根發熱。

「亞力克和阿蘭索的情敵似乎還沒出現呀。」安調侃道。

「是啊。」菲兒說。「每個星期我都會寫信和他們分享，他們都覺得很有趣。當然那也是因爲我得不到我最喜歡的那個人。吉伯．布萊斯對我一點興趣都沒有，他只把我當成一隻可愛的小貓咪而已。我很淸楚原因。安，我應該嫉妒你的，我眞想討厭你，但是我卻那麼喜歡你，只要一天沒看到你，我就覺得渾身難受。你是我見過最特別的女孩。當你用某種神情看著我時，會讓我覺得自己既渺小又輕浮，於是我便下定決心，要讓自己變得更好、更聰明也更堅強，可是一有帥氣的男生出現，我又會將這些決定拋到腦後了。大學生活是不是很精彩？一想到我第一天那麼排斥，就覺得好笑，但若不是如此，我也許就沒機會和你成爲朋友了。安，請你再告訴我一次，你至少有那麼一點點喜歡我吧？我好想聽你說啊。」

「我很喜歡你，因爲你甜美、可愛又討喜，就像……沒有利爪的小貓咪。」安大笑。「不過有一點我還眞不明白，你怎麼抽出時間念書的？」

菲兒肯定有騰出時間念書，因爲她每一科都保持優異的成績。就連年紀大、脾氣古怪、極力反對女生入校的數學教授都對她另眼相看。她在所有領域都領先其他一年級女生，唯獨英國文學這一科，安領先她一大截。對安來說，一年級的課業十分輕鬆，這歸功於兩年前她和吉伯在艾凡里打下的穩固基礎，因此，她有更多時間能享受社交生活。

儘管如此，安從未有一刻忘記艾凡里和老朋友。每個星期最令她感到開心的，便是收到家書的那一刻。初到雷蒙時，安也是在收到第一封家書之後，才有勇氣相信自己會慢慢適應金斯泊這個地方。那些信件，讓似乎遠在千里之外的艾凡里靠近了些，並將過去與現在連結在一起，不再只是兩邊不相關的生活。

第一批家書共有六封，分別來自琴．安德羅斯、露比．吉利斯、黛安娜．貝瑞、瑪麗拉、林德夫人和德比。琴的信件像印刷品一樣工整，每個「t」字母都端端正正，「i」字母的點也清楚分明，內容則是一點趣味也沒有。她不提安最想聽的校園生活，連安先前在信中詢問的事情，也一概沒有回答，只說自己編織了多少花邊、艾凡里的天氣變化、打算如何縫製新洋裝，還有她頭痛時的感受。

露比滔滔不絕地哀嘆沒有安的生活有多無聊，自己有多想念她，並詢問雷蒙的人都怎麼樣，接著又在說她有多少追求者，她又有多困擾等。這封信的內容雖然荒唐但也無傷大雅，原本安能夠一笑置之，但是信末的附筆寫道：「從吉伯的來信看來，他似乎很享受雷蒙大學的生活，可是查理好像不太喜歡。」

吉伯竟然有在跟露比通信！是啊，他當然有權力寫信給她，可是——！安不知道，其實是露比寫信給吉伯的，而吉伯只是禮貌性回應而已。安毫不客氣地將露比的信扔在一旁，心中的刺痛感在讀完黛安娜那封輕鬆、有趣又令人愉快的信件後，才得以消除。

黛安娜提及佛雷德的次數有些多，幸好其他內容都十分有趣，讓安感覺自己彷彿又回到了艾凡里。瑪麗拉的信很拘謹，內容平淡，沒有半點閒話或情緒，可是不知為何，信中卻充滿「綠色屋頂之家」生氣勃勃、簡單溫馨以及寧靜祥和的氣息，也流露出她對安永恆且堅定的愛。林德夫人的信都是關於教會的消息，自從她脫離家務後，比以往多出更多空閒時間，因此她全心全意投入教會的工作，並對於近來差勁的替補牧師感到十分不滿。

「每個新來的牧師都搞不清楚狀況，」林德夫人不痛快地寫道。

有夠糟糕，布道也亂講一通，一半以上的內容都不正確，更離譜的是，那些聽起來根本不像是教義。現任的牧師是最差勁的一個，他把聖經的句子挑出來解說，可是都在胡說八道。他說異教徒不一定都會下地獄，你聽聽看這合理嗎！這樣我們捐錢讓他們去國外傳教，不就全都浪費了嗎？是不是這樣！上星期日他說這週要講解漂浮斧頭的故事，他最好照著聖經講就好，不要說一些聳動人心的話題。如果連牧師都找不到足夠的聖經題材可以講道，那不就完蛋了嗎？安，你都上哪座教堂？我希望你每週都要記得去，人一離開家，就很容易忽略教堂的事，特別是大學生，他們這樣疏忽可是大罪。我聽說很多學生星期天還自顧自地念書，安，我希望你不會變得這麼墮落，你千萬別忘記自己是怎麼長大的。交朋友也要小心，你根本不會知道大學裡面都藏著什麼樣的人。我告訴你，他們表面上看起來無害，內心卻是衣冠禽獸，你最好少跟愛德華王子島以外的男生來往。

我忘了跟你說牧師第一天來訪的事，實在太好笑了，我還跟瑪麗拉說：「要是安在這裡，她肯定會笑翻過去。」當時就連瑪麗拉也笑了呢！那牧師是個矮矮胖胖又O型腿的男人，那天哈里森養的那頭老豬——就是體型很高大的那隻，又遊蕩到我們家來，還闖進後院，我們大家都沒發現。後來豬跑到後門口，正巧牧師也從那裡出現，於是牠用力想要衝撞出去，但眼前唯一的出路只剩牧師的O型腿，牠就只好從底下穿過去。只是豬那麼大隻，牧師又那麼矮，所以他就被頂起來，雙腳騰空，被豬給載走啦。我和瑪麗拉衝到門口時，剛好瞧見他的帽子滾到左邊，拐杖掉在右邊。我這輩子都忘不掉牧師的表情，那隻豬也快嚇死了。我現在只要讀到聖經那段豬衝下山崖跳進海的章節，就會想起哈里森的豬背著牧師狂奔下山的畫面，我猜那隻豬是以為有鬼在牠背上吧！好險那時候雙胞胎不在，要是讓他們看見牧師這麼沒有尊嚴的模樣，那可就不好了！那一人一豬跑到小河邊的時候，牧師已經從豬身上跳下來，也可能是跌下來的也說不定。豬發瘋似地逃進樹林裡，我和瑪麗拉則趕緊跑過去扶他，拍拍他的衣服。他沒有受傷，但是很生氣。我告訴他那隻豬不是我們的，我們已經被牠煩了整個夏天，他還是認為我和瑪麗拉要負全部的責任。奇怪，他幹嘛從後門出現啊？亞倫牧師可從來不會做這種事，要再遇到這麼好的牧師，怕是要等上八輩子了。可是天底下沒有絕對的壞事，我相信以後再也不用看到那隻豬了。

艾凡里很平靜，沒什麼事發生，綠色屋頂之家也沒有像我預期的那麼寂寞。今年冬天我打算再做一床棉被，塞拉斯．史隆夫人那裡有很漂亮的蘋果葉紙樣。

我無聊的時候，就會拿我姪女寄來的《波士頓日報》看看殺人犯的審判。我以前從來不看這些報導，沒想到還挺有趣的。美國真是個可怕的地方，安，你千萬別去那裡。現在的女生很愛跑出國，這可不是好事。她們常讓我想起約伯記裡走來走去的撒旦。我告訴你，上帝可不希望我們四處遊蕩。

自從你走了之後，德比表現得挺好。有一次他不乖，瑪麗拉就懲罰他穿朵拉的圍裙一整天，結果他竟把朵拉的圍裙全剪碎了。我因為這件事打他，他又跑去追我的公雞，把公雞給追死了。

麥克法遜一家人搬到我家去了。他們夫人很會持家，也很挑剔。她把我的六月百合全部都拔光，說那讓花園看起來很凌亂。那可是我結婚時，托馬斯種下的。她丈夫看起來是個好人，但是她不能接受自己成為黃臉婆，事情就是這樣。

你不要念書念過頭了，天氣變涼的時候，就趕緊穿上冬季的內衣。瑪麗拉整天替你操心，但我告訴她，你比我本來預想的還要懂事，不會有問題的。

德比的來信一開頭就大發牢騷。

親愛的安，請幫我寫信告訴瑪麗拉說我要去釣魚的時候不要把我綁在橋上，不然其他男生都會笑我。你不在我覺得好無聊，可是學校很好玩。琴·安德羅斯好兇哦。昨天晚上我用南瓜燈籠嚇了林德夫人一跳，她好生氣哦，她還氣我一直追公雞，追到牠躺在地上死翹翹了，我不是故意的，安，我好想知道牠是怎麼死掉的。後來林德夫人把牠扔進豬圈了，可是她怎麼不賣給布萊亞先生呢？現在只要把不錯的死公雞給他，就能拿到五毛錢耶。我聽到林德夫人請牧師幫她禱告，安，我好想知道林德夫人做了什麼壞事哦。安，我收到一個有漂亮尾巴的風箏哦！謬弟．波爾特昨天跟我說了一個很好聽的故事，而且是真實的哦！上星期晚上，喬摩西爺爺和雷恩在樹林裡玩撲克牌，他們把撲克牌放在樹樁上，突然間一個比樹還要高大的黑色男人跑出來，緊抓住撲克牌和樹樁，然後跟著打雷聲音一起消失了，我猜他們一定很害怕。謬弟說黑色男人就是撒旦，安，那是撒旦嗎？我好想知道哦。金博先生病得很嚴重，必須去醫院。等我一下，我要去問瑪麗拉我有沒有寫錯字。瑪麗拉說他應該去的是精神病院，因為他覺得身體裡面有一條蛇。安，有一條蛇在身體裡面是什麼感覺啊？我好想知道哦。勞倫斯．貝爾也生病了，林德夫人說那是因為他常常想太多了。

「不知道林德夫人對菲兒會是什麼看法。」安一邊摺起信紙，一邊自言自語。

第6章 公園郊遊

「你們明天有什麼安排嗎？」週六下午，菲兒跑進安的房間裡問。

「我們要去公園走走。」安回答。「我本來打算待在宿舍裡縫衣服，但是天氣這麼好，不出門太可惜了，而且空氣中有某種東西滲進我的血液，讓我整個人熱血沸騰。若是留下來，我的手指會忍不住顫抖，衣服會被我縫得歪七扭八的。所以，我們還是到公園的松樹下散散步吧！」

「你說的『我們』，除了你和普莉希拉之外，還有別人嗎？」

「對啊，吉伯和查理也要去。如果你能來，我們會很高興的。」

「可是……」菲兒可憐兮兮地說。「我去的話，就會變成電燈泡。我從來沒有當過電燈泡。」

「不錯啊，順便增長一下閱歷。走吧！到時候你就能體會經常當電燈泡的可憐人是什麼心情了。對了，你的那些愛情俘虜呢？」

「唉，我已經被他們煩透了，今天不想再被任何一個人打擾，而且我的心情不太好，有點黯淡又難以形容，但是不至於糟糕透頂。上個星期，我寫信給亞力克和阿蘭索，寫好後把信紙放進信封，再把地址填上，可是我沒有封起來。誰知道那天傍晚就發生了一件有趣的事——亞力克大概會覺得好笑，但是阿蘭索會不高興。那時候我趕時間，所以我隨手拿出亞力克的信，草草寫上附筆，然後就寄出去了。今天早上我收到阿蘭索的回信，才知道我寫附筆時搞錯信件了，阿蘭索為此氣到不行。不過他很快就會消氣了，雖然我也不在乎他生不生氣，可是這把我一天的好心情都給打壞了。所以我就想說來找我親愛的好友們，我的心情才能夠好起來。足球季開始之後的週六下午，我就沒有空閒時間了。我很喜歡足球，為了去看比賽，我已經準備好一套雷蒙條紋的運動服和超漂亮的帽子，雖然遠看會很像理髮廳的三色柱在走路。對了，你知道你的吉伯被選為新生足球隊的主將嗎？」

「他有跟我們說。」普莉希拉看見安不悅的表情，隨即代為回答。「昨天傍晚他和查理有來找我們。我們一知道他們要過來，就趕緊把艾達小姐的坐墊全都收到碰不到的地方，我還把那塊最精緻又有浮雕刺繡的坐墊藏在角落的椅子後面，覺得那裡最安全。可是你知道嗎？查理．史隆竟然直接往那張椅子走過去，還發現那塊坐墊，然後慢條斯理地把坐墊拿起來，一整個傍晚就坐在上面！坐到墊子全變形了！可憐的艾達小姐今天早上雖然還掛著笑容，但是語帶責備地問我：『為什麼要讓別人使用坐墊呢？』我只好說：『我沒有要讓他坐，只是坐墊註定要給人使用，它又正巧遇到固執的查理，我也沒有辦法呀。』」

「艾達小姐的坐墊真讓人心煩。」安說。「上星期她又做了兩個新的，填充物已經塞好，刺繡也快完成了。因為找不到地方放，她就把兩個新坐墊立起來靠在樓梯間的牆壁。可是坐墊常常倒下來，如果走樓梯沒開燈我們就會絆倒。上星期日，戴維斯教授為暴露於海上風險的人們祈禱時，我在心裡偷偷補充：『也爲家裡坐墊太過受保護的房客們祈禱。』好了，我們可以出發了，我看到男生們正從老聖約翰墓園走過來。菲兒，你要跟我們一起去嗎？」

「我要去，若是走在普莉希拉和查理旁邊當他們的電燈泡，我還可以忍受。安，你的吉伯很迷人，可他爲什麼總是和凸眼的人混在一起啊？」

安一聽完，態度變得有些強硬。她雖然對查理．史隆沒什麼好感，但他終歸還是艾凡里的人，外人沒有權力嘲笑他。

「查理和吉伯本來就是很要好的朋友。」安冷漠地說。「查理是個好人，不該有人嘲笑他的眼睛。」

「別說了！他上輩子肯定是做了罪大惡極的事情，所以眼睛才會變成這個樣子。今天下午我和普莉希拉要一起嘲笑他，不過，就算是當面嘲諷，他肯定也不會察覺吧！」

安口中的「不受控二人組」——普莉希拉和菲兒果眞將計畫付諸行動，而查理的確也渾然不覺。他心想，能和兩個女孩同行，尤其菲兒．高登又是校花，可見自己也是挺不錯的，安肯定會對他另眼相看！她會發現還是有人看見他眞正的魅力。

公園的松樹下，道路沿著海岸蜿蜒而上。吉伯和安漫步在三人後方，享受午後悠閒、寧靜的秋季美景。

「這裡寂靜得像是場禱告。」安抬頭看向閃耀的天空。「我好喜歡松樹，它們把樹根深深扎進每個時代的故事裡。有時候，我會偷偷跑來這裡和它們說說話，這個地方總讓我覺得心神舒暢。」

「山中孤寂環繞，
彷彿被神聖的咒語籠罩，
他們的憂慮飄散，
如迎風搖曳的松葉，
搖搖欲墜。」[1]

吉伯吟誦起詩詞。「這些大樹讓我們的抱負顯得微不足道。」

「如果我遇見很傷心的事，我會來找松樹撫慰我的心靈。」安像是在做夢般地說。

「但願你這輩子都不會經歷悲傷。」吉伯說，他實在無法將悲傷和身旁活潑快樂的女子聯想在一起。他沒想過能飛到雲端的人，也可能墜落谷底；最能體會美好的人，也最能感受痛苦。

「傷心的事是避免不了的，總有一天會發生。」安若有所思地說。「人生就像是酒杯一樣，現在的我雖舉著光明璀璨的酒杯，但其中必定有些苦澀，每一杯酒都是如此，我總有一天會嚐到箇中滋味，不過我希望自己能勇敢面對，我也期盼那種苦澀不是我自己造就而成。你還記得上星期日傍晚，戴維斯教授說的話嗎？他說：『神所帶來的悲傷，勢必伴隨安慰的力量，但若是因爲我們愚蠢或邪惡而招來苦痛，那將令人難以承受』。哎呀，這種美好的日子，還是別討論悲傷的事了，應該要盡情享受才對！」
「安，若是可以，我會盡我所能替你阻擋所有悲傷，讓你的人生只留下幸福和快樂。」吉伯的語氣隱含某種訊息。
「你這樣就太不明智了。」安趕緊反駁。「我相信人生若沒有經歷試煉和悲傷，就無法成長。不過，這可能只有在很幸福的時候才會這麼想吧！走吧，他們已經在涼亭那邊向我們招手了。」
一行人坐在小涼亭裡，欣賞火紅中泛著金黃的秋日夕陽。金斯泊位於他們的左側，每棟房子的屋頂和尖塔上都飄蕩著一層紫色煙霧；右邊則是港口，愈靠近夕陽的地方愈是染上玫瑰和紅銅的色彩。銀灰色的海水閃閃發光，海面如綢緞般光滑；薄霧中，隱約可見遠方修整得乾乾淨淨的威廉島，像健壯的鬥牛犬般守衛著城鎮。島上的燈塔如天上的凶星在迷霧中閃爍，與地平線另一端的燈塔相互呼應。
「你們有見過氣勢如此強盛的地方嗎？」菲兒問。「我不想拿下威廉島，但若是我想要，肯定也得不到。你們看看堡壘頂端的哨兵，就是站在旗子旁邊的那一個。他看起來像不像從羅曼史走出來的人物？」
「說到羅曼史，」普莉希拉說。「我們一直在尋找『生命之花』，可是半個影子都沒瞧見，

---

1 摘自詩人布雷特．哈特（Bret Harte, 1836-1902）的詩作“Ode to a Nightingale”。

應該是花期過了吧。」

「生命之花！」安叫了出來。「美洲沒有生長吧？」

「整個美洲只有兩個地方有生命之花，」菲兒說。「一個是公園，另一個在新斯科細亞的某個地方，但我忘記是哪裡了。知名的蘇格蘭黑衛士兵團曾在此處紮營，春天的時候，他們會揮動床鋪把乾草甩掉，一些生命之花的種子也就此落地生根了。」

「哇！聽起來真浪漫。」安陶醉地說。

「我們從斯勃福德街走回去吧！」吉伯提議。「順便去看看富貴人家的豪宅。那是金斯泊最高級的住宅區，只有百萬富翁才有辦法在那裡蓋房子。」

「好啊！」菲兒說。「安，我還想帶你去看一個很漂亮的小地方。那不是富豪蓋的，一出公園就會看見了，它在斯勃福德街還只是鄉間小路的時候就長出來了。真的是『長』出來的，不是用蓋的哦！我一點都不喜歡街上那些房子，它們都太新潮，使用太多玻璃了。但是那個小地方很夢幻，而且它的名字啊……你待會兒就知道了。」

他們一踏出公園，走上松樹環繞的小山丘，便看見菲兒說的地方了。眼前的斯勃福德街沿著山丘，一路延伸到平坦的道路。山頂上，有一棟白色的屋子，兩側成群的松樹枝條向下交錯，彷彿在保護低矮的屋頂。房屋的一面牆上覆滿紅色和金色藤蔓，隱約可見一扇緊閉的綠色百葉窗。前方有一座用矮石牆包圍的小小花園。雖然時序已來到十月，花園裡仍舊開滿了宜人、復古又超凡脫俗的鮮花和灌木，像是山楂、青蒿、檸檬馬鞭草、庭薺、牽牛花、金盞花和菊花。還有一道小小的魚骨磚牆從前門延伸到大門口。這整個地方像是從遙遠的村落遷移過來一樣，距離它最近的建物是菸草大王擁有的大草坪豪華宅邸，可是相比之下，豪宅卻顯得庸俗、花俏又粗野。正如菲兒所說，這便是天然與人工的差別。

「這是我見過最可愛的地方了。」安開心地說。「我再次感受到從前那種奇妙又高興的悸動了。這比拉文達小姐的石屋更別緻呢！」

「它的名字才是最吸引人的部分哦！」菲兒說。「你瞧，拱門上的白色字跡寫著『芭蒂之家』。是不是很夢幻？這條街上充斥著派家、愛爾華斯、希達克勞斯這些名字，相比之下『芭蒂之家』簡直太美了，我好喜歡！」

「你知道芭蒂是誰嗎？」普莉希拉問。

「安，她是屋主芭蒂．斯勃福德。這位老太太與姪女同住，大約是數百年前的事了，也或許沒有這麼久，誇張只是讓想像力奔騰而已。有錢人一直想買下這棟房子，你也知道，它現在很值錢，可是『芭蒂』不管怎樣都不願意出售。房子後面還有一個蘋果園哦！等我們走過去一點，你就會看到了。斯勃福德街竟然有蘋果園，很特別吧！」

「今天晚上我要做個關於『芭蒂之家』的美夢。」安說。「我總感覺自己屬於這裡。不知道我們能不能進去看看？」

「那是不可能的事。」普莉希拉說。

安露出神秘的笑容。

「看似不可能，但我有一種奇怪又毛骨悚然的預感，我和『芭蒂之家』會變成熟悉的朋友。」

第7章 返鄉

雷蒙大學的前三週，安感覺度日如年，但是後來的時間便有如白駒過隙。學生們都還沒有回神，就已經開始為聖誕節前的考試苦讀，多多少少獲得了不錯的成果。一年級的前三名總是落在安、吉伯或菲兒身上；普莉希拉的成績同樣十分優異；查理．史隆勉強及格，但他看起來志得意滿，像是各科都領先別人一樣。

「我真不敢相信，明天此時我就回到『綠色屋頂之家』了。」出發的前一晚，安說道。「但這是真的！菲兒，你明天也要回波林布洛克見亞力克和阿蘭索了。」

「我真想念他們，」菲兒一邊咬著巧克力一邊說。「他們真的是很棒的人。回去之後，我會有一連串的舞會、兜風和派對。偉大的安，你若不跟我一起回去渡假，我永遠都不會原諒你的。」

「菲兒，你的『永遠』最多就是三天。我很感謝你邀請我，我也希望有天能去波林布洛克玩，但是今年我一定要回家，你不知道我有多想家。」

「你回去會很無聊的。」菲兒嗤之以鼻地說。「我猜你們會有一兩場縫紉聚會，然後一堆人對著你囉哩叭嗦，或在你背後說三道四。孩子，你會無聊死的。」

「你說艾凡里嗎？」安覺得很有趣。

「聽著，如果你和我一起回去，你就會有一場完美的假期。偉大的安啊，整個波林布洛克都會爲你瘋狂的，不管是你的頭髮或是你的造型，還有你的一切呀！你是如此與衆不同，肯定會大受歡迎的，而我也能沾沾你的光，『雖然我不是那朵玫瑰，但只要開在它身旁便足矣。』安，你就跟我一起來嘛！」

「菲兒，你描述的情景很吸引人，但我要描繪一幅更美好的景象給你聽。我家是一棟老舊的鄉村農舍，外觀是綠色的，現在已經褪色了。房屋四周是光禿禿的蘋果園，下方有一條小河，再過去是時節十二月的冷杉林。我常在那片樹林裡，聆聽風雨彈奏著樂曲；附近有座池塘，現在應該是灰色的，大概是在沉思吧。家裡有兩位中年婦人，一高一矮，一瘦一胖，還有一對雙胞胎，一個是模範兒童，另一個被林德夫人稱作『小魔頭』。二樓靠近前門的小房間，乘載了許多舊時回憶，裡面有一張又大又寬又漂亮的羽絨床，在睡過宿舍床墊之後，那張床可說是奢華的等級。菲兒，你覺得我描繪的畫面怎麼樣？」

「感覺很無趣。」菲兒皺眉。

「不過，我還沒提到最重要的部分。」安溫柔地說。「那是一個充滿愛的地方，菲兒，世界上再沒有其他地方能擁有如此忠誠又溫柔的愛了，那份愛始終在爲我守候。有了愛，即便色彩不夠絢麗，也讓這幅畫成了傑作，對吧？」

菲兒默默無語，她起身將巧克力扔掉，然後向前摟住安。

「安，我眞希望能和你一樣。」菲兒認眞地說。

翌日晚上，安和黛安娜在卡摩地車站相見，兩人在寂靜的星空下一同駕車返家。馬車駛進小徑後，映入眼簾的綠色屋頂之家看起來熱鬧非凡，每扇窗都透射出耀眼的燈光，彷彿火紅鮮花在漆黑的幽靈森林裡綻放。院子裡燃著旺盛的營火，兩個快樂的小傢伙在一旁跳舞，當馬車來到白楊樹下，其中一個發出淒厲的叫喊聲。

「德比在模仿印地安人作戰的吶喊。」黛安娜說。「哈里森的雇工教他的，他一直在練習，準備歡迎你回來。林德夫人被他弄得神經衰弱，因爲他會偷偷跑到林德夫人背後突然大叫。營火也是德比堅持要爲你準備的，他收集了兩個星期的樹枝，纏著瑪麗拉在點燃之前倒些煤油。根據這個味道，我猜瑪麗拉照做了，雖然林德夫人到最後一刻都還在說，若是允了德比的要求，大家都會被燒死。」

安一從馬車下來，德比便興高采烈地抱住她的腿，朶拉也緊抓住她的手。

「安，你看這個火很大吧！我弄給你看——你有沒有看到火花？安，這是我爲你做的，你要回來我好開心哦！」

這時，廚房的門開了，瑪麗拉清瘦的身子背對著室內光線，讓人看不清楚。她想待在陰影之中迎接安，因爲她深怕自己會喜極而泣。瑪麗拉向來就是這麼嚴謹又壓抑，她認爲表現出內心的激動很不得體。林德夫人站在她身後，一如從前那般親切善良。

安向菲兒形容的愛正團團包圍著她，賜予她祝福和喜悅。畢竟，世界上沒有任何東西能取代多年來的羈絆、老友和熟悉的綠色屋頂之家啊！當安看見餐桌上豐盛的菜餚時，她的雙眸像星星般閃耀，臉頰泛出紅暈，笑聲如銀鈴般響亮。黛安娜今晚也要留宿，這一切就和從前一模一樣！玫瑰花蕾茶具也為餐桌增添了幾分優雅。瑪麗拉終於也忍不住真情流露了。

「你和黛安娜肯定要聊上一整晚。」瑪麗拉挖苦地說，每當她違背自己的原則後，說話就會變得諷刺。

「對啊，」安高興地說。「但我要先哄德比上床睡覺，他很堅持要我陪他。」

「對啊！」德比突然冒出來說。「我想要有人聽我禱告，不然自己禱告太無聊了。」

「德比，你不是自己一個人，上帝一直都在傾聽。」

「可是我看不見祂呀。」德比說。「我想要對我看得見的人禱告，但我不想講給林德夫人和瑪麗拉聽。」

然而，德比穿上他的灰色法蘭絨睡衣後，還是沒打算開始祈禱。他站在安的面前，用腳摩擦另一隻腳，彷彿在猶豫。

「德比，過來這邊跪著吧。」安說。

德比走向前，把臉埋進安的大腿，但是沒有跪下來。

「安，」他悶聲說。「我一點都不想禱告，已經一個星期了。我……我昨天晚上和前天晚上也沒有禱告。」

「爲什麼呢？德比。」安柔聲詢問。

「我……說出來你可以不要生氣嗎？」德比哀求。

安把德比抱到腿上，環抱住他的頭。

「德比，我從來沒有因爲你告訴我事情而生氣，對吧？」

「沒有，你都沒有生氣過。可是你會難過，那樣更糟糕。安，要是你等一下聽完我說的事情，你會超級難過的，而且你可能會以我爲恥。」

「德比，你做了什麼壞事嗎？因爲這樣你才不敢禱告嗎？」

「沒有，我沒有做壞事——還沒，可是我好想。」

「德比，你想做什麼壞事？」

「我……想要說髒話，安。」德比用盡所有勇氣說出來。「上星期我聽見哈里森家的雇工說髒話，然後我就一直很想要學，就連禱告的時候也是。」

「你就直接說出來吧，德比。」

德比驚訝地抬頭，他的臉因羞愧而通紅。

「可是……安，那是很不好聽的髒話耶。」

「快說出來！」

德比又露出難以置信的神情，接著他小聲說出那個難聽的髒話。一說完，他便把臉埋起來。

「噢！安，我再也不會說髒話了，保證不會了！我以後都不想說了！我知道說髒話不好，但是我沒想到會這麼……我沒想到會是這樣。」

「德比，我相信你以後不會再說，也不會再想了。如果我是你，我不會跟哈里森的雇工來往。」

「可是他很會學印地安人的叫聲耶。」德比覺得有些可惜。

「德比，你也不想要腦袋瓜裡裝滿髒話吧？那會傷害你的心靈，趕跑你的優點，還有男子氣概哦。」

「我不想。」德比大大的眼睛露出反省的神情。

「以後我們不要跟說髒話的人玩。德比，你現在可以祈禱了嗎？」

「可以了！」德比急切地扭動身體要下去。「我現在可以好好禱告了，我已經不害怕說『如果我在醒來之前死去』了，我之前好怕變成眞的。」

當晚，安和黛安娜徹徹底底聊了一整夜，至於內容嘛，就是兩人之間的小秘密了。到了隔天早上，她們依舊神采奕奕地享用早餐，彷彿青春期的少年般，整夜尋歡作樂都不會疲倦。

今年艾凡里還沒有下雪，而正當黛安娜從古老的獨木橋返家時，沉睡於美夢中的黃褐色田野和幽暗的樹林都飄下白色的雪花。沒多久，遠方的山坡和丘陵也彷彿披上白色的紗巾，看起來就像一縷朦朧幽魂。那是蒼白的秋天新娘披著頭紗，等待著她的冬天新郎。因此，今年他們迎來白色的聖誕節，那是個非常愉快的一天。接近中午時分，安收到拉文達小姐和保羅的來信和禮物，她走到廚房拆信，德比經常在這裡嗅個不停，說有「好香的味道」。

「拉文達小姐和艾文先生已經搬進新家了。」安說。「我從拉文達小姐的文字看出來，她過得很幸福。喬洛特四世也寫了信，不過她說不喜歡波士頓，反而很想家呢！拉文達小姐要我回家時抽空去『回聲莊』生個火，讓屋內保持乾燥，確保坐墊不會發霉。下個星期，我找黛安娜跟我一起去好了，晚上順便和迪奧朵拉敍舊，我好久沒看見她了。對了，魯多畢克還有去找她嗎？」

「有啊，」瑪麗拉說。「他好像打算一直拖下去。大家都已經不期待他會求婚了。」

「我要是迪奧朵拉，我就催他了。」林德夫人說，這的確很像她的作風。

菲兒也以她特有的潦草字跡寫信來了。整封信都是關於亞力克和阿蘭索的事情，包括他們說了什麼、做了什麼，還有他們看見菲兒的反應。

「可是我還沒決定好要和誰結婚。」菲兒在信上如此說道。

要是你能和我一起回來，替我做決定就好了，反正我自己肯定是選不出來的。當我看見亞力克時，我的心怦怦地跳，我心想就是他了！但是後來阿蘭索來了，我的心跳又變快了，這根本無從參考嘛！可是小說上都這樣演的。安，你的心只會為真正的白馬王子跳動，對嗎？我的心一定有什麼根本性的問題。不過，我的假期過得很愉快，真希望你也在這裡！今天終於下雪了，我好開心。我深怕遇見綠色聖誕節，那樣太討厭了。你知道嗎？如果聖誕節是灰灰髒髒的褐色，彷彿一百多年所遺留下來的，然後一直沉澱到現在，那就稱作綠色聖誕節。不要問我為什麼，鄧德里動爵[1]說過：「有些事情是任何人都無法理解的。」

安，你有沒有過搭上電車後才發現沒帶錢的經驗？我前幾天就是這樣，真是太可怕了！我記得上車前，外套的左邊口袋有一枚五分錢硬幣，可是等我坐好後一摸，竟然不見了！我瞬間背脊發涼，趕緊摸摸另一個口袋，發現還是沒有，我心裡又一陣發寒，然後我又摸了小暗袋，一樣空空如也，那一刻我真的連打了兩個寒顫。我把手套脱下來放在座位上，再把所有口袋檢查一遍，結果還是沒找到。我還站起來甩甩身體，看看地板上有沒有。那時候，整個車廂裡擠滿了要從劇院回家的人，他們全都盯著我看，可我也沒心思管這種小事情了。但我就是找不到錢付車資，我想我一定是不小心吞下肚了。

我不知道如何是好，一直想著車掌會不會把車停下來，毫不留情地把我趕下去？他有沒有可能相信我是不小心的，而不是找藉口要坐霸王車的無理之人？如果亞力克或阿蘭索在就好了！是我不讓他們跟著，要是我同意的話，他們早就來了。我不知道車掌過來時要怎麼説，我一想好解釋，就覺得沒人會相信，所以又得再想一個。那既然什麼都做不了，也只能聽天由命了。我就想像自己是故事裡那位遇見暴風雨的老太太，當船長告訴她必須相信全能的上帝時，她還驚呼：「船長，事情有那麼糟糕嗎？」最後我已經不抱任何希望了，因為車掌已經拿著錢箱，來向我旁邊的乘客收錢。就在這時，我突然想到我把那可惡的硬幣放在哪裡了，我並沒有把它吞下去。我溫柔地從手套的食指翻出錢幣，投進箱子裡，一邊對大家微笑，那一刻，我覺得這世界真是美好。

拜訪「回聲莊」的這一趟旅程，和其他行程一樣愉快。安和黛安娜提著餐籃，沿著山毛櫸那條老路走過去。自拉文達小姐的婚禮後便上鎖的「回聲莊」，今天再次開啓了。微風和陽光透進室內，爐火點亮了房間，空氣中仍瀰漫著玫瑰花瓶的香氣。很難相信，再也看不到拉文達小姐踩著輕快的步伐出現，以及她那充滿歡迎之意的棕色眼眸。喬洛特四世也不會像以前一樣，頭上繫著藍色蝴蝶結，用大大的微笑來門口迎接了。還有保羅，似乎還能看見他帶著童話般的幻想，在此地徘徊不去。

「我覺得自己好像重返人間的幽魂。」安大笑。「我們去看看外面的『回聲』還在不在，把之前的號角拿過來吧！一樣放在廚房的門後面。」

「回聲」仍在，它從白色的河流傳回來，一如以往響亮清澈，隨著一陣陣回聲逐漸停止，兩人再度鎖上大門。冬季的日落將天空染成一片紅霞，在這最美的時分，安和黛安娜踏上了歸途。

1鄧德里勳爵（Lord Dundreary），英國劇作家湯姆．泰勒《我們的美國表親》（*Our American Cousin*）中的角色，是個心地慷慨善良，卻沒什麼腦袋的貴族。

第8章 初次求婚

今年的最後一個日子，沒有伴隨綠色的暮光和粉色的夕陽悄悄溜走，反而挾帶著一場狂妄的暴風雪揚長而去。那一晚，狂風橫掃冰凍的牧場和黑暗的窪地，有如迷途野獸在屋外發出悲鳴，玻璃窗在大雪的猛烈拍打下顫抖不已。

「這樣的夜晚，大家都會窩進毯子裡，細數自己的幸運。」安對琴·安德羅斯說。琴下午就過來了，她打算在這裡住一晚，她們在安的小房間裡用被子裹住身體，不過琴心裡想著的，卻無關自己的幸運。

「安，」琴的口氣十分嚴肅。「我想跟你說一件事，你願意聽嗎？」

安十分疲倦，因爲前一天晚上，她才剛參加完露比·吉利斯的派對，此刻她寧願早點睡覺，也沒興趣聽琴說些無聊的小秘密。她完全不知道琴要說的是什麼，但不外乎就是她訂婚了吧。聽說露比·吉利斯已經和史賓瑟山谷的老師訂婚了，據說他還是許多女孩愛慕的對象呢。

「過不了多久，我就會成爲四人組裡唯一的戀愛絕緣體了。」安昏昏欲睡地想，但她還是說：「我當然願意。」

「安，」琴的語氣更嚴肅了。「你覺得我哥哥比利怎麼樣？」

這意料之外的問題讓安倒抽了一口氣，她的內心很掙扎，不知道該怎麼回應。天啊！竟然問她對比利・安德羅斯的看法，她對他從未有過任何想法啊！比利有一張圓臉，性格溫厚，但看起來呆呆的，整天都在傻笑。難道會有人去認真想過比利・安德羅斯這個人嗎？

「琴……我不太懂你的意思。」安有些結巴。「你指的是什麼？」

「你喜歡比利嗎？」琴直接了當地問。

「唔……這……我當然喜歡他啊。」安心想自己的回答是否言不由衷。她的確不討厭比利，可是比利剛好出現在視線範圍內時，自己那種不感興趣的包容，能算是喜歡嗎？琴到底想說什麼？

「你願意讓比利成爲你的丈夫嗎？」琴慎重地問。

「丈夫！」原本安爲了仔細思考自己對比利的看法，所以坐在床舖上，可是一聽見此話，她整個人癱軟到枕頭上，差點無法呼吸。「誰的丈夫？」

「當然是你的啊。」琴回答。「比利很想跟你結婚。他喜歡你很久了，我父親已經把上面的農場登記到他名下，所以他可以結婚了。只是他太害羞，不敢親自向你求婚，就拜託我來問你。我本來一點都不想幫他，但是他一直求我，讓我不得安寧。安，你覺得怎麼樣？」

這是夢嗎？只有在惡夢中，才會莫名其妙跟陌生人或討厭的人結婚吧。不對，安・雪莉雖然躺在床上，但是她很清醒，琴・安德羅斯就坐在一旁，嚴肅地替她哥哥求婚。安簡直哭笑不得，但是她沒表現出來，她不想傷了琴的心。

「我……我沒辦法和比利結婚。琴，你懂我的。」安好不容易才說出來。「我從來沒想過這件事，一次都沒有！」

「我想也是。」琴也認同。「比利就是太過害羞了，才不敢親自向你求婚。可是安，你眞的可以愼重考慮看看。比利是個好人，雖然他是我哥哥，我也得稱讚他一下。他沒有任何不良嗜好，工作又認眞，絕對値得你依靠。你與其空想未來，倒不如滿足於現在所擁有的。比利說，如果你堅持的話，他很願意等你讀完大學，不過他更希望在春耕之前結婚。安，我相信比利會一輩子對你好的，而且我也希望你成爲我的嫂嫂哦！」

「我不能跟比利結婚。」安說得堅決。她已經恢復思考能力，開始覺得有些生氣了。這一切實在太荒唐了！「再考慮也沒有意義，我對他一點感覺也沒有，你一定要如實告訴他。」

「唉，我早猜到你不會答應。」琴嘆了口氣，她已經盡力了。「我跟比利說過問了也沒用，他還是堅持要問。唉，既然你決定了，希望你不要後悔。」

琴的語氣相當冷淡。雖然她早知道安不可能嫁給比利，但她心裡還是不太高興。她心想，再怎麼說安也只是被收養來的孤兒，沒有半點家世背景，憑什麼拒絕安德羅斯家族。算了，反正驕者必敗，等著瞧吧！

想到琴說不要後悔那句話，安放任自己偷笑。

「我希望比利不會太難過。」安好意地說。

聽見此話，琴抬起頭來。

「哎呀，他不會傷心的啦。比利是個很理智的人，他也很喜歡妮蒂．布列維，我母親希望比利娶她爲妻，而不是其他女孩子。妮蒂很會做家事，也很節儉，如果你不跟比利結婚，那他就會娶妮蒂吧！安，請你不要把這件事說出去哦！」

「我不會的。」安根本無意宣揚比利喜歡她、想娶她爲妻，最後卻要跟妮蒂結婚這種事。她怎麼能輸給妮蒂．布列維！

「我們該睡了。」琴說。

她很快就睡著了。雖然現在的情況和《馬克白》很不一樣，但她確實成功謀殺了安的睡眠[1]。這名被求婚的少女一夜未眠，原因卻一點都不浪漫，直到隔天早上，安才終於逮到機會笑出聲。由於安對能與安德羅斯家族結合的殊榮一點都不領情，所以琴在回家時仍然一臉冷漠。待她走後，安回到房間關上門，再也忍不住大笑出聲。

「眞想跟別人分享這則趣事！」安心想。「可惜我不能說出去。黛安娜是我唯一想分享的對象，可是卽便我沒有發誓保守秘密，我也不能告訴她了，因爲她一定會把所有事情都說給佛雷德聽。總之，這是第一次有人向我求婚，雖然我有想過會發生，但沒想到竟是透過代理人，這眞是太好

1引用自莎士比亞《馬克白》第二幕第二場，馬克白在臥室裡謀殺鄧肯。

笑了，可是我心裡還是覺得有些刺痛。」

安雖然沒有明說，但心裡很清楚刺痛的原因。事實上，她不只一次在心中幻想有人能向她求婚。在那些想像中，整個過程既浪漫且美好，「那個人」長相帥氣，擁有一雙深邃的眼眸，舉止高貴優雅又能言善道。倘若他是眞命天子，安會欣喜若狂地說「我願意」；如果不是，便只能遺憾地以優美的方式婉拒，這時對方會親吻她的手，向她表達至死不渝的愛後離去。這樣才夠光榮和淒美啊！

然而，本該令人驚喜的時刻卻演變成一場鬧劇。比利．安德羅斯的父親給他一塊農場，所以他就派妹妹來替他求婚，而如果安不願意，他會就娶妮蒂．布列維。這還眞是浪漫啊，竟然使出一記回馬槍！安不禁笑了——然後又嘆了口氣。純眞少女的夢想就這麼被打擊了，這種痛苦若是再多來幾次，這一切是否將會變得平淡無奇？

第9章

討厭的求親者與老友的來信

雷蒙的第二個學期和第一個學期一樣，時間過得飛快，根據菲兒的說法是「咻一聲就過去了」。安非常享受每一個過程，包括班級間的良性競爭、友誼的建立與維繫、增進社交手腕、參加各種社團活動、增廣見聞以及發掘興趣，她也很努力念書，期望能靠英國文學這一科獲得舒朋獎學金。她早已下定決心，明年不再花費瑪麗拉那些微薄的積蓄了。

吉伯也想獲得獎學金，但他仍時常跑到聖約翰街三十八號拜訪。安在學校參加各種活動，身邊總是少不了吉伯的影子，她知道雷蒙的流言蜚語都將兩人湊在一起。對此，安感到憤怒卻又無可奈何，因爲她沒有辦法拋棄吉伯這個老朋友，尤其他現在變得既聰明又小心，沒有再隨便惹她生氣過了。

吉伯當然得謹慎些，因爲他警覺到雷蒙有很多臭小子都想取代他的位子，好接近這名纖細、紅髮、灰色雙眸猶如星星般迷人的女同學。新生時期，拜倒在菲兒石榴裙下的衆多志願者從未注意過安，可是有個身型修長、頭腦聰明的新生和活潑矮胖的二年級生，還有身材高大又博學多聞的三年級生都喜歡到聖約翰街三十八號拜訪，在四處都是坐墊的客廳裡，跟安討論課業和其他比較輕鬆的話題。吉伯不喜歡他們，他小心翼翼地不讓任何一人捷足先登，進而向安表明心跡。對安來說，吉伯又變回艾凡里時期的同伴，因此任何前來的挑戰者都無法與之匹敵。以同伴而言，安承認吉伯是無可取代的，爲此她也覺得高興，她告訴自己，吉伯已經放下那些荒唐的念頭了，雖然安經常在暗地裡思考吉伯改變的原因。

那年冬天，還是發生了一件不愉快的事情。一天晚上，查理．史隆直挺挺地坐在艾達小姐最珍愛的坐墊上，問安是否願意「在未來的某一天成爲史隆太太」。若非經歷過比利的委託求婚，天性浪漫的安一定會感到訝異，不過這次也只是同樣令她心碎又幻滅。安感到很憤怒，因爲她自認從來沒有給過查理任何一點暗示或鼓勵，讓他做出這件事情。套句林德夫人常說的話：「你能期望史隆家什麼？」

查理的態度、語氣、神情和用詞，在在都顯露出史隆家的味道。他彷彿是在授予一項恩典，而安卻絲毫不領情，但考慮到史隆家也有感情，不應該被殘忍地傷害，所以安十分委婉地拒絕，沒想到他卻露出史隆家的本性。

查理被拒絕後的反應和安幻想中的求婚者完全不同。他很生氣，不僅直接表現出來，還說了一些很難聽的話。安怒不可遏，忍不住用尖銳的話語反擊，戳破查理的保護色並打擊他的痛處。查理抓起他的帽子，漲紅著臉跑出去，安也衝上樓，途中還被艾達小姐的坐墊絆倒了兩次。她撲到床上，因深感屈辱和憤怒而大哭，她已經墮落到跟史隆家的人吵架了嗎？查理．史隆說的話憑什麼讓她生氣？天啊，她竟已淪落至此，這比成爲妮蒂．布列維的對手還要淒慘！

「我再也不要看到那個可惡的人！」她趴在枕頭上啜泣，內心忿忿不平。

安無法避免再次遇到查理，不過憤怒的查理會主動保持距離，從今以後，艾達小姐的坐墊就不會再被坐壞了。查理在路上或校園中碰見安時，打招呼的態度冷淡至極，昔日老同學間的緊張關係就這麼持續了將近一年。後來，查理將注意力轉移到一名二年級女生身上，她的身材嬌小，有一張紅潤的圓臉、獅子鼻和一雙藍眼睛，重要的是她欣賞查理的愛。於是，查理終於原諒安，再次對她客氣了起來，不過他的態度仍有些居高臨下，目的是爲了讓安明白她的損失。

某天，安興奮地跑進普莉希拉的房間。「你看！」安嚷嚷著，將一封信拿給普莉希拉。「史黛拉寄信來，說明年也要來雷蒙念書了！如果能成眞就太好了！普莉希拉，你覺得會實現嗎？」

「我要先讀完信，才能好好回答你呀。」普莉西拉說。她把希臘語字典扔到一旁，接過史黛拉的信。史黛拉·梅納德是她們在皇后學院的好友之一，畢業後便一直在學校裡教書。

「親愛的安，我不教書了，」她寫道。

明年我打算去念大學。因為之前在皇后學院讀了三年，所以我可以直接進入二年級。我已經厭倦了在偏遠地區教書的生活。未來我要寫一篇以「鄉村女教師的甘苦談」為主題的論文，內容將會是令人悲傷的真實描述。一般人都以為我們的生活安逸又舒適，整天無所事事等著領薪水就好，所以我的論文將把真實情況呈現出來。說真的，若是一個星期裡面，都沒聽見半個人跟我說我的工作高薪又輕鬆，那我大概要謝天謝地了。之前有個居民語帶鄙視地對我說：「我看你們賺錢很輕鬆嘛，只要坐在那邊聽學生念課本就行了。」一開始我都會跟他們爭辯，但是後來我就學聰明了。雖然事實勝於雄辯，但正如一位智者所說：「謬見比事實更頑強。」所以我現在只會把背挺直了微笑，用沉默應對。

我們學校有九個班級，從蚯蚓的身體構造到太陽系的組成結構，所有事情我都要教。我最小的學生今年四歲，他母親嫌他礙手礙腳，就把他送到學校來。最年長的學生二十歲，他來這裡就讀，只是因為某一天他突然想到上學比耕田還要輕鬆而已。我必須鑽研各式各樣的學問，再把它們塞進一天六小時的課程裡，不知道學生們有沒有覺得自己像是被父母帶去看默片的小孩子，都還沒搞清楚上一幕演什麼，就得關心下一幕會發生什麼事。我自己就有這種感覺。

安，我還收到一些很荒唐的信！湯米的母親認為兒子的算術一直沒有進步，到現在還只會減法，反而沒那麼聰明的喬尼已經學會分數了，她不明白為什麼會發生這種事；蘇西的父親想知道為什麼女兒寫的信有一半都拼錯字；迪克的阿姨要求我替他換座位，因為坐他隔壁的黑人壞小孩一直教他說髒話。

至於財富的部分嘛，我就不說了。神若想要毀滅一個人，就會讓他去當鄉下的教師！

抱怨完之後心情舒坦多了，說到底過去這兩年還是挺快樂的，不過，我就要去雷蒙大學啦。

安，我有個小小的主意。你也知道我很討厭寄宿別人家，這種生活我已經過四年了，實在很厭煩，如果要再住三年，我肯定受不了。

不如你、我和普莉希拉一起集資，在金斯泊租個小房子自己住，你覺得怎麼樣？這樣最省錢了。當然啦，我們會需要一名管家，我正巧認識一位。我有向你提過詹姆西娜阿姨嗎？她是全世界最溫柔的人，雖然她的名字很特別，但也不是她自願的，會這樣命名是因爲她出生前一個月，父親詹姆士在海裡溺斃的緣故，我平時都稱呼她詹姆西阿姨。不久前，她的女兒嫁給牧師，到國外傳教去了，詹姆西阿姨一個人守著大房子，實在太孤單了！所以，如果我們需要，她願意到金斯泊當我們的管家，你們一定會喜歡她的。我愈想愈覺得這個主意很棒，我們可以擁有美好又自由的生活空間呢！

如果你們也贊成，要不就在這個春天開始找房子吧？那會比拖到秋天來得好。若是能找到附家具的最好，如果沒有，我們就跟家人朋友要一些囤放在閣樓裡的簡單家具湊合湊合。總之，你們盡快決定好告訴我，詹姆西阿姨才好為明年做安排。

「我覺得這是個好主意。」普莉希拉說。

「我也是。」安開心地說。「雖然我們的宿舍很不錯，可是說到底，這裡不是我們的家。我們就趁考試前趕快去找房子吧！」

「要找到合適的房子恐怕不容易。」普莉希拉警告說。「安，你別抱太大的期望，地點好又漂亮的房子我們可能負擔不起。我們頂多找到不知名街上的破舊小房子，用充實的生活來彌補房子的不足。」

事實證明，要找到一間符合要求的房子比普莉希拉想像的還要困難。附家具或沒附家具的房子都很多，可是要不是太大，就是太小，不然就是太貴，或者離雷蒙太遠。眼看考試已經結束，也到學期最後一週了，安口中的「夢幻家園」依然沒有著落。

「看來我們只能先放棄，等到秋天再說了。」普莉希拉疲倦地說。這天下午，安和普莉希拉到公園裡散步，四月的天空一片蔚藍，微風徐徐吹拂，港口在珍珠色的薄霧下變成乳白色，發出閃閃光亮。

「到時候應該可以找到足以遮風避雨的小房子，如果還是找不到，就只能繼續寄宿了。」

「我現在不想煩惱這件事，免得破壞這個美好的午後。」安心情愉悅地欣賞周遭風景。涼爽的空氣中隱含著松樹的芬芳，蔚藍的天空如水晶般澄澈，好像一杯盈滿祝福的杯子在天空中倒放著。「春天在我的血液裡歌唱，四月的誘惑在空氣中瀰漫。普莉希拉，我不僅看見幻象，還做了美夢，這是西風的緣故。我很喜歡西風，它總是能吟唱出希望與喜悅。可每當東風吹來，我都會想起屋簷上的悲傷雨滴，還有灰色海岸上的傷心浪潮。等到我老的時候，東風一吹，我肯定會染上風濕病。」

「而且，終於可以脫掉毛皮大衣和冬裝出門，像這樣穿著春裝，是不是輕鬆多了？」普莉希拉笑著說。「你不覺得自己煥然一新嗎?」

「春天的一切都是新的。」安說道。「每年的春天也都是新的,從來沒有一個春天和前一年重複,每次都有獨特的樂趣。你看看小池塘邊的草多翠綠啊,柳樹也長了好多枝枒。」

「考試結束了,下週三要召開學生會。下個星期的今天我們就能回家了。」

「眞開心!」安說。「我有好多事情想做。我想坐在廚房的樓梯上,感受從哈里森先生那片田地輕拂過來的微風、到『幽靈森林』裡尋找蕨類,還想去『紫羅蘭谷』採花。普莉希拉,你還記得我們的金色野餐嗎?我好想再聽一回青蛙歌唱和白楊木低語。我也喜歡上金斯泊了,我很期待明天秋天再回到這裡。不過,如果拿不到獎學金,我恐怕就沒辦法回來了。我不能再花費瑪麗拉的微薄積蓄了。」

「要是我們能找到房子就好了!」普莉希拉嘆了口氣。「安,你看看那邊,整個金斯泊都是房子,卻沒有一個屬於我們。」

「別擔心,普莉希拉,所謂『好酒沉甕底』,我們遲早能和古羅馬人一樣,找到一棟房子或者建造一棟房子。這麼美好的日子,我的字典裡可沒有失敗這個詞。」

她們在公園裡一直待到日落,沉浸於春天帶來的奇蹟和燦爛之中。最後,她們和往常一樣沿著斯勃福德街回去,順便去看看「芭蒂之家」。

「我覺得好像有什麼不可思議的事情即將發生,因爲我的大拇指正在隱隱作痛。」兩人爬上坡時，安說著。「這種感覺像是身在童話故事裡一樣。啊——啊——啊！普莉希拉．格蘭特，你快看，快告訴我那是眞的，還是我看見幻影了?」

普莉希拉向前看過去，安的大拇指和眼睛沒有欺騙她。「芭蒂之家」的拱形大門上正懸掛著一塊簡單的小牌子，上頭寫著：「出租，附傢俱，意者內洽。」

「普莉希拉，」安小聲說。「你覺得我們能租到『芭蒂之家』嗎?」

「不可能。」普莉希拉斷言。「天底下哪有這麼好的事?童話故事早就不存在了。安，我一點都不敢奢望，我承受不起那種失望。他們的租金我們肯定負擔不起，別忘了，這可是斯勃福德街呢！」

「先進去看看再說。」安的意志十分堅決。「現在已經太晚了，我們明天再來。天啊，普莉希拉，如果我們能住在這裡就太好了！打從我第一次看見『芭蒂之家』，我就知道我們的命運相連在一起。」

第10章 芭蒂之家

翌日傍晚，兩人踩著堅定的步伐，沿著魚骨紋走道穿過小花園來到門口。四月的風吹拂過松樹，唱起迴旋曲。成群的知更鳥讓樹木熱鬧了起來，幾隻圓滾滾且活潑的小夥伴還在走道上大搖大擺地走來走去。少女們緊張地按下門鈴，一名嚴肅的高齡女僕前來開門引領她們進去。第一個映入眼簾的是寬敞的客廳，溫暖的壁爐旁，正坐著兩名表情同樣嚴厲的老女士，一位年約七十，另一位約莫五十，除了年齡之外，兩人看起來沒什麼分別。

兩人的鋼框眼鏡下，都藏著一雙淺藍色的大眼睛，她們頭上戴著無邊帽，身披灰色披巾，慢條斯理地織著毛線衣，同時一言不發地注視起少女。兩人的背後各擺放著一隻白色瓷器大狗，大狗身上長滿綠色斑點，連鼻子和耳朵都是綠色的。安馬上就喜歡上這兩隻大狗，它們簡直就是「芭蒂之家」的雙胞胎守護神。

現場一片靜默，安和普莉希拉緊張得不知如何開口，而兩位老女士和瓷器大狗也不像是健談的類型。安環顧四周，這個地方看起來眞是舒適，屋內的另一扇門直接通往松樹林，知更鳥大膽地在門口跳來跳去；地板上到處都鋪著圓形的編織墊，和瑪麗拉做的款式一模一樣，不過這種東西就連在艾凡里也已經不流行了，沒想到竟然會在斯勃福德街出現。角落裡，擦得發亮的大型老爺鐘沉重地敲打出時間；壁爐臺上有一個精巧的櫥櫃，裡頭的典雅瓷器在玻璃門後閃閃發亮；牆壁上懸掛著古老的版畫和剪影畫；另一個角落有座樓梯，上去後第一個拐彎處有一面長形窗戶，窗前擺放著舒適的坐椅。這裡的一切就和安想像的一模一樣。

沉默持續到現在，開始令普莉希拉感到不安，她用手肘推了推安，暗示她開口說話。

「我們……我們……看到外面的牌子上說房子要出租。」安小聲地對年紀較大的女士說。很顯然她就是芭蒂．斯勃福德女士。

「噢，對！我今天打算把牌子拿下來了。」芭蒂．斯勃福德女士說。

「那……那麼我們已經晚了一步嗎？」安傷心地說。「您已經將房子租出去了嗎？」

「沒有，我們決定不出租了。」

「天啊，那眞是太遺憾了！」安驚呼出聲。「我好愛這個地方，本來很希望能租下來的。」

這時，芭蒂女士放下毛線，拿下眼鏡擦一擦後再戴上去，她第一次正視安這個人。另一位女士也跟著做一模一樣的動作，有如鏡子裡的倒影一樣。

「很愛這個地方？」芭蒂女士特別加重了「愛」這個字。「你是眞的很愛這個地方，還是單純喜歡表象而已？現在的女孩子總是喜歡誇大用語，根本沒有人聽得懂她們眞正的意思。我們年輕的時候可不會這樣，以前的女孩會說愛母親愛上帝，但不會用同樣語氣說自己愛一顆蕪菁。」

安的眞心使她充滿勇氣。

「我眞的很愛這個地方。」她溫柔地說。「去年秋天我第一次見到這裡，就愛上它了。我和兩個大學好友明年打算一起租房子，不再過寄宿生活，所以我們正在尋覓合適的地方。當我看見這棟房子要出租時，我眞的好高興！」

「如果你眞的愛它，我可以租給你。」芭蒂女士說。「今天我和瑪利亞才決定不出租了，因爲沒有一個求租者讓我們滿意。我們不一定要把房子租出去，就算不租，我們也負擔得起去歐洲的花費。雖然租金不無小補，可就算是給我金山，我也不會把房子交給之前那些來洽詢的人。你跟他們不一樣。我相信你是眞心愛這棟房子，會好好珍惜它，所以我決定租給你。」

「不知道……我們能不能負擔得起價格？」

芭蒂女士說了一個數目。安和普莉希拉相視一眼，然後普莉希拉搖了搖頭。

「我們恐怕負擔不起這麼高的數目。」安努力把失望吞下肚。「您知道，我們只是窮學生。」

「你們負擔得起多少錢？」芭蒂女士問，手裡又開始織起毛線。

安說出數字，芭蒂女士愼重地點頭。

「可以。正如我剛才所說，房子不是非得租出去。雖然我們並不富有，但是我們有足夠的錢去歐洲。我這一輩子沒去過歐洲，也從來沒有想過要去，可是我的姪女瑪利亞．斯勃福德很想去看看。你們也知道，像瑪利亞這樣的年輕女生可不能自己跑去環遊世界啊。」

「是啊……我……我想也是。」安小聲地說，她發現芭蒂女士的表情十分嚴肅。

「當然啊！所以我得跟去照顧她。我也希望這是趟美好的旅程，雖然我已經七十歲了，但我還沒有活夠本呢。要是我以前有想到，我早就去歐洲了。這次我們大概會去兩、三年，船班六月起航，屆時我會把鑰匙送過去，你們隨時可以搬進來。除了幾件重要物品之外，其他的我都會留下來。」

「您會把瓷器大狗留下來嗎？」安害羞地問。

「你希望我把它們留下來嗎？」

「是的，它們好可愛啊！」

芭蒂女士的臉上浮現高興的表情。

「我很珍視這兩隻狗。」她自豪地說。「它們已經超過一百歲了，自從五十年前我兄長艾隆把它們從倫敦帶回來之後，就一直坐在壁爐兩側。斯勃福德街便是以兄長的名字命名的。」

「他是一個很優秀的人。」這是瑪利亞小姐第一次開口。「唉，現在已經找不到像舅舅一樣的人了。」

「對瑪利亞而言，他是個好舅舅。」芭蒂女士有些感動。「真不錯，你竟然還記得他。」

「我永遠都不會忘記他。」瑪利亞小姐認真地說。「這一刻，我還能看見他站在壁爐前，手插在大衣口袋，對著我們微笑。」

瑪利亞小姐掏出手帕，擦擦泛淚的雙眼。芭蒂女士決定打破感傷的氛圍，將話題轉回到租屋的事情。

「只要你們保證會小心照顧，我就把狗留下來。」她說。「它們的名字分別是『狗狗』和『馬狗狗』。左邊的是『狗狗』，右邊的是『馬狗狗』。另外，我還有最後一個條件。我希望你們不反對讓這棟房子繼續叫做『芭蒂之家』。」

「當然，我們最喜歡的就是它的名字了。」

「你很懂事。」芭蒂女士感到非常滿意。「你敢相信嗎?之前來這裡接洽的人竟然都希望能在租屋期間把名字換掉。我直接了當地告訴他們，這個名字會永遠跟隨這棟房子。自從艾隆在遺囑中把這棟房子留給我，它就一直叫做『芭蒂之家』，這個名字會一直保留到我和瑪利亞死掉爲止。至於下一任屋主想取什麼蠢名，就隨便他了。」芭蒂女士的語氣彷彿在說洪水來了她也管不著。「好了，你們要不要先看看整棟房子，然後再議?」

更深入探索後，安和普莉希拉愈看愈喜歡。除了寬敞的客廳之外，一樓還有廚房和一間小臥室。二樓有三間房，一間比較大，另外兩間比較小。安特別喜歡小間的臥室，因爲看出去就是巨大的松樹，她希望其中一間能夠成爲她的臥房。小房間裡貼著水藍色的壁紙，還有一張擺放燭台的古董梳妝台，菱形的玻璃窗搭配藍色棉布的滾邊窗簾，底下有張適合讀書和幻想的座位。

「這一切實在太奇妙了，我眞怕一覺醒來後發現只是一場夢。」普莉希拉在回家路上說道。

「芭蒂女士和瑪利亞小姐可不像是虛構人物。」安笑著說。「你能想像她們去環遊世界嗎?

尤其是披著披巾、戴著帽子的模樣。」

「她們出發之前應該會脫掉吧。」普莉希拉說。「不過她們一定會隨身攜帶毛線，她們離不開毛線，就算是到了西敏寺，也一定會織衣服。安，到時候我們就搬進『芭蒂之家』了呢，而且還是在斯勃福德街上！我已經覺得自己是百萬富翁了。」

「我覺得自己像是一顆為喜悅而歌唱的晨星。」安說。

夜晚，菲兒偷偷溜進聖約翰街三十八號，並撲到安的床上。

「親愛的朋友，我快累死了。我覺得自己像是沒有國家的人……咦，詩裡是這麼說的嗎？還是沒有影子的人？我忘了，總之，我一直整理行李到現在。」

「我猜你會這麼累，是因為遲遲無法決定先打包哪些東西，或者要收在哪裡吧？」普莉希拉笑著說。

「正是如此。後來我好不容易把東西全塞進去，上鎖時還請房東和她的女僕幫我坐在上面壓緊，結果我突然想到學生會要用的一堆東西都放在最底層。我只好再打開行李伸手進去翻找，好幾次我以為摸到了，結果一拉出來看卻是別的東西，最後我總共花了一個小時才全部找齊。安，我可沒有說髒話哦！」

「我又沒說你講髒話。」

「你的表情說了呀！不過我承認，我差點就說出口了，而且我的感冒好嚴重，整天都在擤鼻涕、喘氣，還有打噴嚏，我的症狀還押韻呢！偉大的安，你說些能讓我開心的話吧。」

「想想下週四晚上，你就回到亞力克和阿蘭索身邊啦。」安說。

菲兒鬱悶地搖搖頭。

「又是這個名字組合。感冒時，那兩人對我一點也不管用。不過你們兩個是怎麼回事？我仔細看才發現，你們整個人由內而外散發出光彩，哇，簡直喜上眉梢呢！到底發生了什麼事？」

「今年冬天，我們就要搬進『芭蒂之家』了。」安得意洋洋地宣布。「是住進去，不是寄宿哦！我們把它租下來了，史黛拉．梅納德要來雷蒙就讀，她的阿姨會擔任我們的管家。」

菲兒整個人跳起來，她抹了抹鼻子，跪在安的面前。

「安——普莉希拉——拜託讓我加入。我會很守規矩的，若是房間不夠，我願意睡在樹林的狗窩，只求你們讓我加入。」

「傻瓜，快起來。」

「你們不答應這個冬天讓我跟你們一起住，我就不起來。」

安和普莉希拉互看一眼，隨即以認真的語氣說：「親愛的菲兒，我們很歡迎你加入。不過我便直說了，我很窮，普莉希拉和史黛拉．梅納德也很窮，我們的生活必須省吃儉用。如果你來，就得跟我們過一樣的生活，可是你很有錢，從你的飲食起居就能看出來。」

「那有什麼關係？」菲兒傷心地問。「與其一個人孤伶伶地在宿舍吃大魚大肉，還不如和好朋友一起共享粗茶淡飯。你們別以爲我只想著吃，要是你們讓我加入，我很樂意只吃麵包和開水——也許沾一點點果醬就好。」

「還有，」安繼續說。「你得幫忙做家事。史黛拉的阿姨一個人做不完那麼多事情。我們都得負責一些工作。那你——」

「我不會勞動，也不會做裁縫。」菲兒接續安的話。「但我願意學習。你們只需要教我一次就好，我可以從摺棉被開始學。還有，雖然我不會做菜，但我不會耍脾氣，這很重要的，我也從來不會抱怨天氣。噢，拜託，拜託嘛！我這輩子第一次這麼渴求一件事，而且這地板好硬啊！」

「還有最後一件事。」普莉希拉堅定地開口。「雷蒙的人都知道，你，菲兒，幾乎每晚都在招待客人。以後在『芭蒂之家』就不能這樣了，我們說好只有星期五是會客日。如果你要和我們一起住，就必須遵守規定。」

「你們肯定以爲我不願意遵守吧？我很樂意的。我知道我得爲自己設下一些規矩，但我沒辦法下定決心去做。既然你們可以幫我，那我就放心了。如果你們不讓我加入，我會失望到死的，然後我會化成幽魂纏著你們。我會一直守在『芭蒂之家』的樓梯口，你們進進出出的時候都會被我嚇到。」

安和普莉希拉再次以眼神交換意見。

「好吧，」安說。「在史黛拉同意之前，我們無法向你保證，但是我想她不會拒絕的，至於我們兩個嘛，非常歡迎你加入。」

「假如有一天，你對我們的簡單生活感到厭倦了，你隨時可以離開，我們不會過問原因。」普莉希拉補充道。

菲兒興奮地跳起來，緊緊擁抱她們後，就歡天喜地地回去了。

「希望一切進展順利。」普莉希拉認眞地說。

「我們得努力讓它順利。」安大聲宣告。「我想菲兒會適應我們的快樂小家庭的。」

「菲兒是個一起嬉鬧的好夥伴。愈多人一起住，我們的小荷包當然就愈輕鬆，不過她會是什麼樣的室友呢？沒有一起住過，是看不出來的。」

「嗯，關於這點，我們大家都必須經過考驗。我們也要當個明理的人，好好過生活的同時，不要干擾彼此。菲兒不是一個自私的人，只是她常常沒想那麼多而已，我相信我們在『芭蒂之家』的生活會很美好。」

第11章 生命的循環

安成功獲得舒朋獎學金，高高興興地回到艾凡里。大家都說她沒什麼變，口氣中隱含著驚喜和一些失望。艾凡里也沒有改變——至少乍看之下是如此。但就在安回來的第一個星期天，當她坐進綠色屋頂之家的專屬座位時，才突然發現有好多事情都不一樣了。原來歲月沒有靜止不動，即使是艾凡里也不例外。

教堂講台上站著一位新牧師，底下長椅上少了好多再也不會出現的熟悉臉孔，包括喜歡預言的亞博爺爺、經常唉聲嘆氣的彼得．史隆夫人——希望她不用再嘆氣了，以及汀莫西．卡特，他正如林德夫人所說「二十年來都在練習死亡，這下眞的去世了。」還有老喬西亞．史隆，過世前他把鬍子修剪得整整齊齊，躺在棺材裡沒人認得出來。他們都已經長眠在教堂後方的小墓園裡。

此外，比利．安德羅斯和妮蒂．布列維結婚了！這天他們也「驚喜現身」，比利的表情洋溢驕傲和喜悅，當他引領身穿羽毛絲綢服飾的新娘到安德羅斯家的座位時，安低下頭掩飾自己閃爍的眼神。她想起聖誕假期琴代替比利向她求婚的那個雪夜，顯然比利沒有因爲受到拒絕而心碎。安不禁好奇，琴是不是也代替比利向妮蒂求婚了，還是比利終於鼓足勇氣自己問出那個重要的問題？安德羅斯一家人，從哈蒙夫人到唱詩班的琴，都一同分享他的光榮和喜悅。琴已經辭去艾凡里小學的教職，今年秋天就要前往西部。

「那是因為艾凡里沒人想追她啦。」林德夫人輕蔑地說。「她嘴上說是去西部對身體健康有幫助，可我之前從沒聽說過她身體不好啊。」

「琴是個好女孩。」忠誠的安為朋友說話。「她不像某些人，一心只想引起關注。」

「哦？你的意思是她沒有主動追求過男孩子吧？」林德夫人說。「可是她想結婚的心，一點都不輸給別人吶。不然她幹嘛要跑去陌生的地方？那裡唯一的好處就是男人多女人少嘛，還用得著你說！」

不過那天眞正讓安驚訝又沮喪的並不是琴要去西部的事，而是同樣在唱詩班，坐在琴旁邊的露比·吉利斯。露比究竟發生了什麼事？她比以前更漂亮了，可是那雙藍眼珠明亮得過頭，臉頰也散發出不正常的潮紅，而且身形十分清瘦，她捧著歌譜的雙手簡直瘦弱得看不見。

「露比·吉利斯是不是生病了？」安在回家路上向林德夫人問道。

「她得了嚴重的肺結核，快要死了。」林德夫人說得直接。「除了她自己和她的家人，其他人都看得出來，只是他們不願意承認。如果你去問，他們會說她很健康，沒有問題。自從去年冬天她的肺瘀血後，就沒辦法教書了。可是她說秋天要再回去上課，她想要去白沙鎮的學校教課，可憐的孩子，等到學校開學，她已經進墳墓啦。」

安震驚到說不出話。她的老同學露比·吉利斯竟然快死了？這怎麼可能？近年來兩人逐漸疏遠，可是舊時深厚的同學情誼仍在，這個消息刺痛了她的心弦。露比是那麼出色、活潑又迷人啊！誰又能夠將她和死亡聯想在一起？

禮拜結束後，露比熱情地向安打招呼，央求安隔天晚上去找她玩。

「星期二、三晚上我都不在家。」露比得意洋洋地在安耳邊說。「卡摩地有一場音樂會，白沙鎮也有一場派對。哈普．史班塞要帶我去，他是我最新的男朋友。你明天一定要記得來找我哦！我們好久沒有好好聊聊天了，我想聽你在雷蒙的所有事情。」

安知道露比是想要分享最近的戀愛事蹟，但她答應露比一定會去，黛安娜也說要一起過去。

「我一直都想去探望露比。」隔天傍晚，黛安娜和安從綠色屋頂之家出發，她在路上對安這麼說道。「但我真的不敢自己去。她會跟以前一樣喋喋不休，即便咳到幾乎不能說話，還假裝自己沒事，這種感覺真的很難受。她很努力跟病魔戰鬥，可是大家都說她沒什麼希望了。」

紅色的夕陽下，兩個女孩靜默地走著。知更鳥在高高的樹梢上唱起晚禱曲，喜悅的歌聲在金色的天空中飄揚；沼澤與池塘邊傳來如笛聲般清脆的蛙鳴，而一旁的田野經過太陽和雨水的澆灌後，變得生機勃勃起來。空氣中彌漫野生覆盆子的甜美香氣，寂靜的窪地籠罩了一層白霧，而小河邊的紫羅蘭花閃耀出天藍色的光輝。

「好美的夕陽啊！」黛安娜說。「安，你看，天空像不像是一個國度？那些細長的紫色雲朵是海岸線，另一邊清澈無雲的天空就像是金色的大海。」

「你還記得保羅作文裡的月光船嗎？若是我們能搭乘月光船進入那片國度，那就太棒了。」安從幻想中醒過來。「黛安娜，你覺得我們能在那片國度裡找回往日嗎？過去的春天與繁花，還有保羅看見的花床，他說那片玫瑰是爲了我們而綻放的。」

「別再說了！」黛安娜說。「你讓我感覺像是走到人生盡頭的老太婆。」

「自從知道露比的事情之後，我就一直有這種感覺。」安說。「如果她快死的事是眞的，那其他傷心的事也有可能發生。」

「我們可以順道去拜訪一下愛麗莎・萊特夫人嗎？」黛安娜問。「母親讓我把這罐果凍送去給阿朵莎阿姨。」

「阿朵莎阿姨是誰呀？」

「咦，你沒聽說過嗎？她是薩姆森・寇茲的夫人，之前住在史賓瑟山谷，也是愛麗莎・萊特夫人和我父親的阿姨。去年冬天她的丈夫過世，她一個人又窮苦又孤單，所以萊特家就把她接過來一起住了。母親本來也想把她接過來，但是父親堅決不跟阿朵莎阿姨同住。」

「她有這麼可怕嗎？」安有些走神。

「進去你就知道了。」黛安娜意味深長地說。「我父親說啊，她的臉就像冰刀一樣，可以讓空氣凝結，至於她的舌頭就更尖銳了。」

時間已經不早了，阿朵莎阿姨還在廚房裡切馬鈴薯。她穿著褪色的舊衣，灰白的頭髮十分凌亂。阿朵莎阿姨不喜歡讓自己「陷入」良好狀態，所以她特意把自己搞得難相處。

「你就是安·雪莉？」當黛安娜向阿朵莎阿姨介紹安時，她問道。「我有聽說過你。」她的語氣暗示著她聽見的不是好話。「安德羅斯夫人說你回來了，還說你進步很多。」

毫無疑問，阿朵莎阿姨認爲安還有很大的進步空間。同時間，她仍快速地切著馬鈴薯。

「有需要請你們坐下嗎？」她諷刺地問。「這裡沒什麼好玩的。其他人都不在家。」

「母親要我把這罐大黃果凍送來給您。」黛安娜和藹地說。「這是她今天做的，想說你們可能也需要一些。」

「噢，謝啦。」阿朵莎阿姨的口氣欠佳。「我不喜歡你母親做的果凍，每次都弄得太甜了。不過，我還是會勉強吃一點。今年春天，我的食慾特別不好，身體狀況極差。」阿朵莎阿姨嚴肅地說。「但我還是繼續做事，這裡不需要不做事的人。要是不嫌麻煩，能否勞駕你把果凍放進食品櫃？我急著在今晚把這些馬鈴薯切完，你們兩位『小姐』肯定從沒做過這種工作吧，深怕把自己的手給弄皺了。」

「在農場出租前，我經常切馬鈴薯呢。」安微笑著說。

「我到現在還在切，光是上個星期我就切了三天的馬鈴薯。」黛安娜笑著說，隨後又俏皮地補充：「不過，我每天晚上都會用檸檬汁仔細保養我的雙手。」

阿朵莎阿姨哼了一聲。

「你們就是看太多不正經的雜誌，這個方法是從上面學來的吧？我眞不明白你母親怎麼會放任你這麼做，不過她確實一向都很寵你。以前喬治要娶她時，我們就覺得她不是合適的人選。」阿朵莎阿姨重重嘆一口氣，彷彿當初的看法徹底應驗了。

「你們要走啦？」她看見兩位女孩站起身。「好吧，你們肯定是覺得跟我這種老太婆講話沒什麼樂趣，可惜男孩子都不在家啊。」

「我們要去探望露比．吉利斯。」黛安娜解釋。

「你們什麼藉口都有啦。」接著阿朵莎阿姨的口氣變得比較親切一點，「你們才剛來而已就馬上要走，連個像樣的問候都沒有，這就是大學生的作風。你們最好離露比．吉利斯遠一點，醫生都說肺病會傳染。去年秋天她跑到波士頓玩的時候，我就知道她會得病。不安於室的人都會染上疾病。」

「整天待在家裡的人也會生病，甚至還會死掉。」黛安娜嚴肅地說。

「那就不能怪他們了。黛安娜，我聽說你六月就要結婚了啊。」阿朵莎阿姨得意洋洋地反擊。

「那才不是眞的。」黛安娜漲紅了臉。

「你可別拖太久啊。」阿朵莎阿姨的話裡隱含弦外之音。「你很快就會年老色衰了，不僅皮膚變皺，還會頭髮花白啊，萊特家族一向都衰老得很快。雪莉小姐，你眞該戴頂帽子，你的鼻子也長了好多難看的雀斑。我的天，你竟然還是紅頭髮！唉，再怎麼樣我們也都是上帝創造出來的人。替我問候一下瑪麗拉．卡伯特吧。我來到艾凡里之後，她一次也沒來看過我，不過我大概也沒資格抱怨，卡伯特一家向來都覺得自己高人一等。」

「天啊，她真的好可怕。」她們逃離後，黛安娜喘著氣說。

「她比伊莉莎．安德羅斯還可怕。」安說。「不過你想想，一輩子以阿朵莎這個名字生活，任誰都會變得刻薄吧！她應該要幻想自己叫做寇蒂莉亞，這樣對她會很有幫助。以前我不喜歡『安』這個名字的時候，我都會這樣幻想。」

「喬西．帕伊老了以後就會變得跟她一模一樣。」黛安娜說。「她的母親和阿朵莎阿姨是表姊妹。噢，好險我們從她家出來了。她好惡毒，把每一件事都說得那麼難聽。我父親跟我分享過一件關於她的趣事，之前史賓瑟山谷有一位非常優秀的牧師，可是他患有嚴重的重聽，完全聽不見一般人對話。他們每個星期天傍晚會固定舉行禱告會，所有出席的成員都要輪流站起來禱告或是分享聖經的讀後感。就在一天晚上，阿朵莎阿姨很用力地站起來，既不禱告也不講道，反而開始抨擊教堂裡每一個人，對著他們嚴厲喝斥，而且她還一一點名，檢討他們的行爲舉止，把過去十年來的爭吵和醜聞都一起翻出來。最後她還說對史賓瑟山谷的教堂感到噁心，再也不想踏進去一步，並詛咒教會遭受可怕的天譴。她氣喘吁吁地坐下之後，那位半個字也聽不見的牧師立刻以虔誠的嗓音說：『阿門！願主應允這位好姊妹的所求！』你眞該聽我父親說一遍這個故事！」

「說到故事，黛安娜，」安的口氣像是要宣布重大事情，同時又充滿信任。「其實我最近一直在想，自己有沒有能力寫短篇小說，好到足以出版的那種。」

「你當然可以！」聽見這個驚喜的消息，黛安娜說。「以前你在故事社寫了好多令人感動到不行的作品呢！」

「不過我指的不是那種故事。」安笑著回答。「我最近一直在思考這件事，可是我又害怕去嘗試，若是失敗了，肯定會很丟臉。」

「我聽普莉希拉說過，摩根夫人初期的作品也遭出版商拒絕過。不過我相信你不會遇到這個問題的，安，現在的編輯應該比以前更有眼光了。」

「去年冬天，雷蒙大學三年級的瑪格麗特．伯頓寫了一篇故事，被『加拿大婦女協會』刊登出來。我覺得我至少可以寫出那種程度的文章。」

「那你會投稿到『加拿大婦女協會』嗎？」

「我想先投到比較大型的雜誌社，不過這還要取決於我的故事類型。」

「你要寫什麼樣的故事？」

「我還沒有想好。我得構思出好的故事情節，編輯肯定非常看重這一點。目前我只定好女主角的名字，她就叫『艾薇兒．萊斯特』。這個名字很美吧?黛安娜，你千萬要保密哦。除了你和哈里森先生之外，我還沒有讓其他人知道。哈里森先生不太鼓勵我寫作，他說現在有太多劣質的文學作品了，而且我已經讀了一年大學，他期望我做些更有意義的事。」

「哈里森先生懂什麼啊?」黛安娜不屑地說。

兩人抵達音樂會現場時，發現屋內不但燈火通明，而且訪客衆多，充滿了歡笑聲。史賓瑟山谷的李奧納多．金博和卡摩地的摩根．貝爾在客廳裡大眼瞪小眼，此外，來訪的還有幾位活潑少女。露比穿著純白的衣裳，雙眸和兩頰都散發出光彩。她不停嘻笑和說話，待其他女孩們走後，她領著安上樓，向她展示新做的夏季洋裝。

「我有一塊藍色的絲綢還沒做，不過那對夏天來說太厚了些。我打算等到秋天再使用，到時候我就要去白沙鎮教書了。你覺得這頂帽子怎麼樣?你昨天在教會戴的那頂眞的好美啊，不過我自己比較喜歡鮮豔一點的顏色。你有看到樓下那兩個誇張的男人嗎?他們都已經下定決心，不能比對方早走。你也知道，我一點都不在乎他們，我喜歡的可是哈普．史班塞!有時候我眞覺得他是我的眞命天子。去年聖誕節，我還以爲史賓瑟山谷的校長才是我的眞命天子，可是我發現一些關於他的事情，所以我就拒絕他了，當時他差點氣瘋了呢。眞希望這兩個男人今晚不要出現，這樣我才能好好跟你聊天。安，我有好多話想跟你說，你和我本來就是好朋友，對不對?」

露比淺笑一聲，用手環住安的腰際。兩人四目相交的那一瞬，安看見露比光彩的笑容背後，有什麼令她的心隱隱作痛。

「安，你會經常來找我吧?」露比小聲說道。「你就一個人來吧，我很需要你。」

「露比，你的身體還好嗎?」

「你說我嗎？我很健康啊！我覺得自己的狀態前所未有地好。雖然去年冬天的肺充血讓我變得比較虛弱，但你瞧瞧我的氣色，可一點都不像是病人哦。」

露比的聲音有些尖銳。她把手從安的腰際抽回去，似乎有些惱怒。接著她跑下樓，情緒又變得比剛才都還要高昂，顯然正專注於逗弄那兩位追求者。安和黛安娜被冷落在一旁，沒多久便告辭了。

第12章 艾薇兒的贖罪

「安，你在想些什麼？」

一天傍晚，安和黛安娜在「妖精之泉」散步。蕨類隨風搖曳，小草蒼翠欲滴，野生的梨樹開滿白花，宛如覆上一層白色簾幕，同時飄來淡淡清香。

安從幻想之中回過神來，幸福地嘆息。

「我在思考故事內容。」

「哇！你眞的開始寫了嗎？」黛安娜的眼神閃爍著興奮的光芒。

「是啊，雖然我只寫了幾頁，不過內容差不多都想好了。我想了好久才想出來，因爲沒有一個情節適合『艾薇兒』這個名字。」

「你不能換一個名字嗎？」

「那是不可能的。我試過了，但我做不到，就像我不能改變你的名字一樣。『艾薇兒』對我來說太過眞實，所以不管改成什麼名字，我還是把她當成『艾薇兒』，幸好我最後想到適合她的故事了。再來就是替所有角色命名，這個過程好有趣，我常常躺在床上睡不著，就爲了想名字！男主角就叫做帕西瓦爾．達林普！」

「你已經把所有角色的名字都想好了嗎？」黛安娜的語氣透露出渴望。「還沒的話，請讓我爲其中一個人物取名吧，只要一個不重要的小角色就可以，這樣我就有參與這個故事的感覺了。」

「你可以替萊斯特家雇用的小男孩取名。」安把這個機會讓給她。「這個角色不太重要，可是還沒有名字的只剩他了。」

「就將他稱作雷蒙·費佐斯朋吧！」黛安娜說。她和安、琴以及露比小時候組了故事社，因此她還記得很多類似的名字。

安毫不猶豫地搖頭。

「黛安娜，這個名字太像貴族了，恐怕不適合打雜的小男孩。我沒辦法想像名叫費佐斯朋的人去餵豬或是撿木柴，你能嗎？」

黛安娜不能明白安的話，如果有想像力，爲什麼不能夠發揮到那種程度呢？不過她想安應該比較內行吧。最後，打雜的男孩名就定爲羅伯特·瑞伊，也可稱作羅比。

「你覺得這篇小說能拿到多少稿費呀？」黛安娜問。

安壓根沒有想過這個問題。她想追求的是名氣，而非庸俗的錢財。她的文學夢想還沒有被金錢的考量所污染。

「你會先讓我讀你的小說吧？」黛安娜懇求道。

「等我寫完之後，我會先念給你和哈里森先生聽，我希望你以嚴格的標準做評論。在我的作品刊登之前，除了你們之外，我不會給任何人看。」

「你的小說結局要怎麼安排？會是喜劇還是悲劇結尾？」

「我還不確定，我比較希望以悲劇收場，這樣浪漫多了。但是編輯們好像都不太喜歡悲傷的結局。我聽漢彌敦教授說過，除了天才之外，任何人都不宜嘗試寫悲劇作品，而我根本和天才搆不上邊。」安謙虛地說。

「噢！我最喜歡美好結局了，你讓帕西瓦爾娶艾薇兒吧！」黛安娜自從和佛雷德訂婚之後，就認為所有的故事都該以結婚做收尾。

「可是，黛安娜，你不是很喜歡為了故事流眼淚嗎？」

「是啊，不過那是故事的中段，最後還是要圓滿結束才行。」

「我得在故事裡安排一個賺人熱淚的片段。」安一邊思考一邊說。「我可能會讓羅伯特．瑞伊發生意外受傷，再搭配一個死亡的場景。」

「不行！你不能把羅比殺了。」黛安娜對安聲明。「羅比是我的，我希望他健康活著，你要殺就殺別人好了。」

接下來的兩星期，安全心投入寫作，她時而苦惱，時而沉醉。一下子因為想到絕妙的主意而歡欣鼓舞，下一刻又為了反派角色沒有安排妥當而感到絕望無比。對此，黛安娜沒有辦法理解。

「你就照你的想法去設計嘛。」她說。

「不行啊，」安悲嘆。「艾薇兒是個難以操控的女主角。她會做一些或說一些我沒打算安排的動作和台詞，把整個劇情打亂，所以我又得再重寫一遍。」

最後，小說總算完成了，安在靠近門口的房間內念給黛安娜聽。她成功創造出一個賺人熱淚的片段，同時讓羅伯特．瑞伊好好活了下來，念到這一段的時候，安不停觀察黛安娜的表情。黛安娜果然落淚了，不過到了結尾，她看起來有些失望。

「你爲什麼要讓莫里斯．雷諾士死掉？」她責備地問。

「他是壞人啊，應該要受到處罰。」安抗議起來。

「所有人物裡面我最喜歡他了。」黛安娜不講理地說。

「反正他已經死了，我也不可能讓他復活。」安氣憤地說。「如果讓他活著，他就會繼續迫害帕西瓦爾和艾薇兒。」

「嗯——除非你讓他改邪歸正。」

「這樣就不浪漫了，故事也會拖得太長。」

「好吧！我覺得這是一篇非常優美的小說，安，我敢保證你一定會聲名大噪的。你想好小說名稱了嗎？」

「早就想好啦。標題就叫做『艾薇兒的贖罪』，聽起來很美吧？黛安娜，現在請你坦誠地告訴我，你覺得這篇小說有什麼缺點？」

「嗯……」黛安娜思考了一下。「艾薇兒做蛋糕的那一段不夠浪漫，跟故事的其他部分搭不起來。蛋糕任何人都會做，我覺得不該讓女主角下廚。」

「這段正是幽默感所在，而且還是整篇故事最精彩的部分之一呢！」安的語氣透露出堅定的立場。

黛安娜聰明地不再進一步批評，不過哈里森先生就沒那麼好取悅了。首先，他說故事裡的描述太多了。

「把那些華而不實的片段都刪掉。」他毫不留情地說。

安雖然不太高興，但還是說服自己哈里森先生說的沒錯。她強迫自己刪除最喜歡的部分，前前後後修改了三次才讓挑剔的哈里森先生滿意。

「我把所有描述片段都刪掉了，不過日落的部分要留下來。」安說。「我不可能把它刪掉，這是我最喜歡的一段。」

「那跟故事情節一點關係都沒有。」哈里森先生說。「而且你不該寫那些都市有錢人的生活。你對他們了解多少？爲什麼不把場景設定在艾凡里就好？不過你得把名字換掉，不然林德夫人大概會以爲她是女主角。」

「不可能。」安反對。「雖然艾凡里是我最愛的地方，作爲故事場景卻不夠浪漫。」

「艾凡里有很多浪漫的故事，也有很多悲劇。」哈里森先生冷酷地說。「可是你故事裡的人物一點都不像是眞實存在的人。他們的話太多，用詞也浮誇過了頭。有一幕達林普那傢伙說了長達兩頁的話，另一個女生完全插不上嘴。這要是在現實生活中，女生早就開罵了。」

「才不會呢！」安堅決地說。她私心認爲，男主角那些美麗又充滿詩意的話，會深深擄獲所有女孩的心。而且，如女王般高貴的艾薇兒怎麼可能做出「開罵別人」這種可怕的事，她會「婉拒追求者」才對。

「說到底，」無情的哈里森先生繼續說道。「我還是不懂爲什麼莫里斯・雷諾士沒有得到艾薇兒，他比其他人物更有男子氣概。他是做壞事沒錯，但是他敢做敢當。帕西瓦爾只會在那邊閒晃，什麼事情都不做。」

「『閒晃』？這個批評比『開罵』還糟糕！」安憤怒地說。「莫里斯・雷諾士是反派角色，我不懂爲什麼大家都喜歡他勝過帕西瓦爾。」

「帕西瓦爾太過完美，很讓人惱火，下次你得讓男主角有點眞實的人性。」

「艾薇兒不可能嫁給莫里斯，他是壞人。」

「艾薇兒可以改變他。眞正的男人能夠改頭換面，軟弱無能的人當然就沒辦法。你的故事不差，我承認還滿有趣的。不過你還太年輕，要寫出一部有意義的作品，起碼要再等個十年。」

安下定決心，下一部作品再也不讓任何人評論，因爲這實在太令她洩氣了。她也將寫作的事告訴吉伯了，但她沒打算念給他聽。

「吉伯，如果故事被採用，刊登以後你自然就會看到，要是沒有，也不會有任何人看見。」

瑪麗拉對這件事情一無所知。安幻想自己從雜誌上念一篇故事給瑪麗拉聽後，瑪麗拉滿口誇讚，接著她再得意洋洋宣布自己就是作者的場面。畢竟幻想世界裡任何事都有可能會發生。

＊

這一天，安捧著厚重的信封到郵局。她年輕又缺乏經驗，信心滿滿地將作品直接投遞到規模最大的雜誌社。黛安娜的興奮程度則是一點也不亞於安。

「什麼時候才能收到消息呀？」她問。

「應該不會超過兩星期。如果小說眞的被採用了，我肯定會很高興又很自豪。」

「一定會被採用的，他們可能還會讓你多寄幾篇作品過去呢！安，說不定有一天你會變成像摩根夫人一樣有名的作家，作爲你的好友，我肯定感到很光榮。」黛安娜有一個難得的優點，就是她會無私讚美朋友的天賦與長處。

接下來的一星期在美好的幻想中度過，然而，隨之而來的卻是苦澀的夢醒時分。一天傍晚，黛安娜在安的房間裡，發現她的眼睛似乎有哭過的痕跡。同時，她的桌上擺放著一封長長的信件和皺巴巴的手稿。

「安，你的小說被退件了嗎？」黛安娜不敢置信地驚呼。

「嗯。」安簡短回應。

「天啊，那個編輯的腦袋肯定有問題！他退件的理由是什麼？」

「他們什麼理由也沒說，只給了一張印刷紙條說不採用。」

「算了，反正我對那家雜誌社也沒什麼好感。」黛安娜生氣地說。「『加拿大婦女協會』的故事比他們的有趣多了，而且還比較便宜。我看是編輯只喜歡美國人吧。安，你千萬別氣餒，你要記得摩根夫人的作品也曾被退件過。我看你還是把作品寄到『加拿大婦女協會』吧。」

「我會的。」安努力振作起來。「如果被刊登出來，我就要寄一本給那個美國編輯。這次我要把日落那一段刪掉，我想哈里森先生的意見是對的。」

雖然描寫日落的片段拿掉了，可是「加拿大婦女協會」的編輯在很短的時間內就將〈艾薇兒的贖罪〉給退了回來。憤怒的黛安娜爲此宣告再也不看「加拿大婦女協會」，還發誓要立刻取消訂閱。

經歷第二次的失敗，安雖然絕望，但她決定平靜面對。她把故事放進閣樓的箱子裡，連同存放在裡頭的故事社作品一道上鎖。不過安在黛安娜的懇求下，將一份副本給了她。

「我的文學抱負就此走到盡頭了。」安苦澀地說。

安沒有把這件事告訴哈里森先生，不過某天傍晚，哈里森先生直接問她故事有沒有被採用。

「沒有，被編輯退件了。」她簡短回答。

哈里森先生側頭看看那張通紅且嬌弱的側臉。

「這樣啊，不過你應該會繼續寫下去吧。」他鼓勵地說。

「不會了，我再也不寫小說了。」被拒之門外後，才十九歲的安卻彷彿人生已經了無希望。

「如果是我，不管怎樣都不會放棄。」哈里森先生若有所思地說。「我會偶爾寫一則故事，但不會隨意寄給編輯。我只寫我熟悉的人事物，讓故事的角色說日常用語，讓太陽像往常一樣靜靜升起和落下，不去小題大作。要是故事裡有壞人，我就給他們改過自新的機會，安，我會給他們機會。這個世界上或許有十惡不赦的大壞蛋，但是這種人真的不多。雖然在林德夫人眼裡，我們全都是罪人，但是我們心裡都存有一絲善念。安，繼續寫下去吧。」

「不寫了！我當初真是太蠢了，竟然想要成爲作家。等我從雷蒙畢業後，我就專心去教書。我知道怎麼教書，但我沒有能力寫書。」

「到時候你就該找個丈夫了，」哈里森先生說。「拖太久可不好啊，就像我一樣。」

安突然站起身，往家的方向走去。哈里森先生有時眞令人受不了。什麼「開罵」、「閒晃」、「找個丈夫」，眞是煩透了！

第13章 悖逆者的道路

德比和朵拉已經到了上主日學校的年齡了。平時都是林德夫人送他們去上課，只有少數幾次由他們自行前往，不過今天早上林德夫人扭傷了腳，沒辦法走路，只好待在家中休養。安也不在家，她去卡摩地和朋友聚會了，而瑪麗拉又開始犯頭痛了。

德比慢吞吞地下樓，朵拉則由林德夫人打理完畢，在客廳等候。德比是自行料理的，他在口袋裡裝著分別要捐給學校和教堂的一分錢硬幣和五分錢硬幣，一首拿著聖經，另一手拿著學校季刊。他已經徹底把課程、教材和教義問答給弄懂了，因爲上週日林德夫人強迫他在廚房念了一個下午。照理說他的腦袋瓜已經裝滿經文和教義，現在應該要很平靜溫順才是，可是他的內心卻像是一匹貪婪的狼。

德比下來後，林德夫人一跛一跛地從廚房走出來。

「都穿戴整齊了嗎？」她嚴厲地問。

「對啊，你看了不就知道了？」德比露出挑釁的怒容。

林德夫人嘆了口氣。她覺得德比的脖子和耳朵看起來有點奇怪，不過她若是過去檢查，德比肯定拔腿就跑，自己今天這個狀態也沒辦法逮到他。

「好吧，你們一定要遵守規矩。」林德夫人警告他們。「不要走到塵土很多的地方，不要在門口跟其他小孩說話，不要在位子上扭來扭去，不要忘記教材的內容，不要把硬幣弄丟了，記得要捐出去，禱告的時候不要偷偷講話，老師講道的時候要專心聽。」

德比一點都不想回答，直接大步往小徑邁去，朵拉則乖巧地跟在後頭。其實德比的內心非常激動，自從林德夫人來到綠色屋頂之家後，他覺得自己受了很多苦，因爲林德夫人不管跟九歲或九十歲的人住在一起，都會想要管教。就像昨天下午，林德夫人才去干涉瑪麗拉，要她別讓德比跟提摩西．卡特去釣魚。對於這件事，他始終耿耿於懷。

德比一走出小徑，臉色馬上變得可怕又扭曲，雖然朵拉早就知道德比的臉色變化很快，可是她實在很害怕他不會回到正常的模樣。

「她眞該死！」德比終於爆發了。

「天啊！德比，不要說髒話。」朵拉驚慌地倒抽一口氣。

「『該死』又不是眞的髒話，就算是我也不在乎。」德比不顧一切地回嘴。

「如果你眞的要說不好的話，也別在星期天說呀。」朵拉懇求他。

德比一點悔意都沒有，不過在他的內心深處，也懷疑自己是不是太過分了。

「我要自己發明一個髒話。」德比說。

「上帝會懲罰你的。」朵拉嚴肅地說。

「如果是這樣，那上帝就是惡毒的老無賴。」德比反擊。「祂難道不知道人也是需要發洩情緒的嗎？」

「德比！」朵拉大聲喝斥。她還以爲德比要當場被雷劈死了，不過什麼事情都沒發生。

「反正我再也受不了林德夫人的操控了。」德比氣急敗壞地說。「安和瑪麗拉有資格管我，但她沒有！她不讓我做的事，我每一件都要做，你等著看吧！」

朵拉害怕地直盯著德比，在一片嚴肅的沉默中，德比從路邊的草地走到四週沒下過雨的路面上，鞋子瞬間沾滿了塵土。接著，他故意拖著腳往前走，將自己籠罩在一片沙塵之中。

「這就是開始。」他得意地宣告。「等一下我要在教堂門口跟別人說話說個不停，在座位上扭來扭去，一直偷偷講話，然後老師問問題我要回答不知道。還有，我現在就要把給學校和教會的硬幣扔掉。」

德比用力將錢幣往貝瑞先生的籬笆裡扔去，內心充滿反抗的快感。

「是撒旦讓你做出這種事。」朵拉斥責道。

「才不是！」德比憤怒地大吼。「這是我自己想做的，而且我還想好其他計畫了。我不要去主日學校，也不去教會了。我要去卡特家玩，昨天他們說不會來上學，因爲『媽媽不在家，沒有人會逼他們。』朵拉，你也一起來吧，會很好玩的。」

「我不要去。」朵拉拒絕。

「你一定要去。」德比說。「不然我就把上星期一法蘭克．貝爾在學校親你的事情告訴瑪麗拉！」

「那又不是我的錯，我不知道他會那樣子。」朵拉漲紅著臉叫道。

「可是你沒有打他，而且一點都不生氣。」德比反擊。「你不來的話，我就連這個一起告訴瑪麗拉。走吧，我們從草地穿過去。」

「我害怕那些牛。」可憐的朵拉反抗道，她不放過一絲逃跑的希望。

「牛有什麼好怕的？」德比嘲弄道。「牠們的年紀比你還小咧！」

「可是牠們很大隻。」朵拉說。

「牠們不會傷害你啦。快點走吧，很好玩的。等我長大以後，我才不去什麼教堂，我靠自己就可以上天堂。」

「你不出席安息日，就上不了天堂。」朵拉不高興地說，她一點都不想去，卻只能乖乖跟著。

現在的德比一點都不感到害怕，地獄這麼遙遠，可是跟卡特一起釣魚的樂趣就近在眼前。他眞希望朵拉大膽一點，不要頻頻回首，好像隨時會哭出來一樣，把別人的興致都破壞光了。算了，管她的！這次德比沒有說「該死」，心裡也沒有偷罵，他不後悔自己說過一次，但是一天之中最好不要激怒未知的神太多次才好。

卡特家的孩子正在後院玩耍，他們一看見德比出現，便以熱烈的歡呼聲迎接他。彼得、湯米、雅多弗和米拉貝爾自己在家，媽媽和姊姊們都出門去了。朵拉十分慶幸米拉貝爾也在，否則她眞害怕自己要跟一群男生待在一起。雖然米拉貝爾跟男生沒兩樣，愛吵鬧又粗魯，整個人還曬得黑黑的，但至少她身上還穿著裙子。

「我們要去釣魚囉！」德比大聲宣告。

「好耶！」卡特一家高聲歡呼。一行人跑到土裡挖蟲餌，米拉貝爾還拿著空罐衝第一，朵拉看了簡直想坐下來大哭一場。可惡，要是討厭的法蘭克沒有親她就好了！那她就不用理會德比，可以直接去她最愛的主日學校了。

他們不敢公然跑到池塘釣魚，因爲要去教堂的人會從那邊經過，所以他們將地點改到卡特家後方的林間小溪，那裡有很多鱒魚。整個早上，卡特一家玩得非常開心，德比表面上看起來也是如此。他很聰明，知道脫掉自己的靴子和長襪，跟湯米借工裝褲換上。這種裝扮不論碰到沼澤、濕地還是樹叢都不用怕。

朵拉顯然身處在痛苦之中，她跟著衆人踏過一個又一個水坑，懷裡緊抱聖經和季刊，內心苦澀地想著自己本該在教堂裡聽喜歡的老師上她喜歡的課程，可是現在卻跟著卡特家的野孩子在樹林裡鬼混，還要小心翼翼別把鞋子和漂亮的白色洋裝給弄髒。米拉貝爾本來要借她工作裙，但她不屑地拒絕了。

星期天的鱒魚總是特別容易上鉤，才一個小時就捕獲到目標的數量，於是他們返回卡特家，朵拉也終於鬆一口氣。她一本正經地坐在後院雞籠上，其他人在一旁興奮地玩著鬼抓人遊戲，後來還爬到豬窩屋頂上刻名字。德比看見雞舍平坦的屋頂和下方的乾草堆，腦中又浮現一個主意，他們爬到雞舍的屋頂上，再歡呼著跳進乾草堆，就這樣高興地玩了半小時。

然而，未經同意的歡樂時光也有結束的時候。隨著池塘的橋樑上傳來馬車聲響，德比便知道該回家了。他脫掉湯米的工裝褲，換回自己的服裝，然後看一眼自己釣上來的鱒魚，嘆了口氣便轉身離開。他就算想要，也不能帶回家。

「怎麼樣，是不是很好玩啊？」下山的路上，德比挑釁地問。

「一點都不好玩，」朵拉冷漠地說。「我看你也不是真的開心。」她的眼神閃過一絲令人訝異的洞察力。

「我覺得很好玩！」德比大聲反駁，他的反應顯然有點過頭。「你會覺得好玩才怪咧！一直坐在那裡，像一隻……像一隻騾一樣。」

「我再也不要跟卡特家的人來往。」朵拉高傲地說。

「他們人都很好，」德比說。「而且過得比我們快樂。在大家面前，想說什麼或想做什麼都不用顧忌，我之後也要跟他們一樣。」

「你有很多話根本不敢在別人面前說。」朵拉說。

「才沒有！」

「明明就有。你敢在牧師面前說『公狗』嗎？」朵拉質問他。

這是個難題。德比想要言論自由，但他沒有想過這麼具體的例子，幸好他用不著迎合朵拉。

「我當然不會說啊。」他悶悶不樂地承認。「『公狗』不是好聽的字眼，我才不會在牧師前面說這種話。」

「如果一定要說呢？」朵拉繼續追問。

「那我就說『男的小狗』。」德比說。

「我覺得『紳士的狗』比較有禮貌。」朵拉想著。

「你還想咧！」德比爲了消滅朵拉的氣焰，一臉瞧不起地回嘴。

事實上，德比的內心很不舒暢，不過他到死都不會向朵拉承認。此刻逃學的快感已經消失，他的良心開始刺痛，心想當時乖乖去主日學校和教會說不定比較好。林德夫人或許是蠻橫了些，可是她總會在廚房的櫥櫃裡放一盒餅乾，大方地讓他們吃。在這糾結的時刻，德比想起上星期他把新校褲撕破的事，林德夫人不僅把褲子縫補得整整齊齊，還沒拿這件事向瑪麗拉告狀。

不過德比的罪惡還沒結束。他爲了隱瞞過錯，又犯了一項罪狀。當天晚上，他們跟林德夫人一起吃晚餐，她劈頭就問德比：「今天全班都有去主日學校上課嗎？」

「有。」德比倒抽了一口氣。「大家都有去，只有一個人不在而已。」

「你有好好念課本和回答教義嗎？」

「有。」

「你有把錢捐出去嗎？」

「有。」

「麥克法遜夫人今天有去教堂嗎？」

「我不知道。」煎熬的德比心想，至少這是實話。

「婦女會有沒有宣布下週的事情？」

「有。」德比的語氣有些顫抖。

「有要辦禱告會嗎？」

「我……不知道。」

「怎麼會不知道呢？他們在講的時候你應該要特別專心聽啊。哈維先生今天教了哪些經句？」

德比灌了一大口水，把良心的譴責一同吞進肚。然後流暢地把前幾週學的經文背誦出來，所幸林德夫人沒有再追問下去。不過這頓晚餐已經讓德比吃得很痛苦了，他只嚥得下一盤布丁。

「你怎麼了？」林德夫人驚訝地問。「身體不舒服嗎？」

「沒有。」德比含糊地說。

「你的臉色很蒼白，明天下午最好還是別出去曬太陽了。」林德夫人提醒他。

「你知道你今天對林德夫人撒了多少謊嗎？」林德夫人離開餐桌後，朵拉責備地質問德比。

被逼到死角的德比忍不住發火。

「我不知道，也不在乎！」他說。「朵拉．凱西，你最好乖乖閉上嘴。」

可憐的德比一個人跑到柴堆後面躲起來，檢討自己的叛逆舉止。

安回到家的時候，綠色屋頂之家已經被寂靜的夜色包圍了。她感到疲憊不堪，很快就上床睡覺，因爲上個星期，她在艾凡里參加了好幾場聚會，有些甚至辦在深夜。安還沒有沾枕，就已經進入睡眠狀態，可是這時，她的房門被輕輕打開了，門邊傳來哀怨的聲音，喊著她的名字。

安昏昏沉沉地坐起身。

「德比，是你嗎？怎麼啦？」

一道白色的身影衝進來，一把撲到床上。

「安，」德比抱著安的脖子啜泣。「你終於回來了，我好高興哦。我有一件事情，不說出來睡不著。」

「什麼事情？」

「我好痛苦。」

「親愛的，你爲什麼會痛苦？」

「因爲我今天很壞，安，我眞的壞透了，比之前都還要壞。」

「你做了什麼事？」

「唔，我不敢告訴你。安，說了以後你就不會再喜歡我了。今天晚上我不敢禱告，不敢說我做的壞事，讓上帝知道的話，我會很羞恥的。」

「德比，就算你不禱告，上帝也會知道的。」

「朵拉也這麼說，可是我想說他可能剛好沒有發現。反正我想先告訴你。」

「你到底做了什麼壞事？」

德比把事情全盤托出。

「我今天沒去上主日學校……我跑去跟卡特家的人釣魚……我還對林德夫人說了很多謊……差不多有六次，而且我……還說了髒話，安，那只是很接近髒話的字而已，然後我還……說上帝的壞話。」

氣氛一陣沉默。德比感到手足無措，難道安真的生氣到再也不跟他說話了嗎？

「安，你會怎麼處罰我？」他小聲地問。

「我不會處罰你，親愛的，我想你已經受到懲罰了。」

「沒有啊，我都還沒有被處罰。」

「從你開始做壞事之後，心情就一直很不好，不是嗎？」

「當然啊！」德比強調說。

「那是你的良心在懲罰你。」

「什麼是良心？我想知道。」

「德比，那是你內心的聲音，每當你做錯事，它就會提醒你：如果你還不停下來，那它就會讓你感到不快樂。你都沒有發現嗎？」

「有，但我不知道那是什麼。我眞希望自己沒有那種東西，那我就會更快樂了。安，我想知道我的良心在哪裡？在肚子裡嗎？」

「不是，它在你心裡。」安十分慶幸房裡一片黑暗，這麼認眞的問題可得保持嚴肅才行。

「看來我不能把良心擺脫掉了。」德比嘆了一口氣。「安，你會把這件事告訴瑪麗拉和林德夫人嗎？」

「我不會告訴任何人。你已經知道自己錯了，對嗎？」

「當然啊！」

「你以後也不會再這麼壞了吧？」

「不會了，可是……我可能會做別的壞事。」德比小心翼翼地說。

「你不會說不好聽的話，不會逃課，也不會爲了掩蓋罪行而說謊，對吧？」

「對，那樣根本划不來。」

「那好，德比，你就跟上帝懺悔，請求祂原諒你。」

「安，你原諒我了嗎？」

「是的，親愛的德比。」

「那我就不用管上帝要不要原諒我了。」德比高興地說。

「德比！」

「好嘛，我會問祂。」聽見安的口氣，德比像是做了什麼壞事一樣，趕緊溜下床。「安，我願意問祂的。神啊，我今天不乖，我覺得很抱歉，以後每個星期天我都會努力當個好孩子，請原諒我吧。我禱告完了，安。」

「好，當個好孩子，趕快回去睡覺吧。」

「沒問題。我現在已經不痛苦了，我已經好了，晚安。」

「晚安。」

安鬆了一口氣後躺下來，天啊，她眞的好想睡啊！下一秒——

「安！」德比又跑回她的床邊。安努力把眼皮撐開。

「親愛的，你又怎麼啦？」她克制住不讓語氣流露出不耐煩。

「安，你看過哈里森先生吐痰嗎？你覺得我如果認眞練習，有辦法變得跟他一樣嗎？」

安坐起來。「德比·凱西，馬上回去睡覺，不要再被我抓到你溜下床！」

德比一溜煙地跑走了。

第14章 天堂的召喚

漫長的一天過去了。安來到露比‧吉利斯家，陪她一同坐在花園裡。這個夏季的午後，氣候溫暖且煙霧繚繞。大地呈現一片花團錦簇的景象，幽靜的山谷中瀰漫著薄霧，林間小路倒映出樹影，田野間也點綴著無數的紫苑花。

爲了陪伴露比，安放棄了在月光下駕車到白沙鎮海灘的計畫。這個夏天，安已經陪伴露比好幾個晚上，她經常懷疑這樣到底有什麼幫助，有幾次返家之後，還心想再也不去了。

隨著夏天的消逝，露比的臉色愈來愈蒼白。她不去白沙鎮教書了，因爲她說：「父親認爲新年來臨前，還是先不要去上課比較好。」她的手漸漸無力握住針線，連平時最喜愛的縫紉也只能放棄。儘管如此，她看來依舊開朗又充滿希望，總是滔滔不絕地談論她的追求者，還有他們之間的競爭與失意。最讓安痛苦的就是這點，曾經覺得無聊又可笑的事情，如今卻令她感到害怕，因爲在那任性的面具下，隱約浮現出死亡的氣息。然而，露比卻愈來愈依賴安，每次都要她保證很快會再來才願意讓她走。林德夫人對於安的頻繁探視感到很不滿，認爲安遲早會被傳染肺病，就連瑪麗拉也有些擔心。

「你每次從露比家回來，看起來都很疲倦。」瑪麗拉說。

「因爲這實在太傷心又太可怕了。」安的語氣十分低落。「露比似乎對自己的狀況一無所知，可是我總覺得她在懇求我的幫助。我好想幫忙，卻又無能爲力。這段期間，我陪在她身旁，看著她努力與無形的敵人搏鬥，力量卻如此薄弱，所以我才會這麼無力。」

不過這天晚上，安卻沒有這種強烈的感受。露比變得異常安靜，完全沒有提到派對、兜風、洋裝和追求者等事。她躺在吊床上，白色披巾包裹她單薄的肩膀，身旁擺放著再也無法完成的針線活。小學時期最令安羨慕的金色髮辮垂掛在她身體兩側，頭上的髮飾全摘掉了，因爲那會讓她頭疼。過去臉頰上因病而泛起的潮紅已然褪去，整張臉變得蒼白無比，看起來倒像個小孩子。

月亮高掛在銀色的星空裡，將周圍的雲朵染上珍珠色，地上的池塘也閃爍著朦朧的光輝。露比家的對面是一座教堂，旁邊有座古老的墓園。月光照耀在白色墓碑上，後面又是一片漆黑的樹林，相襯之下，顯得更加醒目。

「月光下的墓園看起來好詭異啊！」露比突然開口。「眞是太陰森了！」她忍不住打了個寒顫。「安，不久之後我就會躺在那裡了。你、黛安娜，還有其他人都會健健康康活下去，而我……會在那座古墓裡……長眠。」

聽見這番話，安震撼到無法開口。

「安，你早就知道了吧？」露比逼問她。

「嗯，我知道。」安低聲回應。

「其實大家也都知道，」露比苦澀地說。「我自己也心知肚明。這一整個夏天，我都很清楚自己的狀況，只是我不願意投降。而且……安，」她猛然抓住安的手，像在懇求一般。她說：「我不想死啊，我好害怕死掉！」

「露比，你爲什麼會感到害怕呢？」安輕聲地問。

「因爲……唉，我不是害怕上天堂，畢竟我是教徒，可是……那會是一個完全不同的世界啊。我一直忍不住去想，內心愈來愈害怕，然後……我覺得好想家。根據聖經的記載，天堂肯定很美好，可是……安，那不是我熟悉的地方啊！」

這些話讓安突然想起菲兒分享過的一件趣事，有個老人對於天堂的看法跟露比一模一樣。當時故事聽起來很滑稽，安和普莉希拉還笑到流眼淚，可如今從露比毫無血色又顫抖的唇說出來，卻一點也不好笑了，只剩下難過、悲痛與眞實。天堂怎麼可能會是露比熟悉的地方？她喜好尋歡作樂的膚淺生活，短淺的理想與抱負，根本無法幫助她適應人生的劇變，在她眼中，所謂的來世，只不過是陌生、虛幻又討人厭的東西而已。

安努力思索著要說些什麼話來幫助她，可她究竟能說什麼？

「露比，我想，」安猶豫了一會兒才開口。近來，安對於今生與來世的奧妙，逐漸有了新的見解，舊時的幼稚觀念已經被取代，然而，要向別人訴說內心最深處的想法，或是去分享才剛形成的見解並不容易，尤其對象又是露比這樣的人，那就更困難了。

「或許我們對天堂的看法有很大的錯誤，包括天堂的定義，還有天堂對我們的意義。我跟多數人的想法不同，不認爲天堂和這裡有太大的差異。我們還是得像在這裡一樣，繼續生活下去，持續做我們自己，只是在天堂更容易持身端正，追求最高理想的道路也會輕鬆許多而已。因爲人生的所有障礙和茫然通通都會消失，我們將能把一切都看清楚。露比，你不用害怕。」

「我沒辦法不怕。」露比膽怯地說。「卽便天堂就像你說的一樣，可其實你也無法證實，那可能只是你的幻想而已。天堂不可能跟這裡相同，不可能的！我想繼續在這裡生活下去。安，我這麼年輕，都還沒有好好享受我的人生啊！我這麼努力與病魔纏鬥，想要活下去，可是卻一點用都沒有，我只能就這樣死去，把我在乎的一切都留下來！」

坐在一旁的安感到十分痛苦。她無法用謊言來安撫對方，而且露比說的話全都眞實得可怕。她所在乎的一切眞的都只能留下了。她的珍寶只存在於人間，她也還沒有好好過她的人生，但她忘記了一件事——重要的事物會邁向永恆，成爲兩個世界的橋樑，而所謂的死亡，僅僅是從一個住所遷移至另一個住所，從薄暮到萬里無雲的白晝而已。安相信露比到天堂以後，神會照看她的，屆時她便能夠明白了。現在的她茫然無措，只能緊緊抓住她熟悉且喜愛的人事物，也是無可厚非。

露比用手將自己撐坐起來，明亮又美麗的藍色雙眸望向月色下的星空。

「我想要活下去，」她的聲音不停顫抖。「我想要和其他女孩一樣。安，我……想要結婚……還有生孩子。你也知道我多喜歡小孩子。這件事除了你之外，我沒有辦法對別人說，因爲我知道你會懂我的。安，還有可憐的哈普，他……他愛我，我也愛他啊。其他男人對我來說一點意義也沒有，但是哈普不一樣，要是我能活下去，我就能成爲他的妻子，過上幸福快樂的日子。安，我眞的很難受。」

露比躺回枕頭上不停啜泣。安滿懷同情地緊握住她的手，沒有說話。但或許這種沉默比破碎又不完美的言語還要有力量，不久露比便平靜下來，不再哭泣了。

「安，我眞慶幸我把這件事告訴你。」露比輕聲地說。「光是能把一切說出來，我就覺得舒服多了。這個夏天你來的時候，我都好想講出來，想和你好好聊聊，但我做不到。我總覺得，若是我把快死的事情說出口，或者別人向我暗示，那就眞的必死無疑了，所以我不願意說，更不去想。白天的時候，我的身邊有很多人陪伴，一切都是那麼愉快，要不去想死亡這件事很容易。可是那些難以入睡的夜晚，眞的可怕極了！我甩脫不掉它，死神就在我面前不停注視我，讓我害怕得想要尖叫。」

「露比，但你今後不會再害怕了，對嗎？你會很勇敢，相信一切都會好起來。」

「我會努力的。我會好好思考你說的話，試著去相信它。安，你會常來陪我吧？」

「會的，親愛的露比。」

「安，我……我很淸楚時間不多了。比起其他人，我更希望你來陪我。所有的女同學中，我一直都最喜歡你。有些女孩性格不善，總愛忌妒別人，但你從來不會這樣。艾瑪．懷特昨天有來看我。你還記得嗎？我和她在學校的那三年非常要好，但自從我們在校園音樂會吵架之後，就再也沒有說過話了，是不是很蠢？現在回頭看這些事情，都覺得好傻。不過我們昨天和好了，她說幾年前就想跟我說話了，但她以爲我不願意，而我的想法也和她一模一樣。安，人和人之間相互誤解是不是一件很奇怪的事？」

「我想，人生中有許多麻煩事都源自於誤解吧。」安說。「露比，我該回家了，時間已經很晚了，你也別在外面受寒了。」

「你要快點來找我哦！」

「好，我很快就會來。只要能幫助你，做任何事我都很樂意。」

「我知道。你已經幫了我好多，我現在沒那麼害怕了。安，晚安。」

「晚安，露比。」

安在月光下慢慢踏上回家的路。經過這一晚，安的內心產生了變化，她發現人生有不同的含義與更深的目的。雖然從表面上看不出異樣，但內心已經深深地被動搖。她不能跟可憐的露比一樣，在走到生命盡頭的時候，對未知的世界感到懼怕，即便是面對與自身思想、觀念和抱負都不同的事物也是一樣。生命中的小事，雖然美好又愉快，卻不能作爲人生目標，只有追求最崇高的理想才是正確的事情。天堂的生活，始於人間。

＊

沒想到那一個美好的夜晚成爲永別，安再也見不到活著的露比了。

隔天晚上，村善會的成員爲即將前往西部的琴・安德羅斯舉辦歡送會，正當衆人輕歌曼舞、談笑風生之際，艾凡里的一縷芳魂受到來自天堂的召喚。

歡送會的翌日早上，露比・吉利斯去世的消息傳遍了整個艾凡里。她在睡夢中靜靜離去，過程沒有苦痛，臉上甚至還帶著微笑。看來，死亡並非露比所想像的可怕惡魔，反而像是一位親切的朋友前來引領她遠行。

葬禮過後，林德夫人特別強調，露比・吉利斯是她見過最美麗的一具遺體。她穿著一身潔白服裝，躺在安爲她鋪滿鮮花的棺木裡，多年以後，她的美麗仍會被艾凡里的人們談論起。露比本來就是個美人，但她的美屬於塵世，帶著一些俗氣與傲慢的特質，彷彿在向別人炫耀一般。她的精神不曾散發出光輝，理智也從未經過淬煉，然而卻在死亡的洗禮下，顯露出既高雅又純潔的輪廓，或許是死亡替露比走過她的人生，經歷了愛與悲痛，還有成爲女人的喜悅。

安的淚水模糊了視線，她低頭看著兒時的玩伴，心想這便是上帝希望露比所呈現出來的面貌吧！安會永遠把她的臉記在心裡面。

送葬的隊伍離開前，吉利斯夫人把安請到一間空房內，將一個小包裹交給她。

「我希望你收下。」吉利斯夫人哭著說。「露比想要把它送給你。這是她刺繡的桌墊，雖然還沒有完成……她過世的前一天下午，用無力的手指最後一次插進繡針，現在針還停留在同個位置上。」

「人生總是會有一件未完成的工作。」林德夫人的眼眶含著淚水。「但總是會有人接續把它完成。」

「我還是不敢相信，我們認識這麼久的人竟然死了。」安在與黛安娜一起返家的路上說。「露比是第一個離開我們的同學，而我們遲早也會一一走上這條道路。」

「是啊，人生大概就是這麼一回事吧。」黛安娜不安地說。她不想討論這個話題，寧可聊聊葬禮的細節，像是吉利斯先生用心爲露比準備的白色天鵝絨棺材，或者林德夫人說的「吉利斯家總是喜歡搞排場，就連喪禮也不例外」，還有哈普．史班塞悲傷的模樣，再不然就說說露比的其中一個姊妹傷心到歇斯底里的模樣。可是安不想談論這些事情，她似乎陷入沉思之中，黛安娜則因無法參與而感到一絲寂寞。

「露比．吉利斯是一個很愛笑的女生。」德比突然說。「安，她在天堂也會像在艾凡里一樣常常笑嗎？我好想知道哦。」

「嗯，我想她會的。」安說。

「安！」黛安娜有些驚訝，隨卽勉強笑著阻止。

「咦，難道不行嗎？」安認眞地問。「你覺得我們上天堂之後，都不會再笑了嗎？」

「唔……我、我也不知道。」黛安娜支支吾吾地說。「不知道爲什麼，總感覺這樣不太對。

你也知道在教堂裡笑是一件很糟糕的事情。」

「但是天堂不會整天都跟教堂一樣啊。」安說。

「不一樣最好。」德比在一旁強調。「要是一模一樣，我才不想去。教堂無聊死了。反正我沒有打算那麼早去，我要跟白沙鎮的湯馬斯．布列維爺爺一樣活到一百歲。他說他能活這麼久，是因爲他常常抽菸，把病菌都殺光的關係。安，我再長大一點之後，能不能抽菸？」

「不行，德比，我希望你這輩子都不要抽菸。」安心不在焉地回答。

「要是病菌把我殺死了怎麼辦？」德比只是繼續追問。

第15章 破碎的美夢

「再一個星期，我們就要回雷蒙了。」安說。她一想到能回去上課、跟同學見面，就覺得很高興。她還編織起關於「芭蒂之家」的美夢，雖然還沒有住進去，但光是想像，就覺得那會是一個溫馨又舒適的家。

不過這個夏天，安還是過得很快樂。她享受豔陽與晴空下的生活，熱中於有益身心健康的事物，重溫昔日友誼。同時，她也領悟到，人生應該追求更崇高的理想，並且勤奮工作、盡情遊玩。

「人生有很多學問，不是在大學裡才學得到。」安想著。「無論何時何地，生命都會教導我們成長。」

沒想到在美好假期的最後一週，竟然發生一件與美夢完全相反的事，將她的好心情破壞殆盡。

「最近還有在寫小說嗎？」一天傍晚，安與哈里森夫婦喝茶時，哈里森先生親切地詢問。

「沒有了。」安生氣地回答。

「別緊張，我沒有其他意思。只是希拉姆．史隆夫人前幾天告訴我，一個月前有人到郵局寄了一封很厚的信件到蒙特婁的洛林優良酵粉公司。她猜測是有人要參加他們的發酵粉行銷徵稿比賽，她說信封上的筆跡不是你的，但我想說應該就是你吧。」

「眞的不是我！我是有看到比賽獎金，但我完全不打算去爭取。爲了推銷發酵粉而寫小說，這種行爲太可恥了。這跟傑德森·派克把圍牆租給藥廠做廣告有什麼兩樣。」

安說得高傲，但她做夢也想不到，天大的恥辱正在等待著她。當天晚上，雙眼發亮、兩頰通紅的黛安娜蹦蹦跳跳地來到安的房間，手裡還拿著一封信。

「安，有人寄信給你耶！我剛剛去郵局，順便幫你拿回來了。你快點打開看吧！如果內容跟我心裡想的一樣，那我肯定會高興得不得了！」安困惑地打開信封，快速將內文瀏覽了一遍。

愛德華王子島，艾凡里
綠色屋頂之家
安·雪莉小姐收

尊敬的女士：很榮幸通知您，您的作品〈艾薇兒的贖罪〉，於本公司舉辦的徵稿比賽中贏得獎金二十五塊美元，支票已隨函附上。本公司已安排將這部精彩的作品刊登於加拿大的各大報，並印刷成小冊子分送給顧客。誠摯感謝您對本公司的支持。

洛林優良酵粉股份有限公司

「這是怎麼回事？」安的腦筋一片空白。

黛安娜在一旁拍起手。

「我就知道你一定會得獎！我太有信心了！安，是我把你的小說寄去參賽的。」

「是你？」

「對啊，」黛安娜坐在床邊，興高采烈地說。「我一看到那個比賽啊，就想到你的小說。本來我想先告訴你，讓你自己去參加，但是我又怕你不肯，因爲你對自己的作品太沒自信了，所以我就決定把你給我的副本偷偷寄出去啦！反正落選的作品也不會被退件，如此一來，就算沒有獲勝，你也不會知道，更不會難過。但要是得獎了，你就會收到一個大驚喜了！」

黛安娜不是一個觀察力特別敏銳的人，但此刻也發現了安沒有半點高興的樣子。她是很「驚訝沒錯，但是「喜」悅跑到哪裡去了？

「安，你怎麼看起來一點都不開心嘛！」黛安娜嚷嚷道。

安馬上製造出一個假笑。

「你這麼無私地想給我驚喜，我當然開心啊。」安緩緩地說。「可是……我太訝異了，我沒辦法理解這是怎麼一回事。我的小說沒有一個字跟……『發酵粉』有關啊。」說到發酵粉時，安停頓了一下。

「哦！我把它加進去了。」黛安娜爲她解開疑惑。「那一點都不難啊，不過之前在故事社的經驗也幫了我不少。小說裡不是有一段艾薇兒烤蛋糕的情節嗎？我就在這裡說明，她使用的是洛林優良發酵粉，蛋糕才會這麼成功。還有最後一段，帕西瓦爾將艾薇兒擁進懷裡，說：『我的甜心，美好的未來將為我們實現家的美夢。』我加上：『我們家只使用洛林的發酵粉，其他品牌都不用。』」

「天啊！」可憐的安倒抽了一口氣，彷彿有人往她身上潑了一桶冷水。

「然後你就贏得二十五塊美金了！」黛安娜高興地說。「我聽普莉希拉說，加拿大婦女協會一篇小說只給五塊錢而已呢！」

安用顫抖的手指抽出那張可惡的粉紅色支票。

「黛安娜，這張支票我不能收，它應該是你的才對。是你把小說拿去參賽，還修正過內容。換作是我……肯定不會把作品寄出去，所以你一定要收下支票。」

「我才不收呢！」黛安娜藐視地說。「哎呀，我做的事根本不值一提。我做為優勝者的好友，已經感到很榮幸了。好了，我要走了。我們家有客人，我本來要直接從郵局回家的，但我一定要來瞧瞧信件的內容。安，我真的好為你高興哦！」

安突然傾身向前抱住黛安娜，往她的臉頰親了一下。

「黛安娜，你是全世界最貼心、最真誠的好朋友，」安的聲音有些顫抖。「我真的很感激你為我做的一切。」

黛安娜帶著高興又害羞的心情回家去了。可憐的安把無辜的支票扔進抽屜裡，彷彿那是殺人換來的酬勞一樣。然後她撲到床上，爲羞恥感和受創的情感而大哭起來。天啊！她這輩子都擺脫不掉這個恥辱了！

黃昏時分，在「果樹嶺」聽見消息的吉伯前來拜訪，打算向安好好祝賀一番。但他一看見安的表情，就把恭喜的話全吞下去了。

「安，怎麼了？我還以爲你贏得洛林公司的獎金之後，會很高興呢，你眞的很優秀！」

「拜託，吉伯，不要連你也這樣。」安不敢置信地懇求。「我還以爲你了解我，難道你看不出來這件事有多悲慘嗎？」

「安，我確實不太明白，這件事哪裡不好嗎？」

「全部都不好！」安哀嚎起來。「我永遠都抬不起頭了！你想想看，如果一位母親看見她的孩子全身刺滿發酵粉的廣告刺青，你作何感想？我現在就是這種心情。我愛我的小說，那是我寫過最好的故事，卻墮落爲發酵粉的廣告，這對我而言是種羞辱！你忘了我們在皇后學院時，哈彌敦教授常常在文學課說的話嗎？他說，千萬不要爲了卑賤或可恥的動機去創作，而是要堅持追求最高的理想。他若是知道我寫的故事成了發酵粉的廣告小說，他會怎麼想？萬一這件事在雷蒙傳開怎麼辦？我肯定會淪爲笑柄的！」

「不會的！」吉伯感到很不安，他懷疑安是不是在意那個三年級生的看法。「雷蒙的人肯定都和我的想法相同。你和我們多數的學生一樣，家境並不富裕，所以必須依靠正當的方法來賺取

第16章 同居新生活

「這是我見過最有家庭氛圍的地方了，簡直比家更像家。」菲兒興奮地環顧四周。這天黃昏，大夥齊聚在「芭蒂之家」的大客廳裡，包括安、普莉希拉、菲兒、史黛拉和詹姆西娜阿姨，以及貓咪拉斯帝、約瑟夫、雪拉和陶瓷狗兒「狗狗」和「馬狗狗」。

壁爐的火影在牆壁上舞動，貓咪們發出低嗚的聲音。菲兒的追求者所贈送的一大盆溫室菊，在金光朦朧的一角散發著光輝，像極了一朵朵奶油色的月亮。

這是他們安頓好後的第三個星期，衆人一致認爲這陣子的同居生活十分成功。其實在剛搬進來的前兩週，屋裡就已經充滿期待又歡樂的氛圍了。她們忙著布置居家用品，訂定了簡單的生活公約，也整合好不同的意見。

安在離開艾凡里之前，並沒有感到特別難過，因爲假期的最後幾天過得並不愉快。她的獲獎作品在愛德華王子島的各家報紙都刊登出來了，而且威廉·布萊爾還在他的店裡櫃檯上擺了一大疊粉色、綠色和黃色的小冊子，拿來分送給每位客人，裡頭收錄的便是安的小說。爲了恭喜安，他也送給她一大疊，不過安一回到家就把它們全扔進廚房火爐裡了。

安會感到羞恥，純粹是事情發展與她個人理想有衝突，可是艾凡里的人都認爲安能贏得獎金是一件很了不起的事情。她的許多朋友都對她投以仰慕的眼神，少數的敵人則是輕蔑中帶著嫉妒的情緒。喬西·帕伊說安的故事肯定是抄來的，她清楚記得幾年前曾在報紙上讀到過；早已發現或猜到查理被安拒絕的史隆一家，則表示這件事沒什麼好驕傲的，只要有心，誰都做得到；阿朵莎阿姨告訴安，對她去寫小說這件事感到很遺憾，因爲沒有一個在艾凡里出生長大的人會選擇做這行，那都是不知道從哪裡收養來的孤兒才會這樣，天知道他們父母都是什麼德性；就連林德夫人也對撰寫虛幻小說的正當性抱持懷疑的態度，不過她差點就被那二十五元的支票給收買了。

「只是瞎掰的故事而已，他們竟然給這麼多錢，眞是太奇怪了！」林德夫人的內心雖然感到驕傲，說出來的話還是很刻薄。

基於這些原因，安才會在離開之際感覺鬆了一口氣，而且這次回到雷蒙，已經進階成聰明又老練的二年級生了，她能在開學典禮上高興地和好友們打招呼，像是普莉希拉、史黛拉、吉伯、比以往的二年級生都還要狂妄自大的查理·史隆、還沒有想好要選擇亞力克還是阿蘭索的菲兒，以及穆迪·斯帕約翰·麥克法遜。穆迪自皇后學院畢業後一直在學校任教，不過他母親認爲他該是時候放棄教學，將重心轉移到做一名牧師了。可憐的穆迪才剛開啓大學生活便面臨厄運，與他一起寄宿的其中六名二年級生，突然在一個夜晚飛撲到他身上，毫不留情地將他半顆頭剃個精光，因此倒霉的穆迪在頭髮長出來以前，只能以這副模樣出來走動了。他痛苦地對安說，有時他眞懷疑自己是否該成爲一名牧師。

女孩們將「芭蒂之家」都打理好後，詹姆西娜阿姨也來了。芭蒂女士將鑰匙交給安時，附上一封信說「狗狗」和「馬狗狗」已經裝箱收在客房床底下，如果有需要可以拿出來。附筆還交代在牆上掛東西時要小心，因為客廳的壁紙五年前才剛換過，所以她們希望若非必要，不要讓新壁紙出現更多的洞，其他的就放心交給安處理。

女孩們興奮地布置自己的新窩。菲兒說，這簡直跟結婚一樣開心，不但能體會到打理家庭的樂趣，又不怕丈夫在旁干擾。大家都帶了些物品來布置，要讓這座小屋變得更美麗舒適。普莉希拉、菲兒和史黛拉準備了許多小擺設和圖畫，哪裡順眼就掛哪兒，完全不理會芭蒂女士的叮嚀。

「安，等我們搬出去的時候，會把洞口填起來啦，她不會發現的。」她們對抗議的安說。

黛安娜送安一個繡著松樹的坐墊，艾達小姐也給她和普莉希拉各送了一個繡工精美的坐墊。瑪麗拉送了一大箱蜜餞，並暗示感恩節會再送加蓋的食品籃給她，林德夫人則是給了安一件拼布被子，又另外拿了五件借給她。

「你把這些都帶著。」林德夫人不容拒絕地說。「與其放在閣樓的箱子裡被蟲咬，還不如拿去用。」

事實上，根本沒有一隻蟲敢靠近那些被子，因為上面充滿樟腦丸的刺鼻氣味。女孩們還得把被子吊掛在「芭蒂之家」的果園整整兩星期，才能勉強拿進室內。

在高貴氣派的斯勃福德街上，難得會看見這種被子。隔壁那位總是板著臉孔的香菸大王還專門過來拜訪，希望安能把那件用紅黃色布料拼接成的「鬱金香」被子賣給他。他感嘆地說，他母親以前經常縫製這種被子，所以想要藉此懷念她。不過安不肯答應，他只好失望地離開了。安寫信將這件事告訴林德夫人後，心情大好的林德夫人回信說她還有一件一模一樣的被子可以給他，於是香菸大王得到他想要的被子了，不管時髦的妻子怎麼嫌棄，都堅持要鋪在床鋪上。

那年冬天，林德夫人的被子徹底派上用場。集萬千優點於一身的「芭蒂之家」也有其缺點，這棟房子非常寒冷，每逢結霜的夜晚，女孩們都會鑽進林德夫人的被子裡取暖，同時祈禱林德夫人的善舉得到良好的回報。安搬進她一見鍾情的藍色小房間，普莉希拉和史黛拉共享一間大房，菲兒住在廚房上方的小房間，一樓客廳後方的房間則留給詹姆西娜阿姨。初期，貓咪拉斯帝則是睡在門口的樓梯上。

開學幾天後，安從雷蒙走回家的路上，發現許多人都對她投以同情的微笑。安頓時感到不自在，懷疑自己是哪邊不對勁。難道是帽子戴歪了？還是腰帶鬆掉了？她左右檢視自己，才瞧見身後跟著貓咪拉斯帝。

緊緊跟在她腳後跟的拉斯帝，是安見過最淒慘的一隻貓。他早已脫離幼貓時期，身體卻瘦弱不堪，長相十分醜陋。他的兩耳殘缺、一眼需要治療、一邊的顎骨腫得離譜。至於毛色嘛，就像是一隻全身都燒焦過的黑貓，毛髮稀疏又骯髒，樣子十分不雅觀。

安發出噓聲想把他趕走，但他完全不怕。只要安停下腳步，他就坐下來，用那隻健康的眼睛盯著安，眼神帶著責備；安一往前走，他又跟上去，她也只好認命了。不過一踏進「芭蒂之家」，安便毫不留情地關上門，天眞地以爲就此甩脫掉他。沒想到十五分鐘後菲兒打開門，那隻鐵鏽色的貓還坐在階梯上，並趁隙衝進門，直接跳到安的大腿上，發出撒嬌又得意的「喵」一聲。

「安，那是你的貓嗎？」史黛拉的語氣很嚴肅。

「才不是呢！」安嫌惡地反駁。「這隻貓硬要跟著我回來，趕都趕不走。討厭，快點下去啦！我喜歡長相正常的貓咪，而你的樣子一點都不討人喜歡。」

不過貓完全沒有走開的打算，他自顧自地蜷縮在安的大腿上，發出滿足的叫聲。

「他已經認定你啦！」普莉希拉笑著說。

「我才不要被認定呢！」安頑固地說。

「這隻可憐的小貓咪好像很餓呢，」菲兒同情地說。「哎呀，都瘦成皮包骨了。」

「好吧，我就餵他吃一頓豐盛的大餐，吃完他就得回去原來的地方。」安堅定地說。

貓咪飽餐一頓之後就被放到外面，但是隔天一早，他還是坐在階梯上沒有離開，而且只要門一開，他就立刻衝進屋。不管女孩們對他多麼冷漠，他都不受影響，唯獨只在意安。女孩們出於同情，還是有餵他吃飯，但是一週後，她們還是決定要好好處理這件事。其實這隻貓的外表已經改善不少，眼睛和臉頰都恢復正常了，身形也沒那麼消瘦了，有時還能看見他自己在洗臉。

「即便如此，我們也不能養他。」史黛拉說。「詹姆西阿姨下週就來了，她會把她的貓咪雪拉一起帶過來。我們沒辦法同時養兩隻貓，不然拉斯帝一定會整天跟雪拉打架。他生來就是個鬥士，昨天晚上才跟香菸大王的騎兵貓、步兵貓和砲兵貓大戰一場，而且把對方全都擊潰了。」

「我們得想辦法把他弄走。」安附和道。她眼神陰暗地看著拉斯帝，後者正趴在壁爐前的地毯上，發出舒服的叫聲，神態溫馴得像隻小羊。「問題是要用什麼方法？我們四個手無寸鐵，它又死纏爛打，到底怎樣才能把他給趕走啊？」

「用氯仿殺死他。」菲兒提議。「這是最人道的手法。」

「這種事情誰會知道怎麼做啊？」安不抱希望地反問。

「我會。我會的實用技能不多，甚至可說是少得可憐，但這就是其中之一。我在家裡處理過幾隻貓，只要早上讓他飽餐一頓後，把他裝進舊麻布袋裡——後院就有一個，用木箱把他蓋住，再把兩盎司的氯仿瓶打開從旁邊放進去，最後用重物壓在上面，等到隔天貓就會死掉了。他會像是睡著一樣，安詳地蜷曲在裡面，沒有痛苦，也沒有掙扎。」

「聽起來好像很簡單。」安有些懷疑。

「真的很簡單啦，交給我吧！我會處理好的。」菲兒向她打包票。

氯仿準備好後，隔天早上拉斯帝便被引誘上死亡之路。他吃完早餐，舔舔嘴巴，又爬到安的大腿上。安的內心開始感到不安，這可憐的小傢伙這麼愛她又信任她，她怎麼能成爲殺死他的兇手之一呢？

「你快把他帶走吧，我覺得自己像是個殺人犯。」

「他不會感受到痛苦的。」菲兒試圖安慰她，不過安已經逃走了。

死刑在後院執行。這一天，大家都沒有靠近那兒。到了黃昏，菲兒通知衆人可以去埋葬拉斯帝了。

「普莉希拉和史黛拉負責去果園挖墳墓，安跟我一起去把箱子打開。唉，我最討厭的就是這個步驟了。」

兩人躡手躡腳地走到後院。菲兒小心翼翼把壓在箱子上的石頭拿開，忽然間，底下傳出一道微弱卻不容錯認的叫聲。

「他……他竟然沒死！」安驚訝得跌坐到廚房階梯上。

「這怎麼可能？」菲兒一臉難以置信。

這時，底下又傳來一聲微弱的貓叫，證明拉斯帝眞的沒死。兩名女孩不禁面面相覷。

「這下該怎麼辦？」安問。

「你們怎麼還不過來啊？」這時，史黛拉從後門走出來問。「我們已經挖好墳墓了，可你們『爲何還是平靜不動，鴉雀無聲呢？』」她用詩詞吟誦[1]。

「『噢，不，死者之聲如遠方的瀑布奔流而來。』」安指著木箱，也用詩詞作回應。

女孩們瞬間大笑出聲，打破了緊張的氣氛。

「我們把他放到明天早上吧。」菲兒把石頭放回去。「已經五分鐘沒見他叫了，也許剛剛只是他臨死前的呻吟，或是我們的罪惡感作祟，才聽見幻覺。」

然而，隔天早上她們一打開木箱，拉斯帝便活力十足地跳上安的肩膀，深情地舔舐她的臉。他簡直就是世界上生命力最旺盛的一隻貓。

「啊，箱子上有個洞！我竟然都沒發現，難怪他沒死，唉，我們只好重來一遍了。」菲兒嘆了口氣。

「不用了！」安突然宣布。「我們不能再殺他了，這一刻起他就是我的貓了，希望你們努力接納他。」

「可以啊，不過你得搞定詹姆西阿姨和雪拉貓。」史黛拉表現出一副事不關己的模樣。

這天起，拉斯帝成爲家裡的一員。夜晚，他睡在後門腳踏墊上，過著養尊處優的舒適生活。等到詹姆西娜阿姨來的時候，拉斯帝已經圓潤起來，毛髮也變得有光澤，樣子好看許多。不過，他和吉卜林[2]筆下的貓一樣「唯我獨尊」，不斷向其他的貓伸出利爪，也受到不少挑戰，不過，到了最終，斯勃福德街的貴族貓都被他一一擊潰了。而人類中，他只喜歡安，其他人若膽敢碰他一

---

1 引用自拜倫的長詩 *The Isles of Greece*。

2 約瑟夫・吉卜林（Joseph Rudyard Kipling, 1865-1936），生於印度，爲英國第一個獲得諾貝爾文學獎的作家。

根汗毛，他就會發出憤怒的聲音，彷彿在說髒話。

「那隻貓的架子可眞大，眞讓人受不了！」史黛拉說。

「不會啊，他是一隻很可愛的老貓咪。」安像是要挑釁史黛拉一樣，緊抱住自己的貓。

「眞不知道他要怎麼跟雪拉貓和平共處。」史黛拉悲觀地說。「貓咪整晚在果園打架已經夠糟了，要是換成客廳，後果簡直不堪設想。」

不久後，詹姆西娜阿姨到了。原本安、普莉希拉和菲兒在等待她時，心情都很忐忑不安，但是當詹姆西娜阿姨坐進壁爐前的搖椅後，她們便自然而然地齊聚到她身旁蹲坐，彷彿在對她表達敬仰之情。

詹姆西娜阿姨是一名身材嬌小的婦人，三角形的臉孔以柔和的線條構成，又大又溫柔的藍色眼眸閃爍著不容抹滅的年輕光彩，眼神如少女般乘載著無數希望。她的臉頰透出粉色，雪白的髮絲在耳邊梳起小小的髮髻。

「這是非常傳統的髮型。」詹姆西娜阿姨一邊說，手裡一邊編織如夕陽雲朵般粉紅的精巧玩意。「我是過時的人，穿著老舊，想法也比較古板。但我並不覺得這樣多好，反而覺得糟透了。不過習慣之後，也覺得這樣簡單又舒服。雖然新鞋比舊鞋還要時髦，但是舊鞋總是舒適得多。我的年紀很大了，鞋子和想法都按照自己的意思來就好。我希望在這裡輕輕鬆鬆過日子，你們肯定以爲我是來監督和管教你們的吧？我可不會啊。你們已經長大了，都明白做人處事的道理。所以啊，」詹姆西娜阿姨眼裡閃爍青春的光芒，「就算你們想走上毀滅之路，我也不會干涉。」

「天啊，誰去把那幾隻貓分開好嗎？」史黛拉害怕得發抖。

詹姆西娜阿姨不只帶了雪拉貓，還帶了一隻名叫約瑟夫的貓。約瑟夫的主人是她的朋友，前陣子搬到溫哥華去了。

「她沒辦法帶約瑟夫過去，所以拜託我收留他，而我也拒絕不了。這隻貓的性情很好。因爲他的毛色很豐富，我朋友便把他取名爲約瑟夫了[3]。」

正如史黛拉所說，約瑟夫看起來就像是行走的破布袋，身上的底色讓人難以分辨，他的腿部是白色的，上頭長著幾點黑斑；背部是灰色，兩側分別有黃色和黑色大斑塊；尾巴是黃色，但尖端處是灰色的；一隻耳朵是黑色，另一隻則是黃色。他其中一眼上的黑色斑點讓他看起來有些放蕩不羈，可實際上他溫順無害，頗具社交特質。從某方面來說，約瑟夫就像是野地裡的百合花，既不用吃苦也不用抓老鼠，即便是全盛時期的所羅門王，也不曾像他一樣睡過如此柔軟的床墊，更沒有吃過如此肥美的鮮肉。

約瑟夫和雪拉貓是分別裝箱，由快車運達的。他們被放出箱子餵食完畢後，約瑟夫挑選了角落的墊子休息，雪拉貓則端坐在壁爐前，清洗自己的臉。雪拉貓是一隻體型龐大、毛髮光滑的灰

3出自《舊約・創世紀》37:3。約瑟備受父親寵愛，唯獨他擁有令兄長們嫉妒的彩衣。

白色貓咪，具有十足的威嚴。她是洗衣女工送給詹姆西娜阿姨的，可即便出身平民，氣勢也絲毫不減。

「那名洗衣女工名叫雪拉，所以我丈夫都叫她雪拉貓。」詹姆西娜阿姨說。「她今年八歲，很會捉老鼠。史黛拉，你別擔心，雪拉貓從來不會和其他貓打架，約瑟夫也很少會這樣子。」

「他們在這裡，恐怕得爲了保護自己而打架。」史黛拉說。

這時，拉斯帝出現了。他一跳到客廳中間，便發現入侵者的蹤跡。他猛然停下腳步，尾巴膨脹成三倍大，背上的毛髮高高豎起，身體呈現出拱形的挑釁姿態，頭部壓低，發出充滿敵意與挑釁意味的吼聲，直直撲向雪拉貓。

威嚴感十足的雪拉貓停下洗臉，一臉困惑地盯著拉斯帝。對於迎面而來的突擊，雪拉貓僅是輕蔑地用前腳掃一下，拉斯帝便飛了出去，在地毯上不停翻滾，最後才頭暈目眩地站起來。這隻貓究竟是何方神聖？拉斯帝猶豫地盯著她，猶豫著是否繼續發動攻擊。雪拉貓則從容地背過身，繼續打理自己的儀容。拉斯帝決定不再進攻，自此之後，雪拉貓成了當家老大，拉斯帝再也沒有與她起過衝突。

這一刻，約瑟夫貿然坐起身打了個呵欠，滿心想要復仇的拉斯帝瞬間朝他撲過去。雖然約瑟夫天性溫和，但眞要打架時卻一點也不輸人，於是兩隻貓陷入了一連串的平局。他們每天一見面就打架，面對這種情況，安自然是站在拉斯帝這邊，史黛拉則是不知該怎麼辦才好，而詹姆西娜阿姨只是在一旁微笑。

「讓他們打。」她寬容地說。「他們很快就會變成朋友的，而且約瑟夫趁機運動一下也好，不然他愈來愈肥了。拉斯帝也得明白，自己並非世界上唯一的貓。」

最終，約瑟夫和拉斯帝接受現況，從死敵變成了兄弟。他們經常睡在同一塊墊子上，貓爪相疊在一起，有時還會互舔臉頰，替對方洗臉。

「我們都已經習慣彼此了。」菲兒說。「我也學會洗碗和掃地了。」

「用氯仿殺貓的部分，你就不用再證明給我們看了。」安笑著說。

「那都是箱子有洞的關係！」菲兒抗議。

「幸好箱子上有洞。」詹姆西娜阿姨嚴肅地說。「我承認幼貓非淹死不可，否則會太過氾濫。但像樣的成貓就不該被處死了，除非牠的行爲很脫序。」

「要是您有看見拉斯帝初來乍到的模樣，您絕對不會說他像樣的。」史黛拉說。「那時他長得就像撒旦一樣。」

「我不認爲撒旦有多醜陋，」詹姆西娜阿姨若有所思地說。「如果眞的那麼醜，就不會造成那麼大的傷害了。我始終認爲撒旦一定是外表英俊的紳士。」

第17章

德比的來信

「大家快看，外面下雪了！」十一月的傍晚，剛踏進家門的菲兒說。

「花園的小徑上堆滿可愛的星形和十字形雪花。我之前都沒發現，雪花竟然這麼漂亮，果然生活變簡單之後，才有時間多注意這些瑣事，我眞感謝你們讓我住進來。爲奶油一磅漲五分錢而感到煩惱的感覺眞是愉快！」

「漲價了嗎？」負責家庭帳目的史黛拉問。

「是呀，你要的奶油在這裡。我現在已經快成爲採買專家了，這比跟男生調情還要有趣。」菲兒認眞地說。

「現在所有東西都在漲價。」史黛拉嘆了口氣。

「幸好空氣和神的救贖還是免費的。」詹姆西娜阿姨說。

「笑容也是哦！」安補充說。「歡笑不用怕被課稅，這是一件好事，因爲你們等下就會哈哈大笑了。我要念德比的信給大家聽，這一年來，他的拼寫大幅進步，雖然他還不太會使用撇號，但他寫的信都很有趣。在開始讀書之前，大家就聽一聽、笑一笑吧！」

親愛的安：

我寫信告訴你，大家都很好，希望你也很好。今天下了一點雪，瑪麗拉說那是天上的老太太在抖動她的羽絨被。安，天上的老太太是上帝的妻子嗎？我好想知道哦！

林德夫人病得很嚴重，不過她已經好多了。上個星期她從地下室的樓梯摔下去，那時候她抓住擺滿牛奶桶和燉鍋的架子，架子不穩就跟著她一起掉下去，發出好大的聲音。瑪麗拉一開始還以為是地震呢！

其中一個鍋子凹進去了，林德夫人也傷到肋骨。醫生來看的時候，給她藥膏，讓她擦在肋骨上，但她沒有聽懂，就把藥全吃進肚子裡了。醫生說林德夫人沒死真是個奇蹟，那個藥膏反而還把她的肋骨治好了，林德夫人說醫生就是什麼都不懂。可是鍋子也修不好，瑪麗拉只好把它丟掉了。上個星期是感恩節，學校不用上課，我們吃了一頓大餐。我吃了肉餡餅、火雞、水果蛋糕、甜甜圈、乳酪、果凍和巧克力蛋糕。瑪麗拉說我會撐死，但是我好好的啊，像後來朵拉說她的耳朵痛，結果發現是肚子痛，我也都沒有地方會痛。

我們的新老師是男生，他很幽默。上星期他讓我們三年級的男生寫一篇作文，寫我們想要什麼樣的妻子，然後女生寫想要什麼樣的丈夫。老師在閱讀的時候，差點就笑死了。這是我寫的作文，安想看吧！

我理想的妻子

她必須有禮貌，按時準備我的三餐，聽從我的吩咐做事，對我客氣有禮。而且一定要是十五歲，對窮人友善，把家裡整理得乾乾淨淨，脾氣要好，還要會定期上教堂。她必須長得漂亮，有一頭捲髮。要是我娶到理想中的妻子，我會成為一個很好的丈夫。我覺得女人應該要對她的丈夫很好，像有些可憐的女人就沒有半個丈夫。

完畢。

上個星期，我去白沙鎮參加愛沙克伯母的葬禮，死者的丈夫非常傷心，林德夫人說愛沙克伯母的爺爺曾經偷過一頭羊，但是瑪麗拉說我們不該講死者的壞話。安，為什麼不行？我好想知道哦！照理說應該很安全了，不是嗎？

前幾天林德夫人很生氣，因為我問她諾亞方舟的時代她是不是就活著了。我不是故意要惹她生氣，只是想問個清楚而已。安，她那時候就活著了嗎？

哈里森先生不想要他的狗了，所以他就把狗吊起來，沒想到狗竟然活過來了，還趁他在挖墳墓的時候衝進穀倉，哈里森先生只好再把牠吊起來一次，這次狗就真的死掉了。哈里森先生請了一個新員工，說他的手腳非常不協調，整個人笨手笨腳。巴瑞夫人說她先生請來的工人很懶惰，可是巴瑞先生說那個工人並不是懶惰，只是覺得事情用祈禱的比用做的還要簡單。

安德羅斯夫人經常掛在嘴邊的得獎豬突然暴斃了，林德夫人說那是安德羅斯夫人太過自滿所遭受的天譴，但我覺得那頭豬好可憐。謬弟·波爾特生病了，醫生開藥給他吃，而且那些藥苦斃了！我好心說要幫他吃四分之一，但波爾特家的人都好小氣。謬弟說那是他自己花錢買的藥，當然要自己吃。我問波爾特夫人要怎麼抓住一個男人的心，結果她很生氣，說她沒追過男人，所以不知道。

村善會又要重新粉刷公會堂了，他們已經厭倦藍色了。

新來的牧師昨天晚上來家裡喝茶，他吃了三塊派，要是我這麼做，林德夫人就會說我是貪吃鬼。而且牧師吃得很快又很大口，可是瑪麗拉每次都叫我不要這樣吃東西。為什麼小男生不能做的事情，牧師卻可以做？我好想知道哦！

我沒有其他事情要說了。在這裡獻上六個親吻，朵拉也一個。

您親愛的朋友　德比·凱西敬上

註：安，撒旦的父親是誰啊？我好想知道哦！

第18章 喬瑟芬姑媽的遺言

到了聖誕假期，「芭蒂之家」的女孩們各自回到自己的家鄉，詹姆西娜阿姨則選擇留下來。

「我沒有辦法帶著三隻貓去那些邀請我的地方。」她說。「我也不打算把這些小可憐單獨留在家裡三星期。如果我們有熱心助人的鄰居可以餵牠們吃飯，那我還能夠考慮離開，但是這條街上就只有百萬富翁，所以我還是守在『芭蒂之家』等你們回來吧。」

安一如往常抱著愉快又期待的心情回家，然而場面卻沒有她想像中美好。她發現冬季提早降臨了，艾凡里陷入前所未有的暴風雪當中，連最年長的居民都想不起來，上一次這麼寒冷的天氣是什麼時候。「綠色屋頂之家」徹底被大雪所包圍，這個倒霉的假期幾乎每天都迎來狂風暴雪，即便是放晴的日子，風也依舊颳個不停。道路好不容易能夠通行，一下子又被雪給蓋住，根本沒辦法出門。村善會原本打算為大學生們舉辦派對，可是風雪連續肆虐了三天，沒有人可以出門，最後他們只好作罷。

安對於綠色屋頂之家的愛從來沒有變過，但她不禁懷念起芭蒂之家的舒適暖爐、詹姆西娜阿姨的笑眼、三隻貓咪、女孩間的歡聲笑語，以及大學同學來訪的週五夜晚。

安很孤單，因為這整個假期，罹患嚴重支氣管炎的黛安娜都被關在家裡，不能來綠色屋頂之家，而且通往「幽靈森林」的小徑和「耀眼之湖」旁邊的道路都被積雪堵住，完全無法通行，所以安也沒辦法去果樹嶺。露比．吉利斯在雪白的墓園裡沉睡，琴．安德羅斯也去西部教書了，唯獨忠誠的吉伯，每天傍晚仍不畏風雪地前來拜訪綠色屋頂之家。

然而，吉伯的到訪已經變得與從前不同，讓安的心中感到有些懼怕。有時安在突如其來的沉默中抬頭，會看見吉伯的淡褐色雙眸緊緊凝視自己，眼神中帶著不容錯認的情感。不過更令安感到手足無措的是，在吉伯的注視下，她總會滿臉通紅，渾身變得不自在，就好像……好像……總之，非常令她尷尬就是了。安眞想回去「芭蒂之家」，那裡總是有人圍繞在一旁，能夠緩解這個微妙的氣氛，可是在綠色屋頂之家，只要吉伯一來，瑪麗拉就會馬上跑進林德夫人的房間，還堅持把雙胞胎也帶走，這其中的含意很明顯，讓安感到旣無助又惱怒。

不過，這段日子德比過得開心極了。每天早上，他都會興奮地拿鏟子去清理通往水井和雞舍的小路。聖誕夜，瑪麗拉和林德夫人爭相為安準備的美味佳餚，德比也吃得津津有味。此外，他還從學校圖書館的一本書裡讀到一篇精彩的故事，內容描寫男主角擁有一種神奇的能力，每次都能從困境中安然脫身，不管遇到地震或是火山爆發都不怕，而且他還得到一大筆財產，最終功成名就。

「安，這個故事好好看啊！」德比沉迷地說。「讀這個比聖經有趣多了。」

「是嗎？」安微笑以對。

德比狐疑地看著她。

「安，你好像一點都不驚訝耶。我跟林德夫人這樣說的時候，她嚇了一大跳呢！」

「德比，一個九歲大的男孩子喜歡冒險故事勝過聖經，是很正常的事情。不過等你長大了，你就會明白聖經是一本很了不起的書。」

「嗯，聖經有些部分是滿有趣的。」德比承認。「約瑟夫的故事就很好看。可是，我要是約瑟夫的話，我才不原諒那些哥哥們呢！我會把他們的頭全部砍下來。林德夫人聽見我這樣說的時候，氣得把聖經闔上，說如果我再這樣講話，就不要繼續念給我聽了。所以星期天下午我都安靜地聽，只有在腦袋裡面想，隔天再去學校告訴謬弟。我把以利沙和熊的故事告訴謬弟之後，他害怕得再也不敢嘲笑哈里森先生禿頭了。安，愛德華王子島上有熊嗎？我好想知道哦！」

「現在已經沒有了。」安望著拍打在窗戶上的雪花，心不在焉地回答。「唉，風雪什麼時候才會停呢？」

「天知道啊。」德比隨意回答，又準備回去念他的故事。

這次安愣了一下。

「德比！」她訓斥道。

「那是林德夫人說的！」德比抗議。「上星期的某個晚上，瑪麗拉說：『魯多．畢克和迪奧朵拉到底有沒有要結婚啊？』然後林德夫人就說了這句：『天知道啊！』」

「她那樣說是不對的。」安思考著要怎麼解決這道難題。「不管是誰，都不應該隨意提起上帝之名，或者拿祂開玩笑。德比，以後不可以再說了。」

「如果我像牧師一樣，用緩慢又嚴肅的方式說也不行嗎？」德比認眞地問。

「不行！」

「好吧，那我就不說了。魯多．畢克和迪奧朵拉住在葛夫頓，林德夫人說畢克已經向迪奧朵拉求了一百年的婚。安，他們變得這麼老，還能夠結婚嗎？我希望吉伯不要像他那樣求婚這麼久才好。安，你什麼時候要結婚呀？林德夫人說你們一定會結婚的。」

「林德夫人眞是——」安氣沖沖地開口，又趕緊打住。

「愛講八卦的老太婆。」德比面不改色地替安把話說完。「大家都這樣叫她。不過，安，林德夫人說的是眞的嗎？我好想知道哦！」

「德比，你眞是個小傻瓜。」說完，安大步走出房間。

廚房裡空無一人，伴隨冬季的短暫薄暮，安走到窗邊坐下來。夕陽西沉，風也停了，清冷的月兒從西邊的紫色雲朵中露出臉。天空逐漸暗下來，然而地平線上的那道黃光卻益發明亮，彷彿所有光源都集中到了一處。遠方的山丘上，冷杉如僧侶般整齊排列，在黑暗的襯托下顯得格外醒目。安望著寧靜的白色原野，在夕陽無情的照射下，顯得冰冷且死氣沉沉，她不禁嘆了口氣。安很孤單，心情也十分低落，明年她可能沒有辦法回雷蒙念書了。二年級的獎學金名額只有一個，金額又很少，她不想拿瑪麗拉的錢，也不可能在寒假賺到足夠的錢。

「明年只好休學了。」她沮喪地想著。「先回去鄉下的學校教書，等賺到足夠的錢再去把大學讀完。到時候班上同學都畢業了吧，我也不能再住『芭蒂之家』了。不過我會堅強！我很慶幸能靠自己度過難關。」

「哈里森先生正朝這裡走過來耶！」德比大聲宣告後便跑出去查看。「我希望他是送信過來的，我們已經三天沒有收到信了。我想看看討人厭的革新黨又在做些什麼。安，我是保守黨的，我跟你說，你得好好監督革新黨才行。」

哈里森先生果真帶來了幾封信，分別來自史黛拉、普莉希拉和菲兒，有趣的內容讓安的憂鬱一掃而空。詹姆西娜阿姨也寫了一封信，她說家裡一直燃著壁爐，讓室內保持溫暖，貓咪們都很健康，植物也長得很好。

信裡還如此寫道：「天氣很寒冷，所以我讓貓咪都睡在屋子裡，拉斯帝和約瑟夫睡在客廳的沙發上，雪拉貓睡在我的床角。每當我半夜醒來，想起身在異國的可憐女兒時，雪拉貓的呼嚕聲便成為我的陪伴。我的女兒若是在其他地方我還不會擔心，但她偏偏去了印度，聽說那邊的蛇十分猖獗，只有雪拉貓的聲音能夠替我轉移注意力。我信賴世間萬物，除了蛇之外，我不明白上帝為什麼創造出這種生物。有時候我真懷疑蛇不是上帝創造出來的，而是撒旦。」

安把一封用打字機寫的通知書留到最後閱讀，以爲那不是什麼重要信件。可是當她看完後，她只能一動也不動地坐著，任由淚水浸濕眼眶。

「安，你怎麼了？」瑪麗拉問。

「喬瑟芬姑媽過世了。」安的語氣十分低落。

「她還是走了啊。」瑪麗拉說。「她被疾病纏身超過一年了，貝瑞一家早已做好準備，隨時會接到通知。安，她一直被病痛折磨，離開也是件好事。她一直都對你很好呢！」

「瑪麗拉，喬瑟芬姑媽一直到死，都對我很好。這封信來自她的律師，她在遺囑裡留了一千美金給我。」

「哇！好大一筆錢啊！」德比大聲嚷嚷。「她就是你和黛安娜跳到床上，壓到的那位女士嗎？黛安娜跟我說過這件事哦。她是因爲這樣才留給你那麼多錢嗎？」

「安靜，德比。」安輕聲說。她滿懷哀傷地回房，留下瑪麗拉和林德夫人盡情談論此事。

「這樣的話，安是不是就要結婚了？」德比擔心地問。「去年夏天，多卡絲．史隆結婚時，她說如果有足夠的錢過生活，才不會找個男人來委屈自己，不過與其跟小姑住在一起，還不如嫁給帶著八個孩子的鰥夫。」

「德比．凱西，管好你的嘴巴。」林德夫人嚴厲地說。「一個小男生這樣說話，眞是太不像話了。」

第19章 插曲

「今年是我的二十歲生日，青少年的歲月將永遠過去了。」安抱著拉斯帝盤坐在壁爐前的地毯上，對著坐在椅子上閱讀的詹姆西娜阿姨說。客廳裡只有她們兩人，史黛拉和普莉希拉去參加委員會會議，而菲兒正在樓上打扮自己，準備要去參加一場派對。

「你應該覺得很遺憾吧。」詹姆西娜阿姨說。「青少年時期是人生十分美好的一個階段。我很慶幸我還沒有脫離這個時期。」

安笑了出來。

「阿姨，你會永保青春的，就算活了一百年，也還像是十八歲的少女。我的確是感到遺憾，而且還有些不滿。很久以前，史黛西老師曾說，等到二十歲的時候，不論好壞，人的性格就會定型了。我覺得我還不夠好，渾身都是缺點。」

「大家都是這樣。」詹姆西娜阿姨爽朗地說。「我自己就有上百個缺點。史黛西老師的意思應該是說，等你二十歲的時候，性格會往某個方向穩定發展下去。安，你不用想太多，只要對上帝、親朋好友和你自己盡到義務，好好享受人生就可以了。這是我的人生哲學，一直都非常管用！對了，菲兒今晚要去哪裡？」

「她要去參加舞會。她準備了一件奶油黃色的絲綢洋裝配上蕾絲花邊，眞是美極了，跟她的栗色頭髮非常相襯呢！」

「你不覺得『絲綢』和『蕾絲』這兩個詞很有魔力嗎？」詹姆西娜阿姨說。「聽得我都想去跳舞了。尤其是黃色的絲綢洋裝，簡直讓人聯想起耀眼的陽光！我一直都想擁有這麼一件洋裝，不過先是我的母親，再來是我的丈夫，他們都沒把我的話當一回事。等我上了天堂，第一件事就是去買黃色的絲綢洋裝。」

在安的大笑聲中，光彩奪目的菲兒走下樓，在牆上的橢圓形鏡子前仔細端詳自己。

「好的鏡子會使人心情愉悅。」她說。「像我房間裡的那一面，就照得我臉都要綠了。安，我漂亮吧？」

「菲兒，你知道你有多美嗎？」安由衷地讚嘆。

「當然啊！不然鏡子和男人是做什麼用的？算了，這問題不重要。我的頭髮有梳好嗎？我的裙襬有整齊嗎？這朵玫瑰往下擺一點會不會比較好看？我怕放得太高會讓我看起來歪一邊。不過我討厭有東西一直戳到我的耳朵。」

「你看起來美呆了，而且你的酒窩特別迷人。」

「安，我特別喜歡你這一點，你總是這麼大方眞誠，從來不會心懷一絲嫉妒。」

「她哪需要嫉妒別人呢？」詹姆西娜阿姨說。「也許她長得沒有你好看，但是她的鼻子漂亮多了。」

「是啊。」菲兒認同。

「我的鼻子一直是我最大的安慰。」安也承認。

「安，我也很喜歡你的瀏海。你有一小撮捲髮，看起來像是要垂下來一樣，卻永遠保持一個弧度，真是太可愛了。不過說到鼻子，我還真擔心四十歲的時候，會長成派安家的模樣。安，你覺得我四十歲時會變成什麼樣子？」

「你會變成又老又肥的已婚婦人。」安調侃她。

「才不會呢！」菲兒坐下來，舒舒服服地等待她的護花使者。「約瑟夫，你這隻小花貓，不准跳到我腳上。我可不想帶著一身貓毛去參加舞會。安，我不可能會發福，不過我肯定會是個已婚婦人。」

「你會嫁給亞力克還是阿蘭索嗎？」安問。

「應該就是他們其中一人吧。」菲兒嘆了口氣。「要是我能做出決定的話。」

「這哪有什麼難抉擇的啊。」詹姆西娜阿姨在一旁指責。

「阿姨，我天生就是個舉棋不定的人，不管做什麼事都會猶豫再三。」

「菲兒，你得學習當個頭腦冷靜的人啊。」

「如果有冷靜的頭腦當然最好，」菲兒同意。「但這樣會損失很多樂趣。如果你認識亞力克和阿蘭索，你就會知道，要在他們之中二選一有多困難了。他們兩個人一樣好。」

「那你就選一個比他們都還要好的人囉。」詹姆西娜阿姨說。「不是有個四年級生很喜歡你嗎？那個名叫威爾．萊斯利的。他那雙大眼睛又漂亮又溫柔。」

「他的眼睛太大，又溫柔過頭了，簡直像頭牛一樣。」菲兒毫不留情地說。

「那喬治．帕克呢？」

「這個人沒什麼好討論的，除了他的衣服看起來總是像剛才上過漿、用熨斗燙過一樣。」

「那馬爾．霍沃斯呢？他總找不出缺點了吧？」

「他太窮了。詹姆西娜阿姨，我一定要嫁給有錢人。有錢和帥氣是必要條件，如果吉伯有錢的話，我願意嫁給他。」

「啊？你願意嫁給他？」安的口氣有些嚴厲。

「我也覺得這個主意不好，畢竟我們兩個都沒想和吉伯結婚嘛。」菲兒調侃道。「我們還是別討論這個話題了，反正我遲早都要結婚的，不過我打算把這一天拖得愈久愈好。」

「菲兒，你千萬別嫁給你不愛的人。」詹姆西娜阿姨說。

「老式的愛情已經過時了。」菲兒嘲弄道。「馬車來了！我先走啦，兩位可愛的老古板！」

菲兒走後，詹姆西娜阿姨表情嚴肅地看著安。

「那孩子漂亮、甜美又善良，可是安，你不覺得她的思想有時候很有問題嗎？」

「我不覺得她的觀念有什麼問題。」安忍住笑。「她說話本來就是這樣。」

詹姆西娜阿姨搖了搖頭。

「唉，希望如此，畢竟我很喜歡她。不過我搞不懂她在想什麼，眞是被她打敗了。她和我認識的所有女孩都不一樣，也跟我年輕時的各種面貌差得好多。」

「詹姆西娜阿姨，你有幾種面貌啊？」

「大約六種吧！」

第20章 吉伯的求婚

「這眞是個沉悶又乏味的一天。」菲兒把兩隻貓從沙發上趕走後，坐下來伸懶腰，還順道打了個呵欠。正在閱讀《匹克威克外傳》的安抬起頭，春季的考試已經結束，她放任自己沉浸在狄更斯的小說世界。

「對我們而言很無聊的日子，對別人來說或許很美好呢！」安若有所思地說。「有些人正沉浸於幸福之中，說不定某個角落還有偉大的事件發生呢！也許是有人創作了一首絕妙詩詞，也或許是有個偉人誕生了。菲兒，有些人或許正面臨心碎呢。」

「親愛的安，你爲什麼要在最後加上這一句話啊？把前面的美好都破壞光了。」菲兒忍不住埋怨。「我討厭去想傷心的事情，任何不開心的事我都不喜歡。」

「菲兒，難道你以爲這輩子都能避開不愉快的事情嗎？」

「當然不是！我現在不就面臨討厭的情況嗎？亞力克和阿蘭索讓我很苦惱，我可不會把他們視爲令我快樂的人。」

「菲兒，你從不認眞看待一件事情。」

「何必要這樣？這種人已經夠多了，這世界所缺乏的是像我這樣散播歡樂的人。要是每個人都那麼精明、嚴肅又一本正經的話，那就太可怕了。我的使命就是喬賽亞．艾倫所說的：『去吸引和迷惑他人。』你們，說實話，這個冬天是不是因爲有我在，『芭蒂之家』的生活才會那麼快樂有朝氣呢？」

「是啊！」安承認。

「而且你們都愛死我了，就連覺得我腦袋不正常的詹姆西娜阿姨也不例外。既然如此，我又何必改變自己呢？噢，我好睏喔！昨天我在床上看鬼故事看到凌晨一點，看完以後，我完全不敢下床關燈。幸好史黛拉比較晚回來，否則那盞燈就會一直開到天亮了。那時候我聽見她的聲音，就把她喊進來，向她解釋我的窘境，然後請她幫我熄燈。我怕自己跑去關燈的話，回到床上以後就會有東西抓住我的腳。對了，安，詹姆西娜阿姨今年夏天有什麼計畫嗎？」

「她打算留在這裡。雖然詹姆西娜阿姨說在自己家接待客人太麻煩，還說討厭去拜訪別人，但我知道她是爲了這幾隻貓咪才留下來的。」

「你在讀什麼書？」

「匹克威克外傳。」

「我每次讀這本書，都覺得很餓。」菲兒說。「書裡描寫好多美味的食物，每號人物都在享用火腿、雞蛋和奶酒。我看完之後都會跑去櫥櫃翻找食物。我現在光想就餓了，偉大的安，廚房有沒有東西可以吃呀？」

「我今天早上做了個檸檬派，你去吃一塊吧。」

菲兒衝進廚房，安則帶著拉斯帝來到果園。這是個濕氣微重、香氣瀰漫的早春夜晚。公園的積雪尚未全部融化，看起來有些髒髒的，港灣邊的松樹在一旁遮擋住四月的豔陽，讓道路變得泥濘不堪，同時也寒冷了傍晚的空氣。然而，樹蔭下的小草仍生得翠綠，而吉伯在隱密的角落發現甜美的藤地梅，滿手環抱著，從公園走來。

安坐在果園的灰色大圓石上，望著淡紅色夕陽下光禿禿的樺樹枝枒，畫面優美又充滿詩意。她在腦海中建造了一座空中樓閣，宏偉的宅邸中有陽光明媚的庭院和莊嚴的大廳，空氣裡飄盪著來自阿拉伯的香料味，而她就是支配這個地方的女王，是宅邸的女主人。當她看見吉伯穿越果園而來，不禁皺了一下眉頭。近來，她一直避免與吉伯單獨相處，可現在還是被逮著了，連拉斯帝都棄她而去。

吉伯在安身旁坐下，把整束花送給她。

「安，這些花有沒有讓你想起家鄉，還有小學時期去野餐的日子？」

安接過花束，將整張臉埋進花朵中。

「這一刻我彷彿就站在塞拉斯．史隆先生的土地上。」她沉醉地說。

「再過幾天你就要回去了吧？」

「不，再過兩個星期我才會回家，我要先和菲兒去波林布洛克玩，你會比我先回艾凡里。」

「安，今年夏天我不回去了，我在『每日新聞』得到一份工作，打算接下來。」

「哦。」安含糊應了一聲。她不禁想著，這整個夏天，沒有吉伯的艾凡里會是什麼樣子？不知爲何，她總覺得不甚美好。「嗯，對你來說，是件好事啊。」她的語氣十分平淡。

「是啊，我一直都想得到這份工作，這樣明年的學費就不用愁了。」

「你別太累了。」安已經不知道自己在說什麼了，內心只盼望菲兒會走出來。「這個冬天你用功過頭了。這個傍晚眞美好，你知道嗎？我今天在那棵彎曲的老樹下發現一大片的白色紫羅蘭哦！那感覺就像發現金礦一樣呢！」

「你一向都能發現寶藏。」吉伯也同樣心不在焉的樣子。

「我們快去看看，也許能發現更多。」安急切地說。「我去叫上菲兒，還有——」

「安，你現在先別管菲兒和紫羅蘭。」吉伯輕聲說著。他緊握住安的手，讓她沒辦法抽回去。

「我有話想對你說。」

「噢！求你別說。」安懇求。「不要說，求求你，吉伯。」

「我一定要說，我沒辦法再繼續這樣下去了。安，我愛你。你也知道的，我……無法形容我對你的愛有多深。你是否願意，在未來的某一天成爲我的妻子？」

「我……做不到。」安痛苦地說。「天啊，吉伯，你……把一切都毀了。」

「你對我一點感覺都沒有嗎？」在一陣可怕的沉默後，吉伯開口問。這段時間，安始終沒有抬頭的勇氣。

「我……對你沒有那方面的情感。作爲朋友，我非常在乎你，但是我並不愛你，吉伯。」

「你不能給我一絲希望嗎？也許有一天你能夠愛上我，對嗎？」

「不，我做不到。」安絕望地說。「我永遠都不可能愛上你的，吉伯。你不要再向我提起這件事了。」

兩人又陷入一陣沉默，可是這次延續得太久，安不得不抬起頭來。吉伯的臉色和嘴唇都變得好蒼白，他的眼睛也——安顫抖著別開臉。這個場面一點都不浪漫，難道求婚不是可笑就是可怕嗎？她是不是永遠都忘不了吉伯此刻的表情了？

「你有其他喜歡的人了？」終於，吉伯低聲問道。

「沒有！」安著急否認。「我不曾對誰有過那方面的感覺，吉伯，你是我在這世界上最喜歡的朋友，我們必須……維持友誼關係。」

吉伯苦笑。

「朋友嗎？安，你的友情沒辦法滿足我，我要的是你的愛情，可你卻說我永遠都得不到。」

「我很抱歉，吉伯，請你原諒我。」安只能說出這句話。噢！她在幻想中拒絕追求者的那些優雅詞句，究竟都跑到哪裡去了？

吉伯輕柔地鬆開安的手。

「沒什麼好抱歉的。有時候我還以爲你對我也有好感，看來只是我自作多情。安，再見。」

安回到房間，坐在松樹前的窗戶下痛哭流涕，彷彿失去生命中難以計量的珍品一般。唉，爲什麼她會以這種方式失去與吉伯的友情呢？

「親愛的，發生什麼事了？」菲兒走進月光照拂的幽暗房間。

安沒有回應。這一刻，她眞希望菲兒遠在一千里之外。

「我猜你是拒絕吉伯的求婚了吧？安．雪莉，你眞是個笨蛋！」

「你認爲拒絕一個我不愛的人，算是笨蛋的行爲嗎？」被逼著回答的安冷淡地反問。

「你眼前有一份愛，但你卻不懂得珍惜。你用幻想去包裝所謂的愛情，還期盼現實世界也是如此。唔，我這輩子第一次說出這麼明理的話呢！眞不知道我是怎麼做到的。」

「菲兒，請你先離開，讓我一個人好好靜一靜。我的世界已經粉碎了，我得努力把它重建。」

「重建沒有吉伯的世界嗎？」說完這一句，菲兒便離開了。

沒有吉伯的世界！安沮喪地反覆思考起這句話。那會不會是一個非常寂寞的地方？這一切全都是吉伯的錯！是他把兩人之間的美好友誼給破壞殆盡的。

她得努力在沒有吉伯的世界生活下去才行。

第21章

昨日的玫瑰

安在波林布洛克的兩個星期過得非常愉快，只是每當她想起吉伯，心中都會閃過一股難以言喻的痛苦與不滿，不過安也沒有太多時間去想他的事情。

美麗又古老的高登宅邸——「荷利山莊」，是一個非常歡樂的地方，總是擠滿了菲兒的男女友人們。一連串的兜風、跳舞、野餐和划船節目令人眼花撩亂，菲兒將這些活動稱之爲「狂歡派對」。亞力克和阿蘭索一直緊跟在菲兒身邊，安不禁懷疑他們除了跳舞之外，是否還能參與任何活動。他們兩個都是善良又有男子氣概的人，不過安可不會對於哪一個人比較好給出意見。

「我眞的很需要你幫我做決定嘛，你覺得我該答應誰的求婚？」菲兒感到十分苦惱。

「你必須自己決定。你對於別人該嫁給誰，不是挺內行的嗎？」安諷刺道。

「哎呀！那完全是兩回事嘛！」菲兒說的也有道理。

不過這趟波林布洛克之旅，最令安感到高興的，是去拜訪她的出生地。它和安經常夢想的一樣，是一間位於偏僻街道上的破舊黃色小屋。她和菲兒一同鑽進大門，高興地左右張望。

「這裡和我想像的簡直一模一樣！」安說。「窗邊沒有忍冬藤，不過大門邊有紫丁香，而且，窗簾眞的是用棉布做的呢！房子還是黃色的沒有變，眞讓人高興。」

一名高高瘦瘦的女人打開門。

「是啊，雪莉一家二十年前就住在這裡。」她回應安的話。「這間屋子是租來的。我還記得他們，夫婦倆都死於熱病，十分可憐。他們留下了一名嬰兒，不過恐怕早已不在人世了，畢竟那孩子也是體弱多病。托馬斯夫婦把他抱走了，好像嫌自己生的還不夠多一樣。」

「那孩子沒死，」安微笑著說。「我就是那名嬰兒。」

「這是眞的嗎？我的天啊！你竟然長那麼大了？」女人驚呼，她難以置信安已經不再是小嬰兒了。「你快過來，讓我仔細瞧瞧。你跟你父親長得一模一樣，他也是一頭紅髮，不過你的眼睛和嘴巴像媽媽。她是個嬌小又美麗的女子，我女兒是她的學生，對她簡直崇拜不已。你的雙親埋葬在一起，教育委員會爲了感念他們無私的付出，還爲他們設立了墓碑。進來坐坐吧！」

「我可以看看這間屋子嗎？」安提出請求。

「當然可以，你請自便。不過你一下子就會看完了，這裡沒有什麼特別的東西。我讓我的丈夫建了一個新廚房，但是他的技術不太好。客廳在那邊，樓上有兩個房間，你們參觀參觀吧，我得去照顧一下孩子。東邊的房間是你出生的地方，我還記得你母親說她很喜歡看日出，我也聽說你就是在日出時刻誕生的，那時她第一眼所看見的，便是照耀在你臉上的陽光呢。」

安走上狹窄的樓梯，滿懷激動地踏進東邊的小房間。對她而言，這個地方像一座聖地。在這裡，她母親描繪著未來爲人母的美好夢想；在這裡，日出的紅色陽光於生命誕生的神聖時刻，映照在兩人身上；在這裡，她的母親離開了人世。安以誠敬的心環顧四周，雙眼盈滿淚水。這一刻對安來說是如此珍貴，它將永遠在記憶中閃爍著耀眼的光芒。

「想當年母親生我時比我還要年輕。」安低語。

安下樓時，那名女子在客廳等著她。她拿出一捆沾著灰塵的信件，上頭繫著一條褪色的藍色緞帶。

「這捆信件給你，這是我剛來的時候，在樓上的衣櫃裡發現的。」她說。「我不知道內容，我沒有打開來看過，不過上面的收件人是『芭莎・威利絲小姐』，那是你母親結婚前的名字，如果你想的話，可以把它帶走。」

「啊，眞是太感謝了！」安高興地緊抱住信件。

「那是他們唯一留下的東西了。」那名女子說。「以前的傢俱都已經賣掉換成醫藥費了，你母親的衣服和物品都被托馬斯夫人帶走了，我想那些東西在他們家小孩的摧殘下，應該都壞掉了吧！他們就是一群破壞狂。」

「我不曾擁有一件屬於我母親的遺物，」安哽咽道。「您把這些信給我，我眞是感激不盡！」

「不用客氣。你跟你母親一樣，眼睛都會說話呢！至於你的父親，雖然外型沒那麼好看，但是他爲人十分善良。他們結婚的時候，大家都說沒見過這麼相愛的夫妻呢，可惜這麼早就離開人世了。不過，他們活著的時候過得很幸福，這才是最重要的！」

安很想趕快回家讀那些信，不過在那之前，她得先去一個地方。她獨自一人來到波林布洛克公墓，在父母親的墳前獻上白色鮮花，接著她以最快的速度回到「荷利山莊」，把自己關進房裡認眞翻閱書信。有些是她父親寫的，有些則是母親，由於兩人在婚前即鮮少分隔兩地，所以信件不多，總共只有六封。

隨著歲月流逝，信紙已經泛黃、褪色，字跡也變得有些模糊。信裡沒有深奧的大道理，只有滿滿的愛與信任。這些字句乘載被人淡忘的甜蜜，訴說這對戀人之間遙遠而美好的故事。芭莎·雪莉擁有寫信的天賦，她的文字與思想將她的人格魅力展露無遺，即便事隔久遠，仍可感受到字裡行間的優美與韻味。這些信件對安來說是這麼溫柔、親密與神聖，而其中最令她感動的，是她母親生下她後，寫給短暫離家的父親的信。那封信全是關於孩子的事情，像是孩子多聰明、多活潑又多討喜，字字句句都透露著她爲人母的驕傲。

「我很喜歡她睡著的模樣，不過還是清醒的時候更好。」芭莎·雪莉在附筆中寫道。這大概是她寫下的最後一句話吧，當時，死神已經逼近她身旁。

「這是我人生中最美好的一天。」當天晚上，安對菲兒說。「我終於找回我的父母親了。那些信讓他們的存在變得更眞實，我再也不是孤兒了。我現在的心情就像是打開一本書後，發現裡頭竟夾著昔日盛放過的玫瑰！」

第22章 春天返鄉

「綠色屋頂之家」裡，壁爐的火影在廚房牆上舞動。雖然現在已是春天，但是傍晚的氣溫依舊令人感到寒冷。東邊的那扇窗微微敞開，帶來細微且美麗的夜晚之聲。瑪麗拉端坐在壁爐邊，可是思緒早已飄遠，她在幻想中以年輕的步伐，在昔日走過的道路上漫遊。近來，瑪麗拉想著要給雙胞胎織毛衣的時候，總會這樣呆坐好幾個小時。

「我大概是老了吧！」瑪麗拉說。

其實這九年來，瑪麗拉並沒有太大的改變，只是比以往清瘦了些，頭髮白了點。她一如既往梳著嚴謹的髮髻，用兩根髮夾做固定，連髮夾都沒有換過。不過，她的表情變得很不一樣，說話多了些幽默感，眼神溫柔許多，臉上更是經常掛著慈祥的笑容。

瑪麗拉回顧走過的人生。童年時期雖然窮苦，但不至於不幸福；少女時代努力壓抑自己的夢想，暗藏住落空的希望，緊接而來的則是漫長、灰暗、狹隘又單調的中年生活。然後，安走進了她的生命。這個孩子活潑可愛、想像力十足、生性衝動、情感豐沛，整天沉浸在幻想世界。是她，爲綠色屋頂之家帶來了色彩、溫暖與光輝，讓自己枯燥的人生如玫瑰般綻放。瑪麗拉覺得她六十年的歲月裡，只有安出現的這九年才算眞正活著，而她明晚就要回來了！

廚房的門被打開，瑪麗拉抬起頭，以爲是林德夫人走進來，沒想到站在她眼前的竟是安。她的身材高眺，眼睛如星星般閃亮，手裡正捧著滿滿的五月花和紫羅蘭。

「安・雪莉！」瑪麗拉興奮地喊出聲。這是她有生以來第一次因爲驚喜而失去自制力，她將安連同花朵一同緊擁入懷裡，並熱情地親吻安亮麗的秀髮和甜美的臉龐。「我還以爲你明天才會回來！你是怎麼從卡摩地回來的？」

「親愛的瑪麗拉，我自己走路回來的。以前我在皇后學院的時候，不就常用走的回來嗎？明天郵差會把我的行李送過來，我就是突然覺得很想家，所以提早一天回來。五月的黃昏好美啊！我經過一片貧瘠的荒地，在那兒摘了一些五月花，然後我走到『紫羅蘭谷』時，發現紫羅蘭開得滿山滿谷，全都是淡藍色的，眞是可愛！瑪麗拉，你聞聞看。」

瑪麗拉聽安的話，用力聞了一下花香，不過比起這個，她更關心的是安。

「安，快坐下來。你一定累壞了，我去幫你弄點吃的。」

「瑪麗拉，今天我看見月娘從小山後面升起，那畫面眞的好迷人，還有，我從卡摩地走回來的這一路上，青蛙一直伴著我歌唱呢！我好喜歡蛙鳴，那些愉快的春天傍晚，似乎都有蛙鳴的陪伴，而且，它總讓我想起初來乍到的那個夜晚。瑪麗拉，你還記得嗎？」

「當然！」瑪麗拉說。「我永遠都不可能忘記。」

「那一年，青蛙經常在沼澤和小河大聲歌唱。黑暗中，我倚靠在窗邊聆聽，不明白牠們怎麼能唱得既快樂又悲傷。啊！回到家的感覺眞好。雷蒙很好，待在波林布洛克的日子也很快樂，但『綠色屋頂之家』才是我的家啊！」

「我聽說吉伯今年夏天沒有要回來。」瑪麗拉說。

「嗯。」安的語氣令瑪麗拉察覺出異狀，她轉頭看向安，只見安全神貫注地將紫羅蘭移到花盆裡。

「你看，這些花很美吧？」話才說完，安又急急忙忙開口。「瑪麗拉，一年的時光就像是一本書一樣。春天的篇章是用五月花和紫羅蘭所寫，夏天是玫瑰，秋天是楓葉，冬天則是冬青和常綠植物。」

「吉伯考得怎麼樣？」瑪麗拉繼續追問。

「非常好，他考全班第一名！對了，怎麼都沒看見雙胞胎和林德夫人？」

「瑞雪和朵拉在哈里森先生家，德比去波爾特家。我似乎聽見他回來的聲音了。」

德比跑進屋內，一看見安便猛然停下腳步，隨即歡呼一聲撲進她懷裡。

「安，看到你回來我好開心哦！安，從去年秋天到現在，我長高了兩吋哦！今天林德夫人用線幫我量的。而且你看我的門牙！林德夫人用線的一頭綁住我的牙齒，另一頭綁在門上，然後把門關起來，牙齒就掉了。我把門牙用兩分錢賣給謬弟，他正在收集牙齒。」

「他收集牙齒要做什麼？」瑪麗拉問。

「他要做印地安酋長項鍊。」德比一邊解釋，一邊爬到安的大腿上。「他已經收集到十五顆牙齒了，而且他還跟其他人約定好，要把牙齒賣給他，所以我們想收集也沒用。波爾特一家都很會做生意。」

「你在波爾特家有沒有乖乖聽話？」瑪麗拉以嚴厲的口氣問。

「有啊，可是我已經厭倦當一個乖小孩了。」

「德比，你當壞孩子會厭倦得更快。」安說。

「但是當壞孩子很有趣耶，你不覺得嗎？事後再道歉就好了嘛。」德比說。

「德比，道歉不能把你做的壞事一筆勾消。難道你忘了去年夏天從主日學校逃學的事嗎？你也說了做壞事根本划不來。對了，你今天和謬弟都做了什麼？」

「哦，我們去釣魚、追貓、找鳥蛋，還有對著回聲吶喊。波爾特家的穀倉後面有灌木叢，那裡的回聲很大哦。安，回聲是什麼啊？我好想知道哦！」

「德比，回聲是住在遙遠森林的美麗仙子，她會在山丘之間，嘲笑這個世界。」

「她長什麼樣子？」

「她的頭髮和眼睛都是黑色的，但是脖子和手臂跟雪一樣白。凡人沒有機會看見她的美貌。她比鹿還要敏捷，關於她的事，我們所知道的只有她的聲音而已。夜晚的時候，我們能聽見她的呼喊；在星空下，我們也能聽見她的笑聲，但是我們看不見她。要是我們追趕過去，她就會飛到遠方，永遠都在下一個山頭嘲笑我們。」

「安，你說的都是眞的嗎？還是騙人的？」德比直盯著安問。

「德比，難道你還沒有區分神話故事和謊言的能力嗎？」安已經不知道該怎麼解釋了。

「那從灌木叢裡傳回來的頂嘴聲到底是什麼？我好知道哦！」德比追問。

「德比，等你大一點我再跟你解釋吧。」

一提到年紀，德比的思緒又轉往新的方向。他沉思了一會兒後，一臉嚴肅地說：

「安，我要結婚。」

「什麼時候？」安也正經八百地問。

「唔，當然是長大以後啊。」

「嗯，那我就放心啦。德比，你想要跟誰結婚啊？」

「史黛拉·佛列傑，她是我的同班同學。安，你肯定沒看過比她更漂亮的女生，如果我還沒長大就死了，你要幫我看好她哦！」

「德比·凱西，別再胡說八道。」瑪麗拉嚴厲地說。

「我才沒有胡說八道，」德比用受傷的語氣抗議。「她是我未來的妻子，要是我死了，她就變成我未來的寡婦。除了她奶奶之外，沒有人可以照顧她了。」

「安，過來吃東西吧。」瑪麗拉說。「別再讓孩子說些亂七八糟的話了。」

第23章

尋不著故友的保羅

那個夏天，安在艾凡里的生活十分愉快，但是內心總有一股抹不去的失落感。她始終不願意承認這是吉伯不在的緣故，然而，每當禱告會和村善會結束後，她看著黛安娜和佛雷德，以及其他幸福的情侶，在星空下的鄉間小路漫步時，總會浮現一種難以言喻的孤獨感，刺痛著她的心。

安以爲吉伯至少會寫信過來，可是他沒有。她知道吉伯常常寫信給黛安娜，但她並不打算去探聽他的消息，黛安娜則以爲吉伯肯定會寫信給安，所以沒有提起任何關於他的事情。吉伯的母親爲人爽朗、直率又毫無心機，不過她不太會察言觀色，經常在大庭廣衆下大聲詢問安最近有沒有收到吉伯的來信。尷尬的安只能漲紅著臉，小聲地說：「最近比較少收到他的信。」包括布萊斯夫人在內的所有人，都認爲安只是因爲害羞才這樣說。

除了這件事之外，安的確很享受這個夏天。六月時，普莉希拉來訪，她們一起度過了愉快的時光，隨著友人告辭，艾文夫婦、保羅和喬洛特四世也在七月與八月回到「故鄉」。

「回聲莊」再度熱鬧起來，河流彼端的回聲，也忙著模仿雲杉木後方的花園傳出來的笑聲。

拉文達小姐除了變得更溫柔、更漂亮以外，沒有太大的變化。保羅很崇拜她，他們兩人之間的情誼十分美好。

「但是我不會叫她『母親』，」保羅對安說道。「因爲這個稱呼專屬於生我的母親，我不能把它送給別人。老師，你知道我的意思吧？我都叫她『拉文達媽媽』，除了父親之外，我最喜歡的就是她了！老師，我……甚至喜歡她勝過你一點點。」

「那是當然的呀！」安說。

保羅今年已經十三歲了，身高比同齡人要高出許多。他的臉蛋和眼睛跟以前一樣好看，想像力也依舊像是一個三稜鏡，把所有投射進去的東西，全部轉化成彩虹。他和安一起到樹林、田野與海岸邊散步，像他們這樣志同道合的人，世間少有！

喬洛特四世已經蛻變爲一位淑女，頭上梳著高高的髮髻，不再像從前一樣綁著藍色蝴蝶結了，不過她的臉蛋仍舊長滿了雀斑，鼻子還是獅子鼻，微笑的時候，嘴巴依然咧得很開。

「雪莉小姐，你覺得我說話有美國口音嗎？」她擔憂地問。

「不會啊，喬洛特。」

「那眞是太好了！我家人說我有美國腔，但他們應該是故意要惹我生氣。我一點都不想要有美國佬的口音，雪莉小姐，不是我對他們有意見，美國是一個很文明的地方，但我最喜歡的還是愛德華王子島。」

最初的兩個星期，保羅在艾凡里的奶奶家度過。安前去迎接時，保羅正在著急，想去海岸邊看看「諾拉」、「金髮小姐」和「雙胞胎水手」，連晚餐也不想等。他知道諾拉那張精靈般的臉龐會在那裡出現，引頸期盼他歸來。然而，黃昏時分，保羅從海岸邊回來了，心情卻十分低落。

「你沒找到岸邊的朋友嗎？」安問。

保羅難過地搖搖頭，「雙胞胎水手和金髮小姐都沒有來，」他說。「諾拉雖然在那裡，可是她變了。老師，她變得跟以前不一樣了。」

「保羅，改變的人是你。」安說。「對海岸邊的那些朋友來說，你已經長大了，他們只想找小孩子做玩伴。恐怕雙胞胎水手再也不會開著迷人的月光船來找你，金髮小姐也不會再爲你彈奏金色豎琴，連諾拉都不會再見你了。保羅，這就是成長的代價，你得離開那片夢幻仙境了。」

「你們兩個還是跟以前一樣，淨說些無聊的傻話。」艾文達夫人半溺愛、半責備地說。

「不是的。」安鄭重地搖頭。「我們已經懂事了，不過這是很可惜的一件事。一旦我們明白語言的存在是用來隱藏內心的想法時[1]，我們就不會像以前一樣有趣了。」

「這你就錯了，語言是用來傳遞想法的。」艾文達夫人認眞地對她說。她從沒聽過德塔列朗這個人，更不懂什麼警世名言。

這個金色的八月，安在「回聲莊」度過了幸福又美好的兩星期。她偶然促成魯多畢克對迪奧朶拉的求婚，關於這部分，我將詳細記錄在續作中[2]。艾文達一家的老朋友阿諾德．謝爾曼也在這個期間造訪，爲他們的生活增添了不少樂趣。

「這段時間眞是太有趣了，我感覺自己就像是個精力充沛的巨人！再過兩週我就要回金斯泊了，回到雷蒙大學和『芭蒂之家』。拉文達小姐，『芭蒂之家』是個非常可愛的地方哦！我覺得自己好像有兩個家一樣，一個是『綠色屋頂之家』，另一個就是『芭蒂之家』。夏天怎麼一眨眼就過了呢？從我拿著五月花回家的那個傍晚到現在，彷彿才過了一天而已。小時候，我總是不知道夏天何時才會結束，這個季節看似永無止盡，可現在它卻只有一個手掌的寬度，是一個短暫的篇章。」

「安，你和吉伯還是好朋友嗎？」拉文達小姐小聲地問。

「是啊，我和他還是很好的朋友。」

拉文達小姐搖搖頭。

「安，我總覺得你們不太對勁，請恕我失禮，你們是不是吵架了？」

「沒有啊，只是吉伯想要的東西超越友情，而我給不了他而已。」

「安，你確定嗎？」

「我非常肯定。」

「我感到很遺憾。」

1引用自十八世紀法國政治家夏爾・德塔列朗（Charles Maurice de Talleyrand, 1754-1838）的話。

2收錄於露西・蒙哥瑪麗於一九一二年出版的短篇小說集 Chronicles of Avonlea。

「我不懂爲什麼大家都認爲我應該要嫁給吉伯。」安不滿地說。
「因爲你們兩個是天生一對啊！你不服氣也沒用，這是不爭的事實。」

第24章 牧師喬納斯

八月二十，普洛斯貝多海岬。

「給字尾加一個e的安。」菲兒在信中寫道。

為了寫信給你，我一直努力把眼皮撐開。親愛的安，這個夏天我竟然都忘了要寫信給你！不過我也都沒有寫給其他人。我有一大堆信件還沒有回覆，所以我必須打起精神，用鋤頭把它們鋤一鋤才行。請原諒我這種糟糕的比喻，我實在是太睏了。昨天晚上我和表妹艾蜜莉一起去拜訪鄰居，那裡還有其他客人在，可是那些人一走，女主人和她的三個女兒就在背後把他們批評得一文不值。我很清楚，等我和艾蜜莉離開後，肯定也會遭受到同樣的待遇。

我們回到家後，莉莉夫人告訴我們，那個鄰居家雇用的男孩得了猩紅熱，正臥病在床。這種事情聽莉莉夫人的準沒錯。我很害怕猩紅熱，上床睡覺的時候想著想著就睡不著了。我一直翻來覆去，好不容易睡著之後，就做了場惡夢。等我凌晨三點醒過來時，發現自己發高燒、喉嚨痛，而且頭也痛得要命。當時我覺得自己肯定是染上猩紅熱了，嚇得我趕緊起床去翻找艾蜜莉的「醫書」查看相關症狀，結果我全中了！既然知道已經是最糟糕的情況，於是我就直接回到床上呼呼大睡了。不過隔天早上我就好多了，所以那不可能是猩紅熱。仔細想想，要是我昨天晚上被傳染了，也不可能那麼快就發病嘛，可是凌晨三點的時候，我的腦袋根本沒辦法像白天一樣清楚。

你一定很好奇，我來普洛斯貝多海岬做什麼吧？每年夏天，我都會到海邊度假一個月，我父親堅持要我來這邊的「上等寄宿之家」住，因為屋主正是他的二表妹艾蜜莉。我在兩個星期前就到了。

麥克・米勒伯伯跟往常一樣，駕著他的「萬用馬」和老馬車到車站接我。他是一個十分和藹的老人，還抓了一把粉紅色的薄荷糖給我。我總覺得薄荷糖是跟宗教有關的糖果，大概是因為小時候奶奶都會在教堂拿薄荷糖給我吃吧。因為薄荷糖的味道很特別，有一次我還問：「這就是神聖的味道嗎？」我不打算吃麥克伯伯的薄荷糖，因為那是他隨意從口袋裡掏出來，又挑掉混在裡面的釘子和雜物後才拿給我的。可是我不願傷害他的好意，所以我就趁他不注意，沿途把糖果灑在路上。在我扔掉最後一顆糖的時候，麥克伯伯還語帶責備地對我說：「菲兒小姐，你不該把糖果一次吃完，那樣會肚子痛的。」

艾蜜莉家除了我以外，還有五個寄宿者，分別是四名老婦人和一名青年。用餐時，坐在我右手邊的是莉莉夫人，她老愛把自己的煩惱、痛苦和疾病仔仔細細地向別人交代，讓人感到有些害怕。只要有人提起關於疾病的事，她就會搖搖頭說：「唉！這個問我就知道了。」接著開始闡述一些不必要的細節。喬納斯說他之前提到「運動性共濟失調」，莉莉夫人就馬上說她最懂了，因為十年來她飽受這個疾病之苦，後來才被一名旅遊至此的醫生治好的。

至於誰是喬納斯呢？別急，安・雪莉，等到合適的時機我就會全部告訴你。他可不能和那些老太太混為一談。

坐在我左手邊的是費妮夫人。她說話總是唉聲嘆氣的，彷彿內心多悲痛一樣，旁邊的人都深怕她下一秒就會痛哭失聲。對她而言，人生就是數不盡的淚水，連微笑都是一種應該被譴責的輕浮之舉，更不用說開懷大笑了。她對我的評價比詹姆西娜阿姨給我的還要低，而且她不像詹姆西娜阿姨一樣，因為愛我所以能夠包容我的缺點。

瑪麗亞・葛莉絲畢夫人坐在我的斜對面。我剛來的第一天，對她說：「好像快下雨了。」她開始哈哈大笑起來。我說：「從火車站到這裡的風景好美啊。」她也哈哈大笑。我說：「這裡好像還有幾隻蚊子。」她又哈哈大笑。我說：「普洛斯貝多海岬還是跟以前一樣漂亮。」她還是哈哈大笑。若是我對她說：「我父親上吊自殺，我母親服毒自盡，我兄長在監獄服刑，而我已經是肺病末期。」她大概還是會大笑出聲吧。不過天性如此，她也無可奈何，只是這樣挺悲慘、也挺可怕的！

第四個老婦人是克蘭多夫人。她是個親切的老好人，但是她對所有人都只有稱讚，所以跟她說起話來一點都不有趣。

安，現在我要說喬納斯的事了。

坐在我對面的是一名青年，他彷彿從嬰兒時期就認識我一般，第一天看到我就一直對著我微笑。麥克伯伯跟我說過，他叫做喬納斯．布雷克，是聖哥倫比亞大學的神學士，在這個夏天負責主持普洛斯貝多海岬的教會。

喬納斯的長相十分難看，我是說真的，他是我見過最醜的男人。他的身軀龐大又鬆垮，一雙腿長得誇張，有一頭亞麻黃的直髮，眼睛是綠色的，嘴巴很大，而且他的耳朵——要是可以，我一點都不想去想他的耳朵。

可是他的聲音很好聽，如果閉上眼睛聽他說話，會覺得他是一個很討喜的人。不過他的確擁有善良的內心和美好的性格。

我們很快就成了好朋友，而這當然是因為喬納斯是從雷蒙畢業的關係。我們一起釣魚、一起划船、一起在夜晚的沙灘上漫步。月光下的他看起來沒那麼醜了，反而很好看，渾身都散發出美好的氣息。除了克蘭多夫人之外，其他的老婦人都不喜歡喬納斯，因為他不僅笑口常開，還愛開玩笑，而且他顯然比較喜歡跟輕浮的我來往勝過於她們。

安，不知道為什麼，我不希望喬納斯覺得我很輕浮。這真是太荒唐了！這個名為喬納斯的黃髮男人，我以前從未見過，為什麼我會這麼在意他對我的看法呢？

上個星期天，喬納斯在村裡的教堂布道，我也去參加了，不過我無法相信他竟然要講道。對於他是牧師，或者說即將成為牧師這件事情，我始終覺得是一個很大的笑話。

然而，在他開始講道十分鐘後，我突然感覺自己既渺小又微不足道。喬納斯完全沒提到女人的事，也沒有看我一眼。當時我便明白，我簡直就是可憐、輕浮又心胸狹隘的花蝴蝶，與喬納斯心中的理想對象有著天壤之別。他未來的妻子肯定是出色、堅強又高貴的女子吧，畢竟他那麼認真、溫柔又誠懇，完全具備一名牧師應有的全部條件。他的眼睛充滿靈氣，平日裡額前的幾縷髮絲就散落在知性的眉毛上，我真不懂我為什麼會說他不好看，可是他真的不好看啊！

他的講道很精彩，我可以聽上一輩子，但又在同時覺得自己好可憐。唉，安，我真希望能像你一樣。

回家的路上，喬納斯從後方追上來，跟往常一樣對著我笑。不過他敞開的笑容再也騙不了我了，因為我已經看見他的真面目。不知道他是否也能看見真正的菲兒，這個世界上還沒有人看過我的真面目，安，連你也沒有哦！

我開口喊他「喬納斯」，忘了稱呼他「布雷克先生」，這種情況是不是很討厭？不過現在也不重要了。我說：「喬納斯，你天生就是當牧師的料，其他工作不適合你。」

「是啊，我不適合其他工作。」他認真地這麼說。「曾經有好長一段時間，我一直嘗試做別的事情，因為我不想當牧師。後來我才明白這就是屬於我的工作，而上帝也在幫助我，所以我會努力做到最好。」

他的聲音低沉且虔誠。未來，他肯定會成為稱職的牧師，還會有個天性相配又教養良好的女人在一旁協助他。那女子肯定不會像羽毛一樣，被反覆無常的風吹過來吹過去，反而非常明白自己該選擇哪一頂帽子。也許她只會有一頂帽子，畢竟牧師都很窮，可是就算一頂帽子都沒有，她也不會在意的，因為她擁有喬納斯。

安．雪莉，你要敢說我愛上布雷克先生的話，我絕不饒你，就連用暗示的或想像的都不行！我怎麼可能會喜歡一個直髮、窮困又醜陋的神學生呢？套句麥克伯伯的話：「這是不可能的事，絕對不可能！」

晚安，

菲兒

註：

那是不可能會發生的事，但我又好擔心它會成真。我既覺得幸福，又感到悲慘與害怕。我很清楚，他永遠都不會喜歡我的。安，你覺得我能成為一名合格的牧師太太嗎？大家會願意讓我帶領他們禱告嗎？

菲兒．高登筆

第25章 安的白馬王子

「我在比較室內和室外的差異。」安從「芭蒂之家」的窗戶眺望公園的松樹。

「詹姆西娜阿姨，今天下午我沒事，可以悠悠哉哉地度過。家裡有舒適的壁爐、滿滿一盤的蘋果、三隻溫馴的貓咪和兩隻完美無瑕的綠鼻瓷器狗，你覺得我應該待在家裡，還是到公園裡，欣賞灰色的樹林和灰色海浪拍打在岩石的樣子呢？」

「如果我在你這個年紀，我會選擇到公園去。」詹姆西娜阿姨一邊回答，一邊用棒針撓著約瑟夫的黃色耳朵。

「你不是說你和我們一樣年輕嗎？」安調侃道。

「是啊，內心是這樣沒錯。但我得承認我的腳沒你們年輕了。安，去呼吸一些新鮮空氣吧！你最近的氣色不太好。」

「那我就去公園吧。」安心浮氣躁地說。「我今天也不太想躲在家裡享受安逸，我要去感受孤單、自由和奔放的滋味。公園應該沒什麼人吧，大家都去看足球賽了。」

「你怎麼不去看足球賽？」

「沒有人邀請我啊，除了那個討厭的矮冬瓜丹．羅傑。我不可能跟他出去，但又怕傷害他的幼小心靈，只好說我不打算去看比賽。反正我也沒有心情去參加。」

「去呼吸新鮮空氣吧！」詹姆西娜阿姨說。「但是要記得帶傘，晚點應該會下雨，因爲我的風濕病又開始犯了。」

「阿姨，只有老人才會得風濕病呀！」

「安，任何人都可能染上風濕，不過內心也會染上風濕的只有老人，幸好我沒有，否則就可以直接去挑棺材啦。」

現在是十一月——有深紅色的夕陽、離別的候鳥、大海深沉而悲傷的讚美詩，以及微風在松樹間吹拂的樂曲。安在公園的松林小徑上漫步，讓那一陣陣微風吹散她心中的迷霧。她一點都不習慣這樣的情緒。可是不知何故，自第三年回到雷蒙以來，人生再也不像以前一樣閃亮且明朗。

從表面上看，在「芭蒂之家」的生活和以前一樣愉快，照常工作、念書和娛樂。週五夜晚，寬敞又暖和的客廳仍舊擠滿訪客，充滿了歡笑聲，一旁的詹姆西娜阿姨也眉開眼笑地看著他們。菲兒信中提到的「喬納斯」經常來訪，他總是從聖哥倫比亞搭早班火車趕來，再搭晚班車離開。他在「芭蒂之家」很受歡迎，唯獨詹姆西娜阿姨搖搖頭說：「現在的神學生跟以前大不相同了。」

「菲兒，他很好，可是牧師應該要更嚴肅和莊重才對。」她說。

「難道笑口常開的男人就不能當基督徒嗎？」菲兒問。

「一般的男人當然可以，但我說的是牧師啊。」詹姆西娜阿姨責備地說。「你不該跟布雷克先生調情，這樣是不對的。」

「我才沒有跟他調情！」菲兒抗議道。

不過，除了安之外，沒人相信她的話。大家都以為她和往常一樣在享受被追求的樂趣，所以直接向她表明這樣的行為並不妥。

「菲兒，布雷克先生跟亞力克和阿蘭索他們不一樣，」史黛拉嚴肅地對她說。「他會把事情當真，你這樣會傷了他的心。」

「我真的有這種能耐嗎？」菲兒問。「要是有就太好了。」

「菲兒．高登！我沒想到你這麼無情，竟然說讓男人為你心碎是件好事？」

「史黛拉，我沒有這麼說，你可別誤解我的意思。我是說，要是我能讓他感受到心碎，那就好了。我希望我有這種能耐。」

「菲兒，我真不懂你。你對他沒有半點意思，卻故意讓他對你神魂顛倒。」

「如果我可以的話，我希望他向我求婚。」菲兒冷靜地回應。

「我真拿你沒辦法。」史黛拉死心了，不再做爭辯。

吉伯偶爾也會在週五夜晚來訪。他看起來總是興高采烈的樣子，和大家一同歡笑與談天，不過他嚴守分際，既不刻意接近安，也不迴避她。當兩人碰在一起時，他會愉快且有禮貌地和安交談，就像是剛認識的朋友，過去那種親密的情感已然消失無蹤。安敏銳地察覺到了，但她告訴自己，吉伯能從對她的失望中走出來是件值得慶幸的事。畢竟四月的那天傍晚，她在果樹園裡深深傷害了吉伯的心，她一直很擔心那道傷痕永遠無法痊癒，而現在，她可以放心了。男人會死，但不會因爲愛而死。吉伯沒有半點消沉的跡象，他對人生充滿抱負與熱情，不會爲了一個女人的美麗或冷漠而浪費生命。看著吉伯和菲兒不停談笑，安不禁懷疑那天她說永遠無法喜歡他時，他那心碎的眼神是否只是自己的幻想。

想要替補吉伯空缺的人不少，但是安都毫不留情地拒絕了。若是眞正的白馬王子一直都不出現，她也不願將就於替代品。這個陰天，安在微風陣陣的公園裡如此告誡自己。

突然間，正如詹姆西娜阿姨所預料，大雨嘩啦嘩啦落下來。安撐著傘快步走下斜坡，正當她轉進港口旁的道路時，一陣狂風猛然襲來，把她的雨傘吹到開花。安無助地抓著雨傘，這時，有個聲音從身旁傳來。

「如果不介意的話，請到我的傘下躲雨吧。」

安抬起頭。眼前的男人高大帥氣，外表十分出衆。他有一雙深邃、憂鬱又神祕的眼睛，說話的聲音不僅動人，還充滿關懷之意。是啊！她夢寐以求的白馬王子就站在她面前，就算是量身訂做，也不會比他更合乎理想了。

「謝謝。」安有些慌亂地說。

「趕快到海邊的小涼亭躲雨吧。」陌生的男子說。「我們可以在那邊等雨停，這麼大的雨應該不會下太久。」

這句話很普通，但是他說話的語氣和笑容，讓安的心揚起一股異樣的悸動。

兩人一塊跑進涼亭，氣喘吁吁地坐下來。

安笑著拿起不牢靠的雨傘。

「我的雨傘被吹開之後，我才體會到沒有生命的東西有多不可靠。」安笑著說。

雨滴在安亮麗的秀髮上閃閃發光，散亂的髮絲在頸間和額前捲成一個個圈。她的雙頰微紅，大大的眼睛如星星般閃爍。男子以欣賞的眼光凝視她，讓安感到整張臉都漲紅了。他到底是誰啊？他的衣領上別著雷蒙的紅白色徽章，可是除了新生之外，其他雷蒙的學生她一眼就能認出來，不過眼前這名文雅的男子肯定不是新生。

「看來我們是同學。」他看著安的徽章，微笑說道。「這個徽章已經替我們做介紹了。我的名字叫羅爾．加德納。你是那天晚上在研討會上朗讀丁尼生論文的安．雪莉小姐嗎？」

「是的，但我完全不認得你。」安直白地說。「請問你是哪一班的？」

「我好像不屬於任何班級。兩年前我在雷蒙讀完二年級，就到歐洲去了。這次回來，是爲了把文學課程修完。」

「我今年也是三年級。」安說。

「那我們是同年級的同學囉？我覺得這兩年在歐洲浪費掉的時光，一點都不可惜了！」他那雙迷人的眼睛裡包含著萬千含意。

大雨持續了將近一小時，但時間感覺才過了一下下。隨著烏雲散盡，十一月的溫暖斜陽照射在港口和松樹上，安和男子一同踏上了回家的路程。

他們抵達「芭蒂之家」的大門，男子請求安讓他進去拜訪，安同意了。她臉紅心跳地進門，連手指都忍不住顫抖。拉斯帝爬到她的大腿上企圖親她，也沒有得到熱情的回應。此刻的安沉浸在浪漫的興奮感之中，全然沒有心思去注意一隻短耳小貓咪。

當天傍晚，「芭蒂之家」收到一份送給雪莉小姐的包裹，裡頭裝著一打豔麗的玫瑰花。菲兒毫不客氣撿起掉出來的卡片，大聲念出寫在背面的名字和詩句。

「羅爾．加德納！」她驚呼。「安，你竟然認識羅爾．加德納？」

「今天下午下雨的時候，我在公園遇見他。」安趕緊解釋。「那時我的雨傘被吹到開花了，所以他讓我借用了他的傘躲雨。」

「是嗎？」菲兒一臉探究地直盯著安。「這麼一件普通的小事，會讓他送來一整打的長莖玫瑰？還附上一首情意綿綿的詩？而且你怎麼看見他的卡片後，整張臉漲成了玫瑰色呀？安，你的臉把你給出賣啦。」

「菲兒，別胡說八道！你認識加德納先生嗎？」

「我見過他兩個妹妹，也聽說過他。在金斯泊，稍有名望的人都知道他。加德納是新斯科細亞最富有的家族，羅爾不僅長相帥氣，頭腦又好。兩年前，他的母親生病，他只好休學陪母親到國外靜養，而他的父親已經過世了。被迫放棄原本的學業，他肯定很難過吧，不過大家都說他沒有半絲怨言。嘿嘿，安啊，我聞到戀愛的氣息囉！我差點都要嫉妒你了，不過羅爾不是我的喬納斯。」

「別說傻話了！」安高傲地說。然而，這天晚上她失眠了，幸好她也不急著入睡。此刻，她清醒時的幻想竟比夢境中的任何畫面都還要吸引人。難道她的白馬王子眞的出現了？想起那雙深情注視著她的深邃眼眸，安不禁懷疑答案是肯定的。

第26章 克莉絲汀登場

二月這天，「芭蒂之家」的女孩們都在盛裝打扮，準備參加三年級為四年級舉辦的歡送會。安站在房間的鏡子前檢視自己，對於今天的裝扮感到很滿意。她穿了一套特別華麗的禮服，原本那只是一件奶油色的絲綢襯裙搭配上雪紡罩衫，但是菲兒堅持在聖誕假期時把它帶回家，在罩衫上繡滿小小的玫瑰花蕾。經過菲兒的巧手改造，裙子搖身一變，成了全雷蒙女孩都羨慕的一套禮服。當安提起裙襬踏上雷蒙的大樓梯時，連遠從巴黎購置禮服的艾莉．布恩，都用渴望的眼神看著她。

安嘗試在頭髮上插上白蘭花，那是羅爾．加德納為了這場歡送會送的。她知道今晚不會有其他女孩別上白蘭花，這時，菲兒走進來，眼神裡全是驚豔。

「安，你今晚眞是太美了！之前的十場派對裡，有九場我的光芒都壓過你，但這第十場，你突然像是花朵一樣綻放，讓我整個人相形失色，你是怎麼辦到的？」

「這都是裙子的功勞啊，有道是：『佛要金裝，人要衣裝』嘛。」

「才不是呢！昨天晚上你整個人美豔絕倫，身上穿的只是林德夫人為你縫製的藍色法蘭絨上衣而已。若是羅爾還沒有被你迷得神魂顚倒，那今天晚上他肯定會臣服於你的魅力。不過，我不喜歡這朵白蘭花，我絕對不是嫉妒哦，而是覺得這朵花不適合你，它看起來太過異國風味、太熱情又太傲慢了。反正不要插在頭髮上就對了。」

「好吧，其實我也不喜歡白蘭花，我對它沒什麼情感。羅爾也不常送我蘭花，他知道我喜歡生活隨處可見的花朵，而白蘭花只有外出作客時才會使用。」

「今天晚上喬納斯也送了我可愛的粉色玫瑰花，不過他沒有要來。他說他要去主持一場貧民窟的禱告會。安，他肯定是不想來，我好怕他對我一點感覺都沒有。我正努力決定我要就這麼憔悴而死，還是繼續念書拿到學位，當個理智又有用的人。」

「菲兒，你不可能變成理智又有用的人，所以你還是憔悴而死比較快。」安毫不留情地說。

「你這個無情的女人！」

「菲兒，你眞的好傻！你明明知道喬納斯有多愛你。」

「可是……他沒對我說過啊，我也不可能逼他。我承認，他看起來很喜歡我。只是光用眼神訴說，不足以讓我開始爲杯墊刺繡或替桌布做花邊啊，這些事情要等訂婚後才能開始準備，不然太冒險了。」

「菲兒，布雷克一直不敢向你求婚是因爲他很窮，他怕自己沒辦法讓你過上和以前一樣的生活，所以他才遲遲沒有開口。」

「我想也是。」菲兒沮喪地說，不過她很快又打起精神。「如果他不求婚，那就我來求吧，沒什麼大不了的，這樣問題就解決啦！我可以不用擔心了。對了，最近吉伯經常和克莉絲汀．史都華走在一起耶，你知道這件事嗎？」

安原本已經將金項鍊戴上脖子，準備要扣起來，卻突然一直扣不好。這條項鍊究竟怎麼一回事？或者……是因爲她手指在顫抖的緣故？

「不知道。」她淡漠地說。「克莉絲汀．史都華是誰？」

「他是羅納德．史都華的妹妹，今年冬天來金斯泊學音樂。我沒見過她本人，可是我聽說她長得很漂亮，吉伯對她很著迷。安，你拒絕吉伯的時候，我眞的好生氣哦！不過我現在終於知道羅爾．加德納才是你的眞命天子，你那樣做是對的。」

每次聽大家說她將來會和羅爾結婚時，安都會臉紅，可是這一次她卻沒有。她突然感到有些厭煩，覺得菲兒的嘮叨變得很無趣，她也不期待歡送會了，甚至伸手打了拉斯帝。

「你這隻貓，快從坐墊上下來！爲什麼不好好待在你自己的窩呢？」

安拿著白蘭花走下樓，詹姆西娜阿姨在壁爐前吊了一排要烘乾的外套，而羅爾．加德納在一旁一邊逗弄著雪拉貓，一邊等待著安。雪拉貓不喜歡羅爾，總是想要逃脫，不過「芭蒂之家」的其他人都很喜歡他。詹姆西娜阿姨被他一貫謙遜有禮的態度和悅耳的詢問語氣所折服，說羅爾是她見過最優秀的年輕人，安是個很幸運的女孩。然而，這些話卻讓安焦躁不已，羅爾的追求的確跟少女所幻想的一樣浪漫，可是她希望詹姆西娜阿姨和其他女孩們不要把事情想得那麼理所當然。

當羅爾替安披上外套，低聲說出充滿詩意的讚美時，安並沒有像往常一樣臉紅和緊張。前往雷蒙大學的短短路程中，羅爾發現她格外沉默，從化妝室出來時，臉色也有些蒼白。不過兩人一踏進會場後，安的臉色和光彩瞬間恢復過來，用最開心的表情看向羅爾，羅爾也回以一個菲兒所說的「如黑色天鵝絨般深邃的笑容」。然而，安眼裡眞正望著的卻不是羅爾。她敏銳地察覺到，吉伯正站在會場另一端的棕櫚樹下和一個女孩說話，而那女孩肯定就是克莉絲汀。

克莉絲汀長得很漂亮，不過她的體型等到中年發福的時候，肯定會變得很龐大。她的身材高䠷、有一雙大大的深藍色眼睛，皮膚和象牙一樣白皙，頭髮的顏色又深又有光澤。

「她正是我夢寐以求的模樣。」安難過地想著。「玫瑰般的肌膚、宛如繁星的藍紫色雙眸、烏黑的秀髮，這些她全都有了，可惜她的名字不叫做『寇蒂莉亞』。不過她的身材沒有我好，鼻子也沒有我好看。」

想到這裡，安的心稍稍得到安慰了。

第27章

相互信任

那年冬天以後，三月如溫馴的綿羊般到來。白天時，氣溫涼爽，四處呈現出金黃色的景色；到了黃昏，嚴寒的粉紅色暮光接續而來，又逐漸消失在月光的國度裡。

「芭蒂之家」的女孩們全都在埋首準備四月的考試，她們非常投入，連菲兒都意外地定下心來，認眞複習課本和筆記。

「我要拿到數學的強生獎學金。」她認眞地宣示。「若是希臘文學，我輕輕鬆鬆就能拿下，但爲了向喬納斯證明我的聰明才智，我一定要拿到數學的獎學金。」

「比起那頭捲髮底下的腦袋瓜，喬納斯更喜歡你那雙褐色大眼和動人的微笑吧。」安說。

「在我們那個年代，懂數學可不是件淑女的事。」詹姆西娜阿姨說。「不過，時代也已經不同了，女孩不能只會數學。菲兒，你會下廚嗎？」

「不會，我除了薑餅之外什麼都沒做過，而且還失敗了，我做的薑餅中間是平的，邊緣有大大小小的隆起，你應該能想像吧？不過我的腦袋那麼聰明，都可以爭取數學獎學金了，只要認眞學習，也可以學會下廚吧？」

「或許吧！」詹姆西娜阿姨回答得很保守。「我對女性接受高等教育沒有意見。我的女兒就是文學士，她也很擅長烹飪，不過我在她上大學去學數學之前，就先讓她學會做飯了。」

三月中旬，芭蒂女士寄來了一封信，信上表示她和瑪利亞小姐決定在國外多待一年。

「所以下個冬天，你們可以繼續在『芭蒂之家』度過。」她在信中寫道。「我和瑪利亞要去環遊埃及，在有生之年，看一看人面獅身像。」

「眞難想像那兩位老太太環遊埃及的樣子，不知道她們會不會一邊看人面獅身，一邊打毛線？」普莉希拉笑著說。

「我們能在『芭蒂之家』多住一年，眞是太開心了。」史黛拉說。「我還擔心她們一回來，這個快樂小窩就要解散了，而我們這些可憐的幼鳥又得被拋棄在殘酷的寄宿世界裡。」

「我要去公園走走。」菲兒把書扔到一旁。「等我八十歲了，我會慶幸今天晚上有去散散步。」

「你在說什麼？」安問。

「安，跟我一起來吧，我慢慢說給你聽。」

兩人慢步走著，捕捉三月傍晚的奧妙與魔力。巨大、純淨且憂思的靜默包裹著寧靜祥和的夜晚，若是用心聆聽，仍然可以聽見許多細微的銀鈴聲。女孩們沿著一條長長的松林小徑向前走，路的盡頭彷彿直達那遍布紅霞的冬日夕陽。

「如果我會寫詩的話，我一定馬上回家寫一首。」菲兒在一塊空地上停下腳步，夕陽將綠色的樹梢染上一片玫瑰色。「這個地方好清淨哦！那些暗暗的樹好像一直在沉思一樣。」

「『森林是上帝最初的神殿。』[1]」安輕聲地說。「在這樣的地方，容易讓人產生敬畏和崇拜的感覺。每次我走在松樹林裡，都會覺得自己很靠近上帝。」

「安，我是全世界最幸福的女孩。」菲兒突然對安坦白。

「布雷克先生終於向你求婚了？」安一點都不感到意外。

「是啊，他在求婚時，我還打了三個噴嚏，眞討厭！不過，他還沒說完，我就回答『我願意』了，因爲我眞的很怕他會改變主意。安，我好高興，我眞不敢想像，喬納斯會喜歡像我這樣輕浮的女孩。」

「菲兒，你根本就不輕浮，」安認眞地說。「在你的外表下，藏著一顆可愛又忠誠的女人心，爲什麼你要把自己隱藏起來呢？」

「我沒辦法。安，你說的對，我內心深處一點也不輕浮，可是我摘不掉身上那層僞裝。如果要改變，就只能重活一遍了。幸好喬納斯了解眞實的我，他愛我，包括我的輕浮和一切，而我也愛他。當我發現自己愛上喬納斯時，我眞的很難相信，我從沒想過自己會愛上一個醜陋的男人，或者滿足於身邊唯一的追求者，更何況他的名字還叫做喬納斯！我打算叫他『喬』，這個暱稱簡潔又好聽，像阿蘭索就沒辦法取這種小名。」

「那亞力克和阿蘭索怎麼辦？」

「噢，聖誕節那天我就跟他們說了，我沒辦法嫁給他們任何一人。現在回想起來眞是好笑，我竟然覺得自己會跟他們其中一人結婚。他們兩個好傷心，我也跟著嚎啕大哭起來，不過我很肯定，我只願意嫁給喬納斯一個人。這是我第一次自己做決定，其實挺容易的。如此確信一件事的感覺眞的很棒，而且這種感覺還是來自自己，不是別人。」

「你今後有辦法持續下去嗎？」

「你是說自己做決定嗎？我也不知道，但是喬幫我訂了一個標準。他說當我感到迷惑時，就想想八十歲的我，會希望現在的自己怎麼做。反正喬是一個很果斷的人，一個家庭裡也不需要太多的意見。」

「你的父母親會同意你們的婚事嗎？」

「父親不會說什麼，他一向都支持我做的任何事。但母親就會有意見了，她那張嘴和鼻子一樣，全都遺傳自派安家族，不過，一切都會圓滿落幕的。」

「菲兒，你若是嫁給布雷克先生，勢必得放棄許多東西。」

「只要他在我身邊就夠了，其他東西都不重要。我們打算在明年六月結婚。今年春天，喬就從聖哥倫比亞畢業了，接下來，他要去巴達森街的貧民窟教堂任職。你能想像我去貧民窟的樣子嗎？但只要他在身邊，就算是格陵蘭的冰山，我也要去。」

1引用自威廉・布萊恩（William Cullen Bryant, 1794-1878）的詩作〈森林賦〉（"A Forest Hymn"）。

「這就是當初揚言絕不嫁給窮人的女孩呢！」安對著一棵小松樹說。

「噢，別提我年輕時的蠢話了。我會過得跟我有錢的時候一樣開心，你等著瞧吧！我要去學做菜，還要學裁縫，至於買東西的技巧嘛，我已經在『芭蒂之家』學會了，而且我還在主日學校教過一整個夏天的書呢！詹姆西娜阿姨說，我要是嫁給喬納斯，會把他的職業生涯給毀掉，可是我絕不會如此！我知道自己不夠理性、也不夠莊重，但我擁有更好的本領——那就是讓別人喜歡我。在波林布洛克的禱告會裡，有個說話口齒不清的男人經常分享他成爲信徒的契機。他說：『若你不能像星星一樣發出璀璨的光芒，那就當一座燭台，同樣能夠照亮他人。』所以，我決定要成爲喬的小燭台。」

「菲兒，我眞拿你沒辦法。不過，我實在太愛你了，說不出好聽又不沉重的祝賀語，但我打從心底爲你的幸福感到高興。」

「我知道，你那雙灰色的大眼睛已經透露出誠摯的友情了。安，總有一天我也會用同樣的眼神望著你，你會和羅爾結婚吧？」

「菲兒，你有聽過貝蒂．巴格斯達的故事嗎？她在別人開口求婚之前就先拒絕了。我不打算效法她，在有人向我求婚之前，我既不會拒絕，也不會答應。」

「全雷蒙都知道羅爾喜歡你。」菲兒直率地說。「安，你也喜歡他吧？」

「應該……是吧。」安回答得很勉強。照理說坦承這種事，應該會害羞得臉紅才對，但她完全沒有，反倒是有人談論起吉伯或克莉絲汀的事時，安才會臉紅心跳。她一點都不在意吉伯和克莉絲汀，他們跟她一點關係都沒有！但是安已經懶得去研究自己臉紅的原因了。

至於羅爾，她當然喜歡他啊，而且愛得發狂。她怎麼可能抵擋得住羅爾的魅力？羅爾不就是她的夢中情人嗎？誰有辦法拒絕那雙深邃的眼和柔情的嗓音？雷蒙有一半的女孩都在嫉妒她，不是嗎？羅爾在她生日那天，還送來了一箱紫羅蘭和一首動人的詩詞呢！安把詩一字不漏地背下來了，這首詩很美，但是無法與約翰．濟慈或莎士比亞的作品相提並論，顯然安還沒有愛到失去判斷力的程度。然而，這首詩仍有登上雜誌的水準，而且這是專門寫給她的，不是給蘿拉或碧翠絲，也不是給雅典的少女[2]，而是安．雪莉。

羅爾用韻味十足的詩對安說，她的眼眸宛如晨星，她的臉頰偷走了夕陽的紅彩，她的雙唇比天堂的玫瑰還要嬌豔，這些詩句令安感到浪漫無比。若是吉伯的話，作夢也不會想到寫一首詩來讚美她的眉毛吧。不過吉伯有幽默感，安曾經跟羅爾講了一個笑話，但羅爾完全領會不到其中趣味。安想起她和吉伯聽完後捧腹大笑的畫面，內心不禁感到擔憂，從長遠來看，跟一個沒有幽默感的男人一起生活，是不是太過乏味了？可是話說回來，誰又指望一個憂鬱神秘的男主角，能看見事情搞笑的那一面呢？這樣太不合理了。

---

2 典故出自拜倫詩作"Maid of Athens, ere we part"。

第28章 六月的黃昏

「如果一直活在六月的世界裡，不曉得會是什麼情景？」安說。她穿過花香撲鼻的果樹園，來到前門的階梯。瑪麗拉和林德夫人正坐在那裡討論薩姆森．柯茲夫人的葬禮。朵拉坐在她們兩人中間專心念書，德比則盤腿坐在草地上，看起來一臉憂鬱。

「你遲早會感到厭煩的。」瑪麗拉嘆一口氣。

「我想也是。不過，天氣要是都像今天一樣好，那就不容易厭倦了。沒有人不喜歡六月的。德比，在這個繁花盛開的季節，你爲什麼像是在過十一月一樣，一臉憂愁呢？」

「我只是覺得活膩了。」年幼的厭世者說。

「才十歲就活膩了嗎？眞是太悲慘了！」

「我沒有在開玩笑。」德比鄭重地說。「我非常、非常、非常沮喪。」他努力說出這句話。

「爲什麼？」安在他身旁坐下。

「因爲荷姆斯老師請病假，代課老師出了十題數學作業，要我們星期一交給他。我得花一整天才能做完，星期六竟然還得寫功課，太不公平了！謬弟說他不要寫，但是瑪麗拉說我不寫不行。我好討厭卡爾森老師哦！」

「德比‧凱西，不可以這樣說你的老師。」林德夫人嚴厲地說。「卡爾森小姐很優秀，做事非常認眞嚴謹。」

「聽起來不太討喜呢！」安笑著說。「我喜歡有點愛胡鬧的人。不過我對卡爾森小姐的評價比你還高！昨晚我在禱告會上看見她，她的眼神可沒有你說的那麼嚴肅。好了，德比，快打起精神來。明天又是全新的一天，我會盡力幫你一起完成作業。現在是白天和黑夜交替的美好時刻，別把時間浪費在擔心數學題上面了。」

「我不會的。」德比振作起來。「有你幫我的話，我就可以趕快做完，跟謬弟去釣魚了。我眞希望阿朵莎奶奶的葬禮是明天而不是今天，我好想去看哦，因爲謬弟的母親說阿朵莎奶奶一定會從棺材裡爬起來，把所有去參加葬禮的人都罵一遍。可是瑪麗拉說她不會爬起來了。」

「可憐的阿朵莎，竟然在棺材裡安眠了。」林德夫人嚴肅地說。「我從沒看過她的表情這麼和藹。可惜沒幾個人爲她流淚，眞是太可憐了。萊特一家很慶幸自己終於擺脫她了，不過這也無可厚非。」

「離開人世，卻沒有一個人爲她感到難過，眞是太可怕了。」安忍不住發抖。

「除了她父母之外，世界上沒有一個人喜歡她，就連她丈夫也一樣。」林德夫人斷言道。「阿朵莎是他的第四任妻子，他有點結婚成癮了。跟阿朵莎結婚後，他活沒幾年就去世了。醫生說他死於消化不良，但我覺得他肯定是死在阿朵莎的毒舌之下。可憐啊，她對鄰居的事一淸二楚，對自己卻是一無所知。算了，反正人都死了。我看，下一個大事就是黛安娜的婚禮了吧。」

「一想到黛安娜要結婚，我就覺得又好笑又可怕。」安環抱住雙腳，從幽靈森林的縫隙，遠眺黛安娜房裡透出來的燈光。

「這有什麼好可怕的？她進展得很順利啊。」林德夫人加強語氣說：「佛雷德有一座農場，又是個模範青年。」

「以前黛安娜想嫁的可是狂野又瀟灑的不良少年呢，佛雷德完全不是這個類型的人。」安微笑著說。「他是一個非常善良的人。」

「這樣很好啊。難道你要黛安娜嫁給一個壞蛋啊？還是你想嫁給壞蛋？」

「我才不要嫁給壞蛋呢！但如果對方有能力做壞事，卻不願意去做，那樣更好，像佛雷德就是善良過頭了。」

「要是你哪天能開竅就好了。」瑪麗拉說。

瑪麗拉的語氣十分不痛快，因爲她內心非常失望。她已經知道安拒絕吉伯的事了，整個艾凡里傳得沸沸揚揚，至於消息是如何走漏的，沒有人知道。或許是查理．史隆猜到後說出來，也或許是黛安娜偷偷告訴了佛雷德，總之，這件事已經眾所皆知了。布萊斯夫人再也不問安，吉伯最近有沒有寫信給她？每次碰到安，都只是冷淡地從她身邊走過去。這讓一向很喜歡布萊斯夫人的安，暗自感到傷心難過。

瑪麗拉什麼話都沒說，反倒是林德夫人不停拿這件事挖苦安，直到她又從謬弟的母親那裡聽說，安在學校有一個帥氣又有錢的新歡，林德夫人才閉上嘴，不過她內心深處還是希望安能嫁給吉伯。財富是很好的東西，但就連務實的林德夫人都不認爲那是必要條件。如果安是眞的比較喜歡那位陌生的美男子，那她無話可說，但她擔心安是爲了錢才做出錯誤的決定。關於這一點，瑪麗拉並不擔憂，她太了解安了，她只是覺得宇宙的運行似乎出了令人遺憾的差錯。

「一切就順其自然吧！」林德夫人沮喪地說。「不該發生的事情，有時候就是會發生。如果上帝沒有幫一把，安的事情可能就是這樣了。」林德夫人嘆了口氣，她深怕上帝沒有出手幫忙，但自己卻也沒有干涉的勇氣。

安漫步走到「妖精之泉」，依著白樺樹下的蕨類坐下來，她與吉伯在這裡一起度過了許多夏季。這個學期一結束，吉伯又回去報社工作，艾凡里少了他，變得好無聊。他一封信都沒有寫給安過，而安卻期盼著不會到來的信。

羅爾倒是每週都寄來兩封信，內容文情並茂，若是收錄在回憶錄或自傳裡，讀起來肯定優美無比。安總在看完信後，覺得自己愈來愈愛羅爾，但是每次看到他的來信，安都不曾有過內心猛然一震的感覺。反倒是史隆夫人遞給安一封信的那天，安一看見上頭的黑色筆跡來自吉伯，便匆匆回到綠色屋頂之家，著急地回到房間拆信，沒想到裡面只是用打字機所寫的大學社團報告而已。安把那封無辜的信扔到一旁，坐下來爲羅爾寫一封特別溫柔的信。

再過五天，就是黛安娜的婚禮了。果樹嶺的灰色房子裡裡外外都在忙著籌備，像是烘焙、釀造、燒水和燉煮餐食，好迎接一場盛大的傳統婚禮。伴娘當然是安，這是她和黛安娜十二歲時就做好的約定，而擔任伴郎的吉伯也會從金斯泊趕回來。在籌備婚禮的過程中，安感到相當興奮，可是內心深處卻有一絲心痛。從某種意義上來說，她就要失去最要好的朋友了，因為黛安娜的新居距離綠色屋頂之家足足有兩哩遠，她們再也不可能像以前一樣親密了。

安抬頭望向黛安娜房裡的燈光。這麼多年來，那就像是她人生中的一盞明燈，可是不久後，它再也不會在夏日的薄暮裡發光了。想到這裡，安的灰色大眼不禁盈滿悲傷的淚水。

「唉！為什麼人一定要長大、結婚和改變呢？」

第29章 黛安娜的婚禮

「玫瑰花果然還是粉紅色的最正統。」安如此說道。她在黛安娜的房間裡，替捧花繫上白色緞帶。「粉紅色玫瑰象徵愛與信任。」

黛安娜穿著婚紗，緊張地站在房間正中央，她的黑色捲髮上披著一層頭紗。那是安爲她披上去的，好完成她們多年前所定下的承諾。

「這一切和我從前想像的差不多，你遲早會結婚，而我們終究要分離。」安笑著開口。「黛安娜，你披上頭紗的樣子，和我夢想中的新娘一模一樣，而我眞的成了你的伴娘。可惜我的袖子不是澎袖，不過這種滾邊蕾絲更漂亮。我沒有心碎，也不怪佛雷德。」

「安，我們不是眞的要分離啊。」黛安娜抗議。「我去的地方並不遠，我們之間的愛永遠都不會改變。我們不是發誓要永遠遵守友情誓約嗎？」

「是啊，我們始終信守著誓言。黛安娜，我們的友情很美好，我們從來不曾吵架、冷戰或口出惡言，我也希望就這樣持續下去，可是從今以後，事情就不一樣了，你會有其他想要關注的人事物，而我會成爲局外人。不過，這就像林德夫人說的，人生就是這樣吧。對了，林德夫人拿了一件她親手縫製的條紋被子要給你，她還說等我結婚的時候也要送我一件一模一樣的呢。」

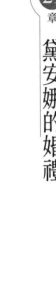

「最可惡的就是你結婚的時候，我不能當你的伴娘。」黛安娜嘆了一口氣。「明年六月菲兒跟布雷克先生結婚時，我也會去當她的伴娘，但那就是最後一次啦，俗話說當三次伴娘，以後就嫁不出去了。」安一邊說，一邊望向窗外開滿紅白花的果園。「牧師來了，黛安娜。」

「安，」黛安娜倒抽了一口氣，臉色突然發白，整個人不停顫抖。「天啊，安，我太緊張了……我喘不過氣，安，我肯定會昏過去的。」

「要是你昏過去，我就把你拖到大水桶邊，再把你扔進去。」安毫不留情地說。「振作點，結婚沒那麼可怕，好多人都是這麼走過來的。你看我多冷靜、多沉穩啊，你就鼓起勇氣吧！」

「安小姐，等你結婚你就知道了。啊！我聽見父親上樓的聲音了，快把捧花給我，我的頭紗有沒有戴好？臉色會不會太蒼白？」

「你看起來美呆了，親愛的黛安娜，給我一個臨別之吻吧，以後我就得不到黛安娜．貝瑞的吻了。」

「你還有黛安娜．萊特啊！啊，母親在叫我了，快走吧！」

按照當時簡單又傳統的禮俗，安挽著吉伯的手走下大廳。這是兩人離開金斯泊以後第一次見面，因爲吉伯當天才回到艾凡里。他有禮地跟安握手，精神看起來非常好，不過安馬上就發現他瘦了。他的氣色很不錯，當他看見安穿著柔軟的白色禮服，光滑柔順的頭髮上插著鈴蘭花，從走廊的另一端走向他時，他的臉上立刻泛起了紅暈。他們一走進賓客雲集的大廳，現場立刻傳來一陣讚賞的低語。「他們看起來好登對啊！」感慨的林德夫人小聲地對瑪麗拉說。

滿臉通紅的佛雷德緩緩走進大廳，接著黛安娜也挽著父親的手走進來。她沒有昏過去，這場婚禮也沒有被任何意外給打斷。結束後，緊接而來便是熱鬧的宴會，隨著夜幕降臨，佛雷德和黛安娜在月光下啓程前往新居，吉伯則送安回到綠色屋頂之家。

在這場輕鬆又歡樂的晚宴中，兩人之間的情誼又回到往日。噢，再次和吉伯走在這條熟悉的小路上，感覺眞是太好了！

這個寧靜的夜晚，彷彿能聽見綻放的玫瑰在細細低語、雛菊花在嬉笑玩鬧，小草也在低吟淺唱。照耀著田野的月光，更讓整著世界都亮了起來。

「回家之前，要不要去『戀人小徑』走走？」兩人穿過「耀眼之湖」的吊橋後，吉伯詢問道。月亮的倒影宛如一朵溺水的金黃色大花，仰躺在湖面上。

安欣然答應。那天晚上，「戀人小徑」像是一條通往仙境的小路，在迷人的銀白色月光下閃閃發亮，充滿了神秘的色彩。曾經有段時間，和吉伯單獨散步變成一件太過危險的事，不過羅爾和克莉絲汀的出現已經平復了整個局面。安發現自己在和吉伯談天的過程中，一直在想克莉絲汀的事。離開金斯泊前，她見過克莉絲汀幾次，她們對彼此的態度都十分友善，然而，兩人的相識沒有昇華成友誼，因爲克莉絲汀顯然和安不是同一類型的人。

「你整個夏天都會待在艾凡里嗎?」吉伯問。

「不會,我下個星期要去東部的芭雷洛多。愛絲達·海瑟恩請我去幫她上七月和八月的課。他們學校有暑期班,可是她的身體不太舒服,所以我打算去幫她代課。從某個層面上來說,我覺得挺開心的。你知道嗎?我現在在艾凡里,開始覺得自己像個外來者了。雖然想起來很難過,可這卻是事實。這兩年來,許多孩子都長大成少男少女了,還眞是怪可怕的。我教過的學生有一半都長大成人了,看著他們占據我們以前常去的地方,讓我感覺自己老了許多。」

安笑了笑,隨卽嘆了口氣。她覺得自己變得好老,變得旣成熟又精明,不過這也說明了她以前有多年輕。她渴望回到從前那段快樂的時光,那時候的人生充滿美好的希望與幻想,還有難以言明的燦爛與美夢,可如今卻已永遠消失了,它們究竟去了哪裡?

「世事變遷啊。」吉伯說得有些心不在焉,讓安不禁懷疑他是不是在想著克莉絲汀。唉,現在黛安娜也走了,艾凡里的生活愈來愈寂寞了。

第30章 史金娜夫人的愛情故事

安走出芭雷洛多車站，看看四周有沒有人來接她。海瑟恩的信上說有一位名叫珍妮．斯威特的女子會與她同行，可是安完全沒有看見她說的那個人。唯一映入眼簾的只有一名坐在馬車上的老婦人，車廂裡還堆滿了包裹。

老婦人的體重目測至少有兩百磅，臉蛋跟滿月的月亮一樣圓潤通紅。她的五官平凡無奇，身上穿著十年前流行的黑色絨毛緊身洋裝，頭上戴著略帶髒污的黑色草帽，上面繫著黃色蝴蝶結，她的手上還穿戴了一雙褪色的黑色蕾絲手套。

「喂，你！」她對著安揮舞手上的鞭子。「你是芭雷洛多新來的老師嗎？」

「是的。」

「嗯，我猜得沒錯。芭雷洛多的老師都是以漂亮出名的，像米勒斯維爾學校的就是以不好看著稱。今天早上珍妮．斯威特問我能不能來接你，我就說：『可以啊，只要她不介意擠在一個小位子上就好。我的馬車太小了，根本不夠裝這些包裹，而且我比湯瑪斯的噸位還要大！』小姐，你等一下，我把這些包裹移開一點，想辦法讓你擠上來。這裡距離珍妮的家只有兩哩，她隔壁家雇用的小夥子晚上會幫你拿行李。我是阿米莉亞．史金娜。」

安好不容易才擠上車，過程中一直覺得有趣而笑出聲。

「出發吧，黑馬。」史金娜夫人對著馬匹下命令，胖胖的雙手同時收緊韁繩。「這是我第一次送包裹，因爲湯瑪斯今天打算要鋤田種蕪菁，所以請我替他送，我吃點東西後就出發了。我挺喜歡這份工作的，雖然的確是單調了點，有時候我會一邊坐著，一邊思考事情，不過剩下的時間都是乾坐著而已。駕！我想趕快回去，我不在家，湯瑪斯會很孤單的。要知道，我們才結婚沒多久哦！」

「這樣啊。」安禮貌性地回應。

「我們才結婚一個月。不過湯瑪斯追了我好長一段時間，那段過程眞的很浪漫。」

安努力想像史金娜夫人談戀愛的樣子，但她想不出來。

「這樣啊！」她又回了同樣的話。

「是啊，那時候還有另一個人在追求我。黑馬，駕！我當了好久的寡婦，大家都覺得我不會再結婚了，可是我女兒跑去西部教書後，我變得好孤單，不想再一個人過生活了。後來湯瑪斯就出現了，還有另一個名叫威廉·俄巴底亞·席蒙的男人。我一直不知道該選擇誰，他們又一直來找我，所以我感到很焦慮。你看啊，威廉是個有錢人，擁有一棟大房子，非常體面，是我遇過條件最好的人。黑馬，駕！」

「你爲什麼不嫁給他呢？」安問。

「因爲他不愛我。」史金娜夫人認眞地說。

安張大眼睛看著史金娜夫人，夫人的表情一點也不像是在開玩笑。顯然她覺得自己的故事並不可笑。

「他的太太過世三年了，家裡向來都是由妹妹打理。他妹妹嫁出去以後，他就想找個人替他操持家務。不過那棟房子很豪華，的確値得找人照料。黑馬，駕！湯瑪斯則是個窮光蛋，他的房子在晴天時沒有繼續漏水就要謝天謝地了，不過房子的外觀看起來倒還可以接受。不管怎樣，我愛的人是湯瑪斯，威廉的錢我一毛都不感興趣，所以我就對自己說：『克洛！』這是我娘家的姓氏，『你當然可以嫁給有錢人啊，但你不會快樂的。兩個人若是沒有愛，在這個世界就沒辦法一起過生活，所以你應該選擇湯瑪斯。因爲你們相愛，不會有人比他更合適你了。』黑馬，駕！後來我就跟湯瑪斯說要選他了。在準備結婚那段時間裡，我都不敢經過威廉家，怕看到他的漂亮房子會讓我動搖。可是現在已經不會了，跟湯瑪斯在一起的時光很自在也很幸福。黑馬，駕！」

「那威廉．席蒙是什麼反應？」安問。

「他有點生氣。不過，他已經找到一個瘦巴巴的老女士了，我猜那位女士很快就會接受他，而且會比他的第一任妻子要來得稱職。威廉本來不想娶他那任太太，只是礙於父親的要求，才開口求婚，可他萬萬沒想到，對方竟然答應了，這下他只好結婚了。黑馬，駕！他太太很會持家，但是小氣到不行。同樣一頂帽子她戴了十八年，後來終於買了新帽子，走在路上連威廉都沒認出她來。黑馬，駕！幸好我沒跟他結婚，不然現在我就會跟我的表妹珍．安一樣淒慘。她嫁給自己不愛的人，日子過得比狗還不如。上個星期她來看我的時候說：『史金娜太太，我真羨慕你。與其跟我丈夫住在豪宅裡，還不如跟喜歡的人住在路邊的破舊小屋。』珍的丈夫不是壞人，只是很愛唱反調。氣溫三十度了，他還堅持穿毛皮大衣，如果你希望他往東，那唯一的方法就是勸他往西，不過他們之間沒有愛做緩衝，這樣的生活方式不會幸福。黑馬，駕！空地那邊就是珍妮的家了，她取名叫『路邊小屋』，挺不錯的對吧？一堆包裹擠在旁邊，你應該很想趕快下車吧？」

「有一點，不過這一路上跟您聊得很愉快。」安誠摯地說。

「哪裡！」史金娜夫人高興地說。「等一下我要把這件事告訴湯瑪斯。每次我收到讚美，他都會很開心。黑馬，駕！好了，我們到了。希望你在學校一切順利。珍妮家後面的沼澤有一條捷徑通往學校，不過走那邊要特別小心，萬一掉進黑色的泥沼裡啊，你就會被吞進去，再也看不見東西，也聽不到聲音，直到接受審判的那一天，就像亞當．帕瑪的牛一樣。黑馬，駕！」

第31章 安給菲兒的信

親愛的菲兒：

又到了寫信給你的時候了。我現在來到芭雷洛多，再度成為鄉村學校的老師了，現在寄宿在珍妮·斯威特小姐的「路邊小屋」。珍妮是一個很友善的大美人，個子高得恰到好處，身材也很結實，一看她的肌肉線條就知道，她是個很有自制力的人。她有一頭柔順的棕色捲髮，裡面參雜著幾根白髮，紅潤的臉頰看起來十分開朗，溫柔的大眼和勿忘草一樣藍。而且，她做菜的方式很傳統，總愛端出油膩的大魚大肉給客人享用，完全不管別人會不會消化不良。

我很喜歡珍妮，她也很喜歡我，因為她有個早逝的妹妹，名字也叫做安。

我一抵達她家庭院，她就熱情地說：「歡迎你來。哇！你跟我想像的完全不一樣呢，我還以為你的頭髮是黑色的，像我妹妹就是黑髮，沒想到你竟然是一頭紅髮！」

有那麼幾秒鐘，我覺得珍妮可能不如第一眼那樣討人喜歡，但我提醒自己要更明理一些，不要因為別人說我是紅髮，就懷有偏見。說不定珍妮的字典裡壓根就沒有「紅褐色」這個字。

「路邊小屋」是個可愛的白色小窩，坐落在遠離街道的一塊小空地上。街道和房子中間是一片果樹園和花園，通往前門的走道以蛤蜊殼做裝飾。門廊上爬滿了五葉地錦，屋頂上則覆滿了青苔。我住在離客廳比較遠的小房間，裡面只塞得下我和一張床。床頭掛著一幅羅伯特·伯恩斯站在瑪麗·坎貝爾墳前的油畫[1]，而且墳墓還被一棵巨大的柳樹給籠罩在陰影下。畫中的羅伯特表情十分哀傷，讓我連做了好幾晚惡夢。我來這裡的第一個晚上，就夢到自己笑都笑不出來。

這裡的客廳小巧整潔，唯一的窗户被柳樹樹影遮蔽著，使得屋內呈現如綠色洞穴般的景象。椅子上裝有漂亮的椅套，地板也鋪著華麗的地毯。書籍和卡片都整齊地放置在圓桌上，壁爐台上則擺放了插著乾草的花瓶。花瓶中間有五個保存完好的已逝者名牌，分別記載了珍妮的父親、母親、哥哥和妹妹安，以及在這裡過世的一名雇工。要是我哪天突然發瘋了，特此聲明，肯定就是這些名牌造成的。

不過這還算是個舒適的地方，我也是這樣對珍妮説的。珍妮感到很滿意，像她就很討厭愛絲達，因為愛絲達説屋内太陰暗，很不健康，而且她拒絕使用羽毛被。我倒是很喜歡羽毛被，愈不衛生、愈多羽毛，我愈愛。珍妮還説看我吃東西的樣子很紓壓，她本來擔心我會跟愛絲達一樣，早餐只吃水果和喝熱水，甚至還勸戒她不要再吃炸物。愛絲達是個好女孩，但是她太愛跟隨流行了，她的問題在於缺乏想像力，而且容易消化不良。

珍妮説如果有男生來拜訪，我隨時可以使用客廳。不過我覺得不會有什麼人來，自從我來到芭雷洛多以來，除了山姆·托利弗之外，還沒見過半個青年，而且山姆也只是個高高瘦瘦，頭髮都還沒有長齊的小伙子而已。有天晚上，我和珍妮在前門廊做針線活時，他跑到前面花園的柵欄上呆坐了一小時，而這一小時裡他只說了這幾句話：「小姐們，吃顆薄荷糖吧！這對黏膜炎很有幫助哦。今天晚上的蟋蟀真多啊。」

可是這裡也有愛情故事正在發生。而我似乎註定要牽扯進長輩的戀愛事件裡，艾文夫婦總說是我促成了他們的婚姻，卡摩地的史黛芬·克拉克夫人也很感謝我給予她的建議，若是我沒告訴她的話，也許就被其他人捷足先登了。不過我真心覺得，要是我沒插手幫忙的話，魯多畢克可能遲遲還沒向迪奧朵拉求婚吧。

對於這裡的愛情故事，我只是一個被動的旁觀者而已。之前有一度想幫忙，卻把事情搞得一團糟，所以我再也不敢干涉他們了。等我們見面時，我再把來龍去脈告訴你。

1羅伯特·伯恩斯（Robert Burns, 1759-1796），十八世紀蘇格蘭詩人。於教堂遇見瑪麗並陷入熱戀，後瑪麗因生病而去世。

第32章

與道格拉斯夫人的茶敍

安來到芭雷洛多的第一個週四夜晚，珍妮邀請她一同參加禱告會。這天，平日裡相當節儉的珍妮打扮得十分華麗。她身穿淡藍色的棉布洋裝，上頭印著無數朵三色堇，裙襬上還加了許多打褶，頭上則戴著白色草帽，帽子上插著粉紅色玫瑰和三根駝鳥羽毛。安感到很驚豔，後來她也發現珍妮打扮的動機，就是從古至今都存在的愛啊。

芭雷洛多的禱告會幾乎都是女性，共有三十二名婦女、兩名小男孩、一名牧師和一名男子。安不自覺打量起這名男子。他長得不帥，年紀不輕，行爲舉止也不優雅；一雙腳修長得誇張，坐下時必須要交叉伸到椅子下才能安放，而且他還有駝背。他的手掌很大，頭髮雜亂，鬍子也未經修剪。不過安其實挺喜歡他的臉，除了善良、眞誠又溫柔外，還有一種難以形容的感覺。安想了半天，認爲他應該是遭受過苦難，並且堅強地度過了，他的表情透露出耐心和堅忍不拔，若是讓他上火刑場，非到最後關頭，他都會笑著面對吧。

祈禱會結束後，男子走向前對珍妮說：「珍妮，能讓我送你回家嗎？」

珍妮挽住他的手，「像十六歲少女第一次讓男生護送回家一樣，拘謹又害羞。」後來，安是這樣告訴「芭蒂之家」的女孩們的。

「雪莉小姐，請容我為你介紹，這位是道格拉斯先生。」珍妮僵硬地說。

道格拉斯先生對安點頭致意，並說：「剛剛在祈禱會上我一直在看你，想著這女孩長得真是漂亮。」

通常這種話很容易讓安感到不舒服，不過道格拉斯先生說話的方式讓她感受到那是真誠的讚美。她回以一個感謝的微笑，並刻意落後幾步，在月光照耀的小路上慢慢走在兩人背後。

珍妮有一個追求者呢！安為她感到高興。珍妮活潑、節儉、寬容又善於烹飪，一定會是個完美嬌妻。上帝若是讓她孤獨終老，那就太遺憾了。

「道格拉斯先生想邀請你去拜訪他母親。」隔天，珍妮對安說道。「她一直臥病在床，很久沒有踏出家門了，可是她非常好客，每次都想見見來我家寄宿的人。今天晚上你有空嗎？」

安答應了，然而那天下午，道格拉斯先生便代表他母親前來，邀請她們週六傍晚去喝杯茶。

「你怎麼不穿那件漂亮的三色堇洋裝？」兩人出發後，安問。

這天天氣十分炎熱，可憐的珍妮雖然懷抱著興奮之情，卻因為穿著厚重的黑色羊毛洋裝，而被活生生地烤著。

「我怕道格拉斯夫人會覺得太輕浮，雖然說道格拉斯先生很喜歡那件洋裝。」她愁悶地在後面加上這句話。

老舊的道格拉斯家距離「路邊小屋」大約半哩遠，就坐落在多風的小山頂上。房子又大又舒適，因爲年代久遠而散發出莊嚴的氣息，周圍環繞著楓樹與果樹，後方則有幾個乾淨整齊的大型穀倉。眼前的一切都代表著榮景，安不禁反思，道格拉斯先生臉上表露出的堅毅，或許是源自於負債和討債人吧。

道格拉斯先生在門口迎接她們，將兩人引領進門。他的母親正坐在客廳的扶手椅上等待著。由於道格拉斯的體型高大，安原以爲道格拉斯夫人會是高高瘦瘦的模樣，沒想到卻是個嬌小的女子。她柔嫩的臉頰透出粉色，藍色的眼眸寫著溫柔，小巧的嘴巴如嬰兒般紅潤，身上穿著美麗又時髦的黑色絲綢洋裝，搭配白色絨毛披肩，雪白的頭髮上戴著精緻的蕾絲帽子，整個人像極了布娃娃。

「親愛的珍妮，最近好嗎？」她溫柔地說。「眞高興再見到你。」她抬起臉龐，等待珍妮的親吻。「這位就是新來的老師吧？很高興認識你！我兒子不停誇讚你，聽得我都有些嫉妒了，換作是珍妮，肯定更不是滋味。」

珍妮漲紅了臉。

安禮貌地問候過，衆人便坐下來聊天。然而，整個過程並不輕鬆，連安都覺得有些尷尬，只有道格拉斯夫人能自在地談天。她讓珍妮坐在她身旁，不時就拍拍她的手。珍妮雖面帶微笑，但那件醜陋的洋裝讓她看起來十分不舒服，而約翰．道格拉斯先生則一笑也不笑地坐在一旁。

道格拉斯夫人溫柔地請珍妮幫忙倒茶，讓珍妮的臉更紅了，不過還是遵從了老夫人的吩咐。

後來，安寫信向史黛拉分享這場茶敍故事。

我們吃了牛舌冷盤、烤雞、醃漬草莓、檸檬派、水果餡餅、巧克力蛋糕、葡萄乾餅乾、磅蛋糕和水果蛋糕，而且還不只這些，還包括焦糖派等食物。我已經吃了超過平常食量的兩倍，沒想到道格拉斯夫人竟嘆了一口氣，說她準備的食物都不夠合我胃口。

「恐怕珍妮的廚藝已經把你的胃口慣壞了吧。」她溫柔地說。「她的廚藝在芭雷洛多可是無人能敵呢。雪莉小姐，再吃一塊派吧，你幾乎沒吃多少東西嘛。」

史黛拉，我可是吃了一整份牛舌和烤雞，再加上三塊餅乾和一堆草莓，還有一塊派、一塊餡餅和一塊蛋糕耶！

喝完茶，道格拉斯夫人和藹地笑了笑，要約翰帶「親愛的珍妮」到花園摘一些玫瑰。「這段時間，雪莉小姐就留下來陪陪我，好嗎？」她用哀傷的口氣說，接著坐在椅子上嘆氣。

「雪莉小姐，我這個老太婆身體很差。這二十幾年來，一直被病痛折磨得死去活來，而這漫長的時光，也讓我一步步逼近死亡。」

「您肯定很痛苦吧！」安試著表現出同情心，結果卻覺得自己很愚蠢。

「數不清有多少個夜晚，他們都以爲我見不到明天的太陽了。」道格拉斯夫人嚴肅地說。「沒有人知道我經歷了什麼痛苦，只有我自己最清楚。不過，這樣的日子也快結束了。雪莉小姐，我的漫長人生就快走到盡頭了，而我走了以後，約翰會有一個這麼賢慧的太太照顧他，我覺得很安心，眞的很安心。」

「珍妮是個好女人。」安發自內心地說。

「是啊！她的性格很好，持家方面又很拿手，這點跟我完全不一樣，因爲我的健康狀況根本就不允許。我眞的很慶幸約翰做了明智的選擇，我相信他會過得很幸福。他可是我唯一的兒子，雪莉小姐，我最牽掛的就是他的幸福了。」

「當然。」安傻呼呼地回應。這是她有生以來第一次犯傻，可是她又摸不淸楚原因。對於這位溫柔拍著她手又宛如天使的老婦人，她似乎完全不知道該回些什麼話才好。

「珍妮，記得要再來看我哦！」安和珍妮準備離開時，道格拉斯夫人親切地說。「你來的次數太少啦，不過我相信以後約翰就會把你帶進門，長久住下來囉。」這時，安瞥了道格拉斯先生一眼，隨即被嚇了一跳。他看起來像是飽受折磨，快要忍不住了一樣。安覺得他一定是身體不舒服，於是趕緊催促紅著臉的珍妮回家。

「道格拉斯夫人很親切對吧？」回程的路上，珍妮問。

「嗯——」安心不在焉地回應。她不停想著，道格拉斯先生爲何會露出這樣的表情呢？

「她一直很痛苦。」珍妮感慨地說。「發作時很嚴重，所以道格拉斯先生很擔心。他深怕母親發病時，除了女傭之外沒人陪在她身邊，所以一直不敢離家太久。」

第33章 二十年的歲月

三天後，安下課回到家，發現珍妮竟然在哭泣。淚水和珍妮是這麼格格不入，讓安感到十分擔憂。

「發生什麼事了？」安焦急地問。

「我……我今天就四十歲了！」珍妮一邊啜泣一邊說。

「昨天不就快四十歲了嗎？你也沒覺得傷心啊。」安試著安慰她，努力不讓自己笑出聲。

「可是……」珍妮哽咽了一下，又繼續說：「約翰．道格拉斯都不向我求婚！」

「他會向你求婚的。」安說得很沒把握。「珍妮，你就給他一些時間吧。」

「給他時間？」珍妮語帶嘲諷地說。「我已經等他二十年了，他到底需要多久時間才夠？」

「你是說，道格拉斯先生已經和你交往了二十年？」

「沒錯，但是他從來沒有跟我提過結婚，以後也不可能會提了。這些事情我都沒有跟別人講過，可是再不說出口我就要發瘋了！二十年前，我和約翰開始交往，那時我的母親尚還健在，他不停過來拜訪，一段時間後，我就開始縫被單和其他東西做結婚的準備，然而他始終不提結婚的事，只是不斷過來拜訪，而我也不知道如何是好。我們在一起八年後，我母親去世了，當時我以爲他見我孤身一人的模樣，會開口求婚。他是眞的對我很好、很體貼，盡心盡力爲我付出，但他就是絕口不提婚姻。然後事情就這樣，一直拖到現在了。大家都覺得是我的問題，說我是因爲他母親病重，不想要幫忙照顧才不嫁給他，可是我很想去照顧他母親啊！我沒有做任何辯解，我寧可被責怪，也不想被同情。約翰不願意向我求婚，眞的讓我很難堪。可他爲什麼不求婚呢？要是我知道原因的話，就不會那麼難過了。」

「也許是他母親不讓他結婚。」安提出想法。

「不可能！她每次都對我說，希望在離開人世前，看到約翰完成終身大事。她也都會暗示約翰啊，那天你也聽見了。我簡直想鑽進地洞裡。」

「這眞是考倒我了。」安無助地說。她想起魯多畢克，可是兩邊的情形又不太一樣，而且道格拉斯先生跟他也不是同一類型的人。

「珍妮，你得打起精神來。」安堅定地說。「既然如此，你怎麼不早早甩了他？」

「我做不到，」珍妮可憐兮兮地說。「安，我已經愛他愛得無法自拔了。他要繼續來找我，或者不來找我都無所謂，反正除了他之外，我從來沒有愛過任何人。」

「說不定你這樣做能刺激他，讓他像個男子漢開口向你求婚。」安慫恿著。

珍妮搖搖頭。

「還是不要了。我不敢冒險，我怕他以爲我是認眞的，從此就離開我了。我大概就是個懦弱的人吧，但這就是我的心情，我也控制不了。」

「珍妮，你做得到的，現在振作還不遲。你要先堅定立場，讓對方知道你不會再忍受他的優柔寡斷了！珍妮，我會幫助你的！」

「我沒把握。」珍妮不抱希望地說。「我不知道能不能鼓起勇氣，畢竟事情已經拖了好久，不過我會認眞考慮看看。」

安對約翰．道格拉斯感到很失望。她本來對他印象很好，想不到他竟然會玩弄一個女人的感情長達二十年。他非受到教訓不可，安已經開始期待這個場面了。因此隔天晚上，兩人前往禱告會的路上，珍妮對安說她決定要「硬起來」時，安感到非常開心。

「我會讓約翰明白，我再也不願意被踐踏了！」

「這就對了！」安大聲地說。

禱告會結束後，約翰．道格拉斯跟往常一樣，準備送珍妮回家。珍妮雖然有些慌張，但她的意志使她堅決地說：

「不用了，謝謝。我都走了四十年了，自己就認得回家的路，所以就不勞煩您了，道格拉斯先生。」

安一直注意著約翰．道格拉斯。在明亮的月光下，安又看見他臉上出現痛苦的表情，他一言不發，轉身往另一個方向大步走去。

「等一下！等一下！」安對著他的背影用力吶喊，完全不顧一旁看得目瞪口呆的旁觀者。「道格拉斯先生，請你回來啊！」

約翰．道格拉斯總算停下腳步，但他沒有走過來。安趕緊跑過去，抓住他的手，將他拖回珍妮身邊。

「你必須回來。」安懇求道，「道格拉斯先生，這是一場誤會，全都是我的錯，是我讓珍妮這麼做的，她不是自願的。不過現在已經沒事了，對吧，珍妮？」

珍妮沒有說話，只是挽起道格拉斯先生的手離開。安乖乖跟在後面，悄悄從後門溜進屋。

「你眞是個可靠的幫手。」珍妮挖苦道。

「珍妮，我也沒辦法。」安後悔地說。「我就像是旁觀了一場謀殺案，不得不去把他追回來。」

「還好你有去追他。當我看著他走遠，彷彿生命中僅存的幸福和喜悅都隨著他消失了。那種感覺眞是糟透了。」

「他有問你爲什麼這麼做嗎？」安問。

「沒有，半個字也沒提。」珍妮無精打采地回答。

第34章

道格拉斯的坦白

安對於事情的進展仍懷抱一絲希望，但是一切都沒有改變。約翰·道格拉斯和往常一樣，帶著珍妮去兜風，在禱告會後送她回家，彷彿往後的二十年，也會這樣持續下去。

夏天過去了。這段期間，安在學校裡教書、寫信，還讀了一些書。她喜歡從沼澤那條路往返學校，這段美麗的路程總是讓她感到心情愉快。這片沼澤鋪滿綠油油的青苔，中間有條銀色小溪蜿蜒而過，一旁的雲杉林筆直聳立，樹幹上覆滿了灰綠色的青苔，樹根旁也長滿了各式各樣的可愛植物。

儘管如此，安還是覺得芭雷洛多的生活有些無聊，只發生了一件特別有趣的事。

自從那天傍晚，高高瘦瘦、駝背又帶著薄荷糖的山姆來訪之後，安就幾乎沒看見他了，只有幾次在路上遇到而已。然而，在一個溫暖的八月夜晚，山姆又出現了，表情嚴肅地坐在門口的長椅上。他穿著滿是補丁的褲子、手肘處已經破洞的藍色棉布襯衫，以及一頂破爛的草帽，這一身是他的工作裝。他嘴裡嚼著一根稻草，眼神注視著安。安嘆了口氣，放下手上的書，並收起她的小帕巾。她完全沒想到山姆會跟她交談。

經過一陣漫長的沉默後，山姆突然開口。

「我要離開那裡了。」他用稻草指了指鄰居家。

「喔，是嗎？」安客氣地回答。

「沒錯。」

「那你要去哪裡呢？」

「嗯，我一直在考慮找個房子，米勒斯維爾那裡有一間很適合我。不過我要是租下來，就打算要找個太太了。」

「這樣也好。」安敷衍地說。

「沒錯。」

又一陣漫長的沉默後，山姆終於丟掉稻草，說：

「你要不要跟我一起？」

「什麼！」安驚呼出聲。

「你要不要跟我一起？」

「你是說……跟你結婚？」安小聲地問。

「沒錯。」

「我跟你一點都不熟。」安憤怒地說。

「等我們結婚之後，就會熟了。」山姆說。

安收拾起殘餘的自尊。

「我絕對不可能嫁給你。」她高傲地說。

「你可能找不到像我條件這麼好的了。」山姆勸道。「我工作勤奮，銀行還有些存款。」

「以後別再對我提起這種話了。你怎麼會有這種想法啊？」安的幽默感戰勝了她的憤怒。這個情況眞是太可笑了。

「因爲你長得很漂亮，走路的樣子很好看。」山姆說。「我不喜歡懶惰的女人，你好好考慮一下吧，我暫時不會改變心意。好了，我得去擠牛奶了。」

這幾年，安對於求婚的幻想遭受過太多次打擊，早已看開了，所以這一次她可以一笑置之，不在心裡留下傷痕。那天晚上，安模仿山姆的樣子給珍妮看，兩個人笑成一團。

安在芭雷落多的日子卽將來到尾聲。而在這一天下午，亞歷克．沃德十萬火急地來到「路邊小屋」找珍妮。

「他們讓你趕去道格拉斯家。」他說。「道格拉斯夫人假裝了二十年，這次眞的要死了。」

珍妮趕緊跑去拿帽子。安則詢問道格拉斯夫人的狀況是否比之前還要糟糕。

「沒有比以前糟糕，」亞歷克認眞地說。「所以我才覺得情況不妙。以前她都會大喊大叫，還會不停在床上打滾，可這次她只是靜靜躺在床上。她沉默就表示情況很嚴重了。」

「你不喜歡道格拉斯夫人嗎？」安好奇地問。

「貓就該是貓的樣子，披著面具的貓我可不喜歡。」亞歷克隱晦地說。

珍妮在傍晚時分回到家。

「道格拉斯夫人走了。」她無精打采地說。「我剛到沒多久，她就死了。她只對我說了一句：『你準備嫁給約翰了吧？』安，這句話讓我感到心碎，連約翰的母親都以爲我是不想照顧她才不結婚的！可我什麼也不能說，那裡還有其他女人在場，我眞慶幸約翰當時不在。」

珍妮傷心地哭了起來。安替她泡了一杯薑茶安慰她，後來才發現裡面錯放成白胡椒了，可是珍妮完全沒有發現。

葬禮過後，珍妮和安坐在前門階梯上看夕陽。松樹林裡的風沉睡下來，北方天空出現幾道可怕的閃電。珍妮穿著難看的黑色洋裝，模樣看起來十分狼狽，眼睛和鼻子也因爲哭泣的關係，變得紅通通的。她們沒說幾句話，因爲珍妮似乎不喜歡安總是要她振作。她顯然比較喜歡沉浸在痛苦之中。

突然間，門喀嚓一聲被打開，道格拉斯大步穿過花園，踩著天竺葵筆直朝她們走來。珍妮和安都站起來。安的個子很高，又穿著白色洋裝，可是道格拉斯的眼裡根本瞧不見她。

「珍妮，」他說，「你願意嫁給我嗎？」

他說這句話時，像是已經藏在心裡二十年，不管發生什麼事，都要說出來一樣。

珍妮這時的臉因爲哭泣而紅到沒辦法再紅了，變成有點奇怪的紫色。

「爲什麼你不早點向我求婚？」她的語氣沉重。

「我不能，母親要我發誓絕對不能求婚。十九年前，她病得很嚴重，我們都以爲她沒辦法度過難關了，當時她求我保證，不要在她活著的時候向你求婚。那時醫生說她活不過六個月，可即便她剩下的日子不多了，我也不想答應這種事。沒想到她拖著病重的身體，跪下來哀求我，我只好答應她了。」

「你母親爲什麼不喜歡我？」珍妮大聲質問。

「沒有，不是這樣的。她只是不想要有其他女人走進我們母子的生活。她說如果我不答應，就要死在我面前，而我就會成爲害死她的人。所以我答應她了。從那次之後，她就一直逼我信守諾言，就算是換我跪下來求她讓我解脫，也沒有用。」

「你爲什麼不告訴我？」珍妮哽咽地問。「要是我知道，就不會那麼難過了！你究竟爲什麼不告訴我？」

「她要我發誓不告訴任何人。」約翰的聲音變得沙啞。「她要我對著聖經發誓，珍妮，要是我知道會拖這麼久，我肯定不會答應的。珍妮，你不知道這十九年來我有多痛苦。我明白你也受了很多苦，你還願意嫁給我嗎？珍妮，你願意嗎？我解脫的那一刻，就跑來找你了。」

這時，驚呆的安回過神來，發覺自己不該待在這裡。她悄悄離開了，直到隔天早上才見到珍妮，聽她把剩下的故事說完。

「眞是個殘酷無情又善於欺騙的老太婆！」安大聲喊道。

「噓！她已經過世了。」珍妮嚴肅地說。「既然她已經走了，就別再說她的不是了，反正我最後還是得到幸福了。如果我早知道原因，就不會在乎等這麼久的時間了。」

「婚禮何時舉行？」

「下個月，我們會低調進行，不然別人肯定會說些很難聽的話，像是他母親一死，我就急著嫁給他。約翰想把眞相說出來，可是我跟他說：『約翰，別這麼做，再怎麼說她都是你的母親，這件事我們兩個知道就好，別讓她的名聲染上陰影。別人怎麼說我都不會在意，只要我明白眞相就夠了，就讓這件事跟她一同埋進土裡吧。』最後他終於被我說服了。」

「珍妮，你實在太寬宏大量了，我永遠也沒辦法像你一樣。」安有些不高興地說。

「等你到我這個年紀，對很多事情的看法就會不一樣了。」珍妮寬容地說。「這就是隨著我們成長所要學習的課題之一，那便是寬恕。四十歲會比二十歲還要容易做到的。」

第35章

在雷蒙的最後一年

「我們又回到這裡了，大家現在都像賽跑選手一樣，曬得很黑，心情很好呢！」菲兒坐在行李箱上，發出滿足的嘆息。「再次回到熟悉的『芭蒂之家』，看見詹姆西娜阿姨和貓咪們，眞令人愉快啊！拉斯帝的另一隻耳朵是不是也斷了啊？」

「要是他兩隻耳朵都沒了的話，就成了全世界最可愛的貓了。」安坐在自己的行李箱上，看著拉斯帝在她腿上不停扭動，向她表現出熱烈的歡迎。

「阿姨，看到我們回來，你不高興嗎？」菲兒問。

「高興啊，但我希望你們趕快把行李整理好。」詹姆西娜阿姨看著四名說說笑笑的女孩旁邊散落一地的行李，不禁感到無奈。「你們可以待會再繼續聊，先工作再享樂，這是我年輕時的座右銘。」

「哦！我們這個世代不過是把它反過來而已嘛。我們的座右銘是盡情享樂，再埋頭苦幹。先玩得盡興，工作才能做得好啊。」

「如果你要嫁給牧師，」詹姆西娜阿姨抱起約瑟夫和針織品，渾然天成的氣質，讓她化身成高高在上的舍監。「就不能再說『苦幹』這種話了。」

「爲什麼不行？」菲兒不滿地說。「爲什麼牧師的妻子說話就只能裝腔作勢？我才不要這樣呢！派特森街的人講話也都用俚語，如果我不入境隨俗，他們會以爲我很傲慢的。」

「你把這消息告訴你家人了嗎？」普莉希拉一邊問，一邊從午餐籃拿食物餵給雪拉貓。

菲兒點點頭。

「他們的反應如何？」

「我母親氣炸了。但是我的立場很堅定，我之前可從沒有對一件事這麼肯定過呢。父親倒是很冷靜，因爲我爺爺也是牧師，所以他對這個職業有特殊的情感。等我母親比較冷靜後，我就帶著喬到『荷利山莊』見他們，結果他們都很喜歡他。可是母親每次都在話裡加一些可怕的暗示，說她原本對我的期望有多高。唉，我的假期不太順遂啊，不過，我終於能和喬結婚了，其他事都不重要了。」

「那只是你的想法。」詹姆西娜阿姨不高興地說。

「喬也是這麼想啊。」菲兒回嘴。「爲什麼你老是覺得他很可憐呢？大家應該要羨慕他才對，因爲他得到聰明、貌美又善良的我了！」

「還好我們都知道，你說話就是這樣。」詹姆西娜阿姨耐著性子說。「在陌生人面前最好收斂點，不然可不知道別人會作何感想。」

「我才不管別人怎麼想。如果總是在意別人的眼光，日子肯定會過得很不自在。而且，我也不相信詩人羅伯特・伯恩斯的禱告有多眞誠。」

「是啊，我們禱告的內容其實都跟眞實想法不一樣，要是我們能誠實面對內心想法就好了。」詹姆西娜阿姨坦率地承認。「其實禱告時心口不一就很難靈驗。我曾經祈禱自己能夠寬恕某人，後來我才發現，我心裡根本就不想要原諒她，等到我發自內心釋懷後，也不必爲此禱告了。」

「沒想到阿姨那麼會記仇。」史黛拉說。

「是啊，我以前總會心懷怨恨，可是隨著歲月過去，就會發現根本不值得。」

「這讓我想起了一件事。」安把約翰和珍妮的故事說給大家聽。

「快把你信上提到的浪漫場面也告訴我們啊！」菲兒要求道。

安把山姆求婚的過程，徹底模仿了一遍，女孩們全都大笑出聲，詹姆西娜阿姨也在旁微笑，只是嚴肅地說了：「這樣取笑自己的追求者可不好。不過，」她隨卽平淡地加上一句：「我也常這樣。」

「阿姨，說說你的追求者吧！」菲兒懇求道。「你以前肯定很多人追。」

「什麼以前？」詹姆西娜阿姨反駁。「我現在也有追求者。在我的家鄉，就有三個老鰥夫一直對我拋媚眼呢！你們不要以爲全世界只有你們才有追求者。」

「可是鰥夫和媚眼，聽起來一點都不浪漫耶。」

「也不是每個年輕人都很浪漫啊！我的追求者裡面，就有幾個是這樣，我還經常取笑他們，眞是太可憐了。第一個叫吉姆．艾伍德，他很愛做白日夢，經常搞不清楚狀況，我都拒絕他一年了他才發覺。他婚後有一次從教會回家，太太從雪橇上掉下去，他還渾然未覺呢。第二個叫丹．溫斯頓，他懂的事情太多了，不但上知天文，下知地理，連未來會發生什麼事他都知道。從來沒有一個問題能難倒他，就連末日審判哪天到來，他也一淸二楚。第三個是米爾頓．愛德華，他是個非常好的人，我很喜歡他，但最終我沒有嫁給他。因爲他需要花費一整個星期，只爲了去想一個笑話，而且他也不曾向我求婚。第四個是霍雷肖．里夫，他是所有追求者中最有趣的，可是他說話總會加油添醋，讓我搞不懂他究竟是在說謊，還是想像力過剩。」

「阿姨，那其他人呢？」

「快去整理行李吧。」詹姆西娜阿姨本來要用縫衣針示意女孩們走開，結果錯把約瑟夫舉起來。

「其他幾個人都太善良了，我不忍心取笑他們，那些都是値得珍視的回憶。安，你房間有一箱花，一小時前送來的。」

一個星期後，「芭蒂之家」的女孩們開始用功念書。這是她們在雷蒙的最後一年，必須努力取得優異的成績畢業。安專心研讀英國文學，普莉希拉埋首於古典文學，菲兒則努力專攻數學。有時她們會感到疲累，有時覺得洩氣，有時還會懷疑這樣認眞是否値得。

十一月的一天夜裡，屋外下著傾盆大雨，心煩意亂的史黛拉來到了安的房間。只見安坐在燈光投射出的小圓圈裡，身旁堆滿了皺巴巴的手稿。

「你在做什麼啊？」

「我在看以前『故事社』的作品，藉此振奮一下精神。最近念書念到眼前都變成一片藍了，我就把這些稿子從皮箱翻出來，這些故事全是淚水和悲劇，讀起來還挺好笑的。」

「我也覺得好憂鬱、好沮喪喔。」史黛拉癱軟在椅子上。「我覺得這一切都好沒有意義，我一直在想，我們活著究竟有什麼用？」

「親愛的，你會這樣想，單純是因為用腦過度和天氣的緣故。苦讀了一整天後，又碰到這樣的大雨，除非你是狄更斯筆下那個總是很開朗的馬克·塔普利，不然任誰都會感到低落的。其實你很清楚，活著是很有意義的。」

「唉，大概吧，可是我說服不了自己。」

「你就想想古代的那些聖賢吧，」安用幻想般的語氣說。「能出生在他們未來的世代，繼承他們的智慧與成果，不是很有意義嗎？我們還能夠把這些精神傳承下去，為後世付出努力，開闢一條道路，讓他們的未來可以更輕鬆，這些都很有價值。」

「安，我同意你的看法。可是我心情還是很低落。每到下雨夜晚，我就會變得意志消沉。」

「有時候，我挺喜歡下雨的夜晚。我會躺在床上，聆聽雨滴落在屋頂和松樹的聲音。」

「我只希望雨水停留在屋頂上。」史黛拉說。「不過這願望很難實現。去年夏天，我在鄉下的老舊農舍度過了可怕的夜晚。它的屋頂會漏水！導致雨水不停落到我床上，那個場景一點都不詩情畫意。我不得不在半夜裡摸黑爬起來，把床移來移去躲雨，而且那還是張傳統的堅固大床，大約有一噸重吧。然後雨水就這麼滴滴答答持續了一整夜，搞得我都快精神崩潰了。你不知道半夜大雨打在地板上的聲音有多詭異，就像是幽靈的腳步聲一樣。安，你在笑什麼啊？」

「笑我翻出來的這些故事。菲兒看了肯定受不了，因爲結局大家全死光了。我們創作出來的女主角都好浮誇，打扮也好花俏啊！我讀給你聽，她們總是穿著一身絲綢緞子、寶石和蕾絲，不會有其他東西。你看，琴．安德羅斯寫的一篇故事裡，女主角的睡衣竟然是一件鑲著許多珍珠的白色綢緞睡袍呢！」

「再說一些給我聽，」史黛拉說。「我覺得人生只要有歡笑，活著就有意義了。」

「這個是我寫的。女主角穿梭在舞會之中，『從頭到腳都佩戴著最高等級的大鑽石，整個人光彩奪目。』不過打扮得漂亮、華麗有什麼用？『榮華的道路，終點仍是墳墓。』[1]他們最後不是被謀殺，就是心碎而亡，沒有人逃得過。」

「讓我看看你寫的故事。」

「這一份是我最得意的作品。你看，它的標題叫做《我的墳墓》。我當時可是一邊寫一邊流淚呢！其他女孩聽完，也流了好幾桶淚水。那個星期，琴的母親看見洗衣籃裡多了好幾條手帕，還把她臭罵了一頓。這是關於一個牧師太太四處流浪的悲慘故事。爲了讓她四處漂泊，我把她設定爲循道宗的教徒。她每到一個地方，就會埋葬一個孩子。算下來總共有九個，他們的墳墓都相隔遙遠，從紐芬蘭一路到溫哥華。我描寫了孩子們的背景、臨終前的模樣，還細細描述了墓碑和碑文。我本來打算把九個孩子都埋葬，但寫到第八個時，突然沒了靈感，所以就讓第九個孩子變成殘疾，存活下來。」

史黛拉讀著《我的墳墓》，看到淒慘的段落便咯咯笑出聲，平時夜不歸宿的拉斯帝，現在也蜷縮在琴的手稿上睡覺，那是關於一名十五歲少女到痲瘋病區當看護的故事，當然她最後也染病而死了。安看著這些手稿，回憶起故事社的成員坐在雲杉林下或是小河邊的蕨類旁，一起創作的時光。那段日子多快樂啊！

安讀著故事的同時，彷彿又回到陽光明媚且充滿歡笑的夏季時光。那是希臘的繁華和羅馬的壯觀都創造不出的趣味與感動。在這些手稿中，安發現一篇寫在包裝紙上的故事，想起寫下故事的時間和地點，安的灰色眼眸裡盈滿了笑意，那天她還從柯布家的鴨舍屋頂掉下來呢。

安稍微瀏覽一下內容，隨即沉浸在故事裡。那是野生的金絲雀與花園守護神在紫苑花和豌豆間的一場簡短對話。讀完後，安凝望著天空。等史黛拉離開房間，她把這份皺巴巴的手稿撫平，然後堅定地說：「我相信我做得到！」

1引用自英國詩人湯瑪斯・葛雷（Thomas Gray, 1716-1771）的詩作《墓畔輓歌》（*Elegy Written in a Country Churchyard*）。

第36章

加德納夫人的到訪

「詹姆西娜阿姨，你有一封從印度寄來的信。」菲兒說。「史黛拉收到三封信，普莉希拉有兩封，這封厚厚的信是喬寄給我的。安，你只有一封通知信。」

菲兒把信扔給安的時候，沒有人發現她漲紅了臉。幾分鐘後，菲兒抬起頭，看見安一臉興奮的樣子。

「安，有什麼好事發生嗎？」

「『青年之家』採用了我兩週前投稿的作品！」安努力裝出很習慣的樣子，但是不太成功。

「安．雪莉！你眞是太厲害了！故事內容是什麼？何時刊登？有沒有稿費？」

「有，他們寄了十美金的支票給我，編輯還說希望看到更多我的作品。我一定會再繼續投稿的。這是在箱子裡翻到的舊手稿，我把它重寫了一遍才寄過去。我沒想到會被採用，因爲這篇文章沒什麼劇情。」安不禁回想起〈艾薇兒的贖罪〉所引發的難堪事件。

「安，你打算怎麼用那十塊錢？不如我們一起到城裡喝個爛醉吧！」菲兒提議。

「我要拿去揮霍！」安高興地宣布。「畢竟這筆錢沒被污染過。不像發酵粉公司給的支票，雖然我拿去買實用的衣服，但每次穿上都覺得很討厭。」

「『芭蒂之家』出了個活生生的作家耶！」普莉希拉說。

「這可是責任重大哦。」詹姆西娜阿姨嚴肅地說。

「的確如此。」菲兒也認眞地附和。「作家都很難捉摸，你永遠不知道他們何時會冒出來，或者寫什麼故事。安可能會把我們寫進去也說不定。」

「我的意思是，爲報刊寫稿要背負重大的責任，」詹姆西娜阿姨的口氣很嚴肅。「我希望安能明白這一點。我女兒出國前也會寫作，不過她現在已經把重心放到更有價値的事情上了。她總說她的座右銘是：『千萬不要寫出會讓你死後蒙羞的字句。』安，如果你要朝文學發展，最好也把這句話當作自己的座右銘。不過……」詹姆西娜阿姨一臉困惑地補充。「伊莉莎白每次說這句話時都會笑個不停，我也搞不淸楚她後來怎麼就跑去當傳教士了。我心懷感激，我也曾向上帝禱告，希望她成爲傳教士。不過，她要是沒有做這決定就好了。」

詹姆西娜阿姨搞不懂爲何女孩們聽完全笑了出來。

那一整天，安的眼裡都散發著光芒，對於文學的野心開始在她的腦中萌芽。她帶著愉快的心情去參加珍妮．庫柏擧辦的健走活動，就連看見吉伯與克莉絲汀一同走在她和羅爾前方，也絲毫沒有減緩她心中的熱情。不過，她還沒有陶醉到對周邊事物渾然未覺的程度，例如她就發現，克莉絲汀走路的姿態一點也不優雅。

「吉伯大概只看到她的臉蛋吧。男人全都一個樣。」安鄙視地想。

「星期六下午你在家嗎？」羅爾問。

「嗯。」

「我母親和妹妹們想要去拜訪你。」羅爾平靜地說出這句話。

安忽然感到一陣顫抖，卻不是高興的緣故。她從未和羅爾的家人見過面，可她明白羅爾話裡的含意。然不知何故，她心中竟湧起一股難以挽回的恐懼。

「我很期待見到她們。」安機械式地回應，但她不禁懷疑自己真的這樣想嗎？照理說她應該期待才對，可是這次見面會不會變成一場考驗？安有聽到傳聞，羅爾的家人已經知曉他「迷戀」自己的事了。羅爾肯定有在拜訪這件事上施加壓力，屆時，安勢必會被她們品頭論足。然而，不管羅爾的母親和妹妹是不是自願的，都代表著安有可能成爲他們家族的一員。

「我要做我自己，不必刻意博取他人的好感。」安高傲地想。但她也開始猶豫週六下午要穿什麼衣服才好？把頭髮梳高一點會不會比較好看？這下安已經享受不了健走活動的樂趣了。

到了晚上，安終於決定好穿褐色的雪紡洋裝，不過頭髮就不梳高了。

星期五下午，女孩們剛好都沒有課。史黛拉趁機撰寫關於科學研究會的論文，她坐在客廳的角落，筆記和手稿散落一地。她總說寫完一頁就得把紙丟到旁邊，不然她會寫不出東西。安穿著棉絨上衣和長裙，頭髮因爲剛散步回來而有些凌亂，她正坐在地板中間，用許願骨逗弄雪拉貓，約瑟夫和拉斯帝則舒舒服服地窩在她的大腿上。由於普莉希拉在廚房烹飪的緣故，整間屋子充滿梅子的溫暖香氣。沒多久，她穿著大一號的圍裙走出來，鼻子上還沾著麵粉，將做好的巧克力蛋糕拿給詹姆西娜阿姨鑑賞。

這時，門口忽然響起敲門聲，除了菲兒之外，大家都沒有發現。她以為是之前買的帽子送到了，興奮地跑去應門，沒想到站在門口的卻是加德納夫人和她的兩個女兒。

安趕緊把腿上的兩隻貓放下來，然後站起身，下意識將許願骨從右手換到左手。原本要穿越客廳走回廚房的普莉希拉，驚慌失措地把蛋糕塞進爐邊沙發的坐墊下，隨即衝上樓。史黛拉開始拚命收拾地上亂七八糟的稿子。只有詹姆西娜阿姨和菲兒仍保持鎮定，也多虧了兩人，大家很快就平靜下來，連安也不例外。普莉希拉脫下圍裙，擦掉臉上的麵粉後便走下樓，史黛拉已經把角落整理得乾乾淨淨，菲兒則上前與客人搭話，拯救了這個場面。

加德納夫人是位身材高瘦又貌美的婦人，身上穿著精緻的衣裳，雖然表現得很熱情，但看起來有些不情願；艾琳·加德納則是她母親的翻版，可是她缺乏親切感，雖試圖裝出友善的模樣，但表現出來的只有高傲與自大；而桃樂絲·加德納看起來則是個活潑、機靈又頑皮的女孩。安知道她是跟羅爾最親近的妹妹，所以對她很有好感。如果她的眼睛是深邃的黑色，而不是淘氣的褐色，看起來就會跟羅爾一模一樣。

多虧有桃樂絲和菲兒在場，這場會面進行得還算順利，只是氣氛稍嫌緊張，過程中還發生了兩個小意外。拉斯帝和約瑟夫因為無人理會，開始了他們的追逐遊戲，兩隻貓猛然跳到加德納夫人覆著絲綢裙布的大腿上，又跳下來繼續衝刺。加德納夫人戴上眼鏡，像是從沒見過貓一樣，難以置信地注視著兩隻貓跑來跑去的身影。安努力忍住笑，不停地向她道歉。

「你喜歡貓？」加德納夫人的語氣帶著一絲不認同。

安雖然對拉斯帝有濃厚的情感，卻沒有特別喜歡貓，可是對方的語氣讓她聽了很惱怒。她不禁想到布萊斯夫人有多喜歡貓，她在丈夫的同意下，幾乎養了一整屋的貓呢。

「牠們很可愛吧？」安故意說。

「我不太喜歡貓。」加德納夫人委婉地說。

「我很喜歡啊。」桃樂絲說。「貓是可愛又自私的動物，像狗就太過純眞善良了，搞得我渾身不自在，相較之下，貓跟人簡直一模一樣。」

「你們這兒有兩隻漂亮的瓷器狗啊，我可以靠近點看嗎？」艾琳說著便朝壁爐走去，無意間引起另一場意外。她拿起馬狗狗，然後直接從藏著蛋糕的坐墊坐下去。安和普莉希拉覺得不妙，互看了一眼，卻也無能爲力。艾琳就這麼坐著，不停討論瓷器狗，直到她們準備離開。

桃樂絲走在最後面，握著安的手，小聲地說：

「我們肯定能成爲好朋友，羅爾跟我說了好多關於你的事呢！我是家裡唯一能讓他傾訴的對象，沒有人想把心事告訴媽媽和艾琳，你也看得出來吧？你們在這裡的生活一定很有趣，我可以經常過來和你們一起分享喜悅嗎？」

「只要你願意，歡迎你常來玩。」安誠摯地說，幸好羅爾還有一個討人喜歡的妹妹。安能肯定地說，她和艾琳永遠都不可能喜歡對方，不過，她或許還有機會贏得加德納夫人的心。無論如何，這場考驗總算是過去了，安感覺鬆了一口氣。

「在所有悲傷的字句中，
最難過的是事情本來可以很圓滿。」[1]

普莉希拉傷心地掀起坐墊，一邊引用詩詞。「這塊蛋糕已經徹底失敗了，坐墊也毀了。再也別跟我說星期五是幸運日了。」

「說好週六來拜訪，怎麼可以週五就跑過來呢？」詹姆西娜阿姨說。

「我猜是羅爾搞錯了。」菲兒說。「他對安說話總是不負責任。咦，安跑哪去了？」

安已經上樓了。她有種想哭的感覺，但她逼自己擠出笑容來。拉斯帝和約瑟夫實在是太壞了！不過，桃樂絲真是個好女孩呢！

1引用自美國詩人約翰·惠蒂埃的詩《莫德·穆勒》（"Maud Muller"）。

第37章 畢業典禮

「我好想死啊，希望時間直接跳到明天晚上。」菲兒哀嚎著。

「你要是活得夠久，這兩個願望都能達成。」安淡然地開口。

「你能這麼沉著，是因爲你對哲學很拿手。可我不是啊！我一想到明天的考試，就覺得好害怕。要是我不及格，喬會怎麼想？」

「你不會不及格的啦。今天的希臘文學考得怎麼樣？」

「我不知道，也許考得很好，也許荷馬會被我氣到從墳裡爬出來。但我可是把書念到滾瓜爛熟，直到每個問題我都能寫出一套見解才罷休。等所有測考都結束了，我不知道會有多開心！」

「測考？這是什麼用詞？」

「難道我不能自創新詞嗎？」菲兒問。

「詞語不是創造出來的，是演變而來的。」安說。

「管它的，我已經隱約看到一片碧海藍天了，那裡不會再有討人厭的考試了！各位，你們能相信在雷蒙的生活就要結束了嗎？」

「我無法接受。」安難過地說。「回想起我和普莉希拉在一群新生中感到孤單寂寞的樣子，彷彿只是昨天的事而已。一轉眼，我們已經成爲在考畢業考的大四生了。」

「是強大、聰慧又可敬的四年級生。」菲兒說。「你們覺得自己有比剛進雷蒙時聰明嗎？」

「你有時候反倒像是比以前還要愚笨。」詹姆西娜阿姨毫不留情。

「阿姨，這三年來你像母親一樣照顧我們，難道不覺得我們都表現得很好嗎？」菲兒問。

「你們四個是我見過最可愛、最溫柔、最優秀的大學生。」詹姆西娜阿姨從不吝嗇讚美。

「但你們的判斷力還不足。不過這也不能強求，必須慢慢累積經驗。年輕人，這在學校裡可學不到哦！你們上了四年的大學，而我完全沒上過，但我懂的事情比你們還要多很多。」

「這世界有許多事情，不會按照規矩走，
有很多知識，在大學裡學不到，
還有很多道理，在人生中才學得著。」

史黛拉引用了這段話。

「你們在雷蒙，除了古人的用語和幾何學這些用不到的東西以外，還學了些什麼呀？」詹姆西娜阿姨發問。

「我們學到的可多著呢！」安抗議起來。

「像上次的哲學課，伍德雷教授就告訴我們：『幽默是人生最佳的調味料。笑著面對失敗與困境，再從中學習並獲得力量，努力克服難關。』阿姨，這不是很有學習的價值嗎？」菲兒說。

「是啊。當你學會該笑的時候笑，不該笑的時候不笑，就表示你已經擁有智慧和判斷力了。」

「安，那你在雷蒙的課程中學到了什麼呢？」普莉希拉在一旁小聲地問。

「我啊，」安緩緩地說。「學會把每一個小障礙視爲玩笑，大障礙則看作勝利的前兆。這就是我在雷蒙學到的道理。」

「如果要我說的話，那就得再引用伍雷德教授的話了。」普莉希拉說。「你們還記得他的演講嗎？他說：『只要我們用眼睛去看，用眞心去感受，用雙手去擁抱，就會發現這世界有很多値得我們高興且感激的事，包括男女之間的課題，以及藝術與文學的內涵。』安，我覺得雷蒙教會了我這一點。」

「從你們說的話去判斷，只要有慧根，就算是短短的大學四年，也能學習到二十個年頭所帶來的人生道理。看來，高等教育是有意義的，我以前一直對此抱持懷疑。」

「阿姨，沒有慧根的人要怎麼辦？」

「沒有慧根的人，不管在哪裡都學不到東西。就算他們活到一百歲，懂的事情也不比剛出生時多。但這不是他們的錯，只是運氣不好而已。像我們這種有點慧根的人，眞的要對上帝心懷感激啊！」

「阿姨，你能說說什麼是『慧根』嗎？」菲兒問。

「年輕人，我不會向你說明的。有慧根的人，自然會知道那是什麼，反之則永遠不會知道，所以沒有必要解釋。」

忙碌的日子一晃而過，考試也結束了。安在英國文學榮獲優等獎，普莉希拉在古典文學獲得優異的成績，菲兒的數學也不遑多讓，史黛拉則是各科都表現得十分亮眼。接下來，就是畢業典禮了。

「這就是我所謂的『人生里程碑』啊！」安一邊說，一邊把羅爾送的紫羅蘭從盒裡拿出來，若有所思地望著它們。她打算佩戴著去參加典禮，然而目光卻又飄到桌面另一個盒子上。那個盒子裡裝滿了鈴蘭花，每到六月，綠色屋頂之家前面盛開的鈴蘭花，味道也是這麼芬芳。盒子的旁邊，擺著來自吉伯的卡片。

安不知道吉伯爲何送她鈴蘭花。這個冬天，安很少見到他，聖誕假期之後，他也只來過一次「芭蒂之家」。安知道吉伯爲了拿到優等獎和獎學金，一直非常努力念書，很少參加社團活動。而安自己則是過了非常愉快的社交生活。她經常和加德納家的人見面，也和桃樂絲變成很好的朋友，所有同學都在等著她和羅爾訂婚的消息，就連安也在等。然而，在離開「芭蒂之家」前，安把羅爾的紫羅蘭扔到一旁，戴上了吉伯送的鈴蘭花。

她也說不出自己這樣做的原因，只覺得在達成宿願的這一刻，艾凡里的舊日時光與人事物，變得離她好近。她曾和吉伯一同描繪戴著畢業帽、穿著學士袍，從文學院畢業的情景。終於，這個美好的日子來臨了，從前一起編織的夢想結成了果實，而這一天，沒有羅爾與紫羅蘭的立足之地，這是專屬於老朋友與鈴蘭花的日子。

多年來，安一直盼望著這一天，然而夢想成真以後，最讓她印象深刻的，卻不是校長替她撥穗、頒發畢業證書的那一刻；不是吉伯看見安佩戴鈴蘭花時，眼神一閃而過的光亮；不是羅爾在講台上與她擦肩而過時，投射過來的心痛與不解；也不是艾琳居高臨下的祝賀，或者桃樂絲熱情的祝福。而是一種難以解釋的痛苦，它破壞了安期待已久的日子，留下某種微弱卻揮之不去的苦澀滋味。

那天晚上，文學院舉辦了畢業舞會。安把慣用的珍珠項鍊扔到一旁，轉身從行李箱拿出一只聖誕節時送到綠色屋頂之家的小盒子，裡頭有一條垂掛著粉紅色珐瑯心型墜子的金項鍊，還有一張卡片寫著「祝你幸福快樂，老朋友吉伯贈。」安回想起吉伯曾笑她是「紅蘿蔔頭」，還試圖用一顆粉色心型糖果求原諒，就不禁笑了出來。收到項鍊後，安寫了一封友善的道謝信給吉伯，但她從來沒有戴過它。而今晚，她露出夢幻的笑容，將項鍊繫上她雪白的頸項。

安和菲兒一起走路去雷蒙。這一路上，安一直保持沉默，菲兒則是嘰哩呱啦說個不停。突然間，她提起一件事：

「我聽說畢業典禮後，吉伯和克莉絲汀就要宣布他們的訂婚消息了，你有聽說嗎？」

「沒有。」安說。

「我猜是真的。」菲兒輕輕地說。

安沉默不語。黑暗中，她感到自己的臉彷彿燃燒起來，隨卽把手伸進衣領，用力將項鍊扯下後扔進口袋。她的雙手不停顫抖，雙眼更感到一陣刺痛。

這天晚上，安玩得比任何人都還要認眞，就連吉伯邀請她共舞，她也以邀約衆多爲由，堅定地拒絕了。回到「芭蒂之家」後，女孩們坐在壁爐前取暖談天，安更是說得比其他人都還要起勁。

「你們出門後，穆迪．麥克法遜有來拜訪。」詹姆西娜阿姨坐起來補充炭火。「他不知道你們去參加畢業舞會了。我覺得他的耳朵好突出，應該要趁睡覺時拿橡皮繩套住頭才對。我有一個追求者就是用這個方法，效果非常好呢！雖然這秘訣是我告訴他的，他也照做了，但他一直對我懷恨在心。」

「穆迪．麥克法遜是個非常嚴肅的年輕人。」普莉希拉打著呵欠說。「比起耳朵，他更在意重要的議題，畢竟他未來會成爲一名牧師啊。」

「好吧，上帝大概也不會去注意他的耳朵。」詹姆西娜阿姨不再對穆迪提出任何批評。她對牧師十分敬重，卽便是還沒上任的學徒也不例外。

第38章 虛幻的美好

「下週的今天，我就回到艾凡里了，光想就覺得好開心哦！」安邊說邊俯身在箱子前收拾林德夫人給的棉被。「可是換個角度想，到時候我就永遠離開『芭蒂之家』了，眞是太難過了！」

「說不定我們的笑聲會變成鬼魂，迴盪在芭蒂女士和瑪利亞小姐的夢裡哦。」菲兒想像道。

芭蒂女士和瑪利亞小姐環遊完世界後，已經準備回來了。

「我們會在五月的第二週回到家。」芭蒂女士在信中說。「看過卡納克王朝的宮殿後，再見到『芭蒂之家』大概會覺得很狹小吧，不過我也不喜歡住太大的房子，所以我很期待回家。年紀大了才出去旅行，很容易太過投入，因為知道自己能享受的日子不多了，而且這個想法會愈來愈濃烈，恐怕這趟回去，瑪利亞就不想悶在家裡了。」

「我要把曾經的幻想和美夢留在這裡，祝福下一個房客。」安依依不捨地環視起這個藍色房間。這三年來，她在這裡度過了非常快樂的時光。她會跪在窗前禱告、探出窗外欣賞松樹後方的夕陽、聆聽秋雨打在窗戶的聲音，還會迎接停留在窗檻上的知更鳥。安不禁好奇，昔日的夢是否會在房間裡縈繞不去。一個人若是離開自己曾經歡笑流淚過的地方，是否會在那裡留下無形卻又眞實存在的記憶呢？

菲兒開口：「如果人在一個房間裡經歷過喜怒哀樂，這個房間就會染上主人獨有的氣息。我相信五十年後再回到這裡，會聽見它一直對我喊你的名字。住在這裡的時光眞是美好！能夠一起談天說笑、嬉戲打鬧。六月我就要和喬結婚了，我一定會過得很幸福，可是這一刻，我眞希望雷蒙的快樂生活可以永遠延續下去。」

「我的想法和你一樣。」安說。「或許未來會有更美好的事情發生，可是像這時一樣，這麼逍遙自在的生活，也不會再有了。菲兒，這種日子不會再回來了。」

「你要怎麼處理拉斯帝？」看見這隻享有特權的貓踏進房間，菲兒好奇地問。

「我會把拉斯帝、約瑟夫和雪拉貓都帶回去。」詹姆西娜阿姨跟在貓咪後頭走進來。「他們好不容易學會和平相處，再把牠們分開太殘忍了。這對貓咪和人類來說可都不是一件容易事。」

「要和拉斯帝分開，我覺得很難過，」安遺憾地說。「可是我也不能把他帶回去。不僅瑪麗拉討厭貓，德比還可能把他整到沒命。而且我可能不會待在家裡太久，因爲『沙馬賽德中學』聘請我去擔任校長。」

「你要接受嗎？」菲兒問。

「我……還沒有決定好。」安漲紅了臉。

菲兒明瞭地點點頭。在羅爾求婚前，安自然是沒辦法做安排。不過他很快就會開口了，這點無庸置疑，而且安肯定也會說：「我願意。」

安對於自己與羅爾的狀態感到很滿意，她深愛羅爾，雖然這種愛和她曾幻想過的不一樣，可是她捫心自問，人生之事哪有盡如人意的呢？這就和童年時期的幻滅一樣，當時她總幻想鑽石會散發出璀璨的紫色光輝，長大後才看見它的光芒有多冰冷。那時，她還失望地說：「這不是我想像中的鑽石。」而即便生活會因此少了滋味，但羅爾是個好人，他們在一起肯定會幸福美滿的。

這天傍晚，羅爾登門邀請安到公園散步時，「芭蒂之家」的女孩們都知道他要向安求婚了，她們也知道——或者說她們都以爲安會說願意。

「安是個幸運的女孩。」詹姆西娜阿姨說。

「或許吧。」史黛拉聳聳肩。「羅爾人很好，但除此之外，一點特色也沒有。」

「史黛拉，你這番言論很像是在嫉妒哦。」詹姆西娜阿姨指責道。

「聽起來很像，但我沒這個意思。」史黛拉平靜地說。「我很喜歡安，也覺得羅爾很好。大家都說他們很相配，就連加德納夫人也被安收服了。他們看起來就像是天作之合，但我覺得很懷疑。阿姨，別以爲我在開玩笑。」

羅爾在與安初識的海邊涼亭向她求婚，對於他選擇的地點，安感到十分浪漫。他求婚的台詞優美得像是從求婚寶典裡抄來的一樣，整場安排完美無瑕，而且誠意十足。他的眞心毋庸置疑，過程中也沒出一絲亂子。安以爲自己會激動得全身顫抖，但她沒有，反而出奇地冷靜。當羅爾靜下來等待安的答覆時，她也準備開口說出「我願意」。然而，此刻的她卻像是站在懸崖邊一樣，顫抖著不停向後退。突然間，她腦中閃過一道光芒，這一刻，她終於明白了什麼。安抽回了被羅爾握住的手。

「我不能嫁給你，我……做不到。」她崩潰大哭。

羅爾的臉色瞬間發白，表情看起來有些滑稽。關於這一點，他也得負起一些責任，因爲他完全沒想過安會拒絕。

「這是什麼意思？」他結巴地問。

「我不能嫁給你，」安絕望地重複。「我以爲我可以……但是我做不到。」

「爲什麼？」羅爾靜下心來問。

「因爲……我沒有那麼愛你。」

羅爾頓時漲紅了臉。

「所以這兩年來，你一直在玩弄我嗎？」他緩緩地問。

「不，我沒有。」安著急反駁。唉，她該怎麼解釋才好？她實在是說不清啊。有些事情是無法解釋的。「我以爲我很愛你，眞的！但是現在我才發現，事情不是這樣。」

「你毀了我的人生。」羅爾苦澀地說。

「請你原諒我。」安傷心地請求。她的雙頰發燙，眼睛也變得刺痛。

羅爾轉過身，凝望著海的方向，當他回過頭來時，臉色再度變得蒼白。

「你一點希望也不給我嗎？」他說。

安沉默地搖搖頭。

「那麼，再見了。」羅爾說。「我不能明白，沒想到你竟然是這種女人。可是說得再多也沒用了，你是我唯一愛上的女人，至少我還能感謝你的友情。再見了，安。」

「再見。」安顫抖著說。

羅爾離開後，她在涼亭裡坐了很久，望著白霧悄無聲息地淹沒港口。這段時間，羞恥與丟臉的浪潮不停向她襲來，但是她的內心深處也有了一種重獲自由的感覺。

薄暮時分，安偷溜進「芭蒂之家」，逃命似地回到自己房間，卻看見菲兒坐在窗邊等候她。

「等一下，」安已經預料到菲兒要問什麼。「先聽我解釋。羅爾向我求婚，但我拒絕了。」

「你竟然拒絕了？」菲兒的腦袋一片空白。

「嗯。」

「安．雪莉，你是不是哪根筋壞了？」

「我沒有，」安疲倦地說。「菲兒，你別罵我，你不明白啊！」

「我眞的不明白。這兩年來，你一直讓他以爲你對他有意思，現在你竟然跟我說你拒絕他？安，你太可恥了，你這是在玩弄他的感情，我沒想到你是這種人。」

「我沒有玩弄他，一直到他求婚的那一刻，我都以爲自己很愛他，然後……我才明白我不能嫁給他。」

「我看你是爲了錢才想嫁給他，最後突然良心發現了吧。」菲兒殘酷地說。

「才沒有！我從來沒有貪圖過他的錢。唉，我也不知道怎麼跟你解釋了。」

「你就是在玩弄人家的感情。」菲兒憤怒地說。「羅爾帥氣、聰明、有錢又善良，你到底還有什麼不滿意的？」

「我想要一個生活跟我相契合的人，可他不是啊。當初我被他的外表和浪漫的說話方式所吸引，而且他深邃的眼眸，和我幻想中的一模一樣，所以我以爲自己陷入戀愛了。」

「之前我一直下不了決心已經很糟糕了，但你更過分。」菲兒說。

「我很清楚自己的心。」安反駁。「問題是我的感覺變了，我也需要從頭適應。」

「算了，跟你說再多也沒用。」

「是沒用了，我把事情全搞砸了。以後說到雷蒙，我都會想起今晚的恥辱。羅爾看不起我，你也看不起我，就連我都看不起我自己。」

「唉，」菲兒心軟了。「過來吧，讓我好好安慰你。我也沒有資格罵你，若是我沒遇到喬，我可能就嫁給亞力克或阿蘭索了。安，現實世界太複雜了，根本不像小說那樣單純明瞭啊。」

「我希望這輩子都不要再有人向我求婚了。」安一邊啜泣，一邊發自內心地說。

第39章

婚禮的籌備

回到綠色屋頂之家的前幾週，安覺得生活變得有些無趣。她對「芭蒂之家」的熱鬧生活念念不忘。去年冬天，她編織了許多美好的未來，如今卻都已埋葬在土裡。現在的她仍處於自我厭惡的情緒中，暫時沒辦法再做任何美好的幻想。她也發現，有夢相隨的孤獨才壯麗，沒有夢想的孤寂一點也不讓人陶醉。

自從在公園的涼亭與羅爾分手後，他們再也沒有見過面，不過在安離開金斯泊以前，桃樂絲有來找她。

「很遺憾你沒有嫁給羅爾。」她說。「我本來很期待你成為我的嫂子，但你的選擇是對的，跟他在一起會被無聊死。我很愛羅爾，他既溫柔又體貼，可他一點也不有趣。他看起來應該是個條件完美的人，可惜他不是。」

「桃樂絲，我們的友情不會因此受影響吧？」安傷心地問。

「當然不會啊，像你這麼好的朋友，放棄多可惜啊。就算當不成家人，還是要當朋友啊。你也用不著擔心羅爾，雖然他現在的心情很糟糕，我每天都得聽他抱怨，但他很快就會走出來的。他每次都這樣。」

「每次？」安的語氣變了。「他以前也這樣過嗎？」

「對啊。」桃樂絲直白地說。「有過兩次。那時候他也是瘋狂對我發牢騷，不過那兩個女生不是拒絕他，只是跟別人訂婚而已。當然他也說過，認識你之前，他沒有眞正愛過一個人，以前都只是不成熟的迷戀而已。可是你眞的不用太擔心他。」

安決定不再爲羅爾擔心了。她覺得鬆了一口氣的同時，又感到有些憤怒。畢竟羅爾曾對她說過，自己是他唯一愛過的女人，沒想到竟然不是。不過這樣也好，這代表她的拒絕不可能毀了他的人生。他喜歡過別的女子，而且從桃樂絲的說法看來，他已經很有經驗了。安對於人生的幻想又破滅不少，她開始覺得人生變得好空洞、好乏味。

這天傍晚，安一臉傷心地回到綠色屋頂之家。

「瑪麗拉，『白雪女王』怎麼不見了？」

「我就知道你一定會難過。」瑪麗拉說。「我也是。那棵樹從我小時候就存在了，可惜它被三月的一場強風給吹倒了，連樹幹中間都腐爛了。」

「我會想念它的。」安悲傷地說。「沒有『白雪女王』，我的房間就不再一樣了。以後往窗外看去，都會覺得很失落的。而且我這次回家，黛安娜已經不在這裡，沒有辦法迎接我了。」

「黛安娜已經有別的事要操心囉。」林德夫人意味深長地說。

「跟我說說艾凡里的近況吧！」安坐在門前階梯上，夕陽在她頭髮上灑下金黃色的光輝。

「該說的都寫信告訴你了。」林德夫人說。「不過你還不知道賽門．佛列傑上星期摔斷腿的事吧？這對他家人來說是件好事，否則只要那脾氣古怪的老頭在啊，他們什麼事都做不了。」

「他的家人脾氣都很古怪。」瑪麗拉說。

「何止是古怪？他母親以前在禱告會上，還經常站起來大講孩子們的缺點後才為他們禱告。她這樣做當然就把小孩子給惹毛啦，然後行為就變得變本加厲。」

「你還沒跟安說琴的事情呢。」瑪麗拉提醒她。

「哦！琴啊，」林德夫人嗤之以鼻地說。「她上禮拜從西部回來啦，而且準備要嫁給溫尼頓的百萬富翁了。」安德羅斯夫人一逮到機會，就拿著這件事到處說嘴。」

「哇！我真為她高興。」安誠心地說。「她值得擁有幸福。」

「唉，我也不是說琴不好，她是個好女孩，但她根本就不是那個階級的人物，再說那個男人除了有錢之外，沒有半個優點。安德羅斯夫人說他是英國人，因為挖礦而致富，但我猜他肯定就是個美國佬。不過他的確是很有錢，不久前買了好多珠寶首飾給琴，而且她的訂婚戒指上有一顆很大的鑽石，戴在她肥胖的手指上啊，看起來就像一塊石膏一樣。」

林德夫人的語氣免不了有些不甘心。琴這麼平凡無奇，竟然也能和百萬富翁訂婚？反倒是安，不論窮的有錢的，竟然沒有半個向她求婚。最重要的是，安德羅斯夫人吹噓的嘴臉，實在是讓她難以忍受啊！

「吉伯在學校都在做什麼？」瑪麗拉問。「上星期看到他回來，整個人變得又蒼白又消瘦，我差點就認不出來了。」

「這個冬天，他一直在拚命讀書。」安說。「他在古典文學獲得優等獎，還拿到庫柏獎學金。那個獎學金已經五年沒有人拿到了，所以他應該是太累了。我們都準備得很辛苦。」

「反正你現在是文學士了，琴就不是，她也沒有這種能耐。」林德夫人總算有一點滿足了。

幾天後的傍晚，安去拜訪琴時，她正巧到夏洛特鎮去「訂製衣服」了。安德羅斯夫人對安談起這件事時，語氣裡盡是得意。「艾凡里的裁縫店對琴來說，檔次太低了。」

「我有聽說她的好消息。」安說。

「是啊，琴雖然不是文學士，但她發展得很好呢！」安德羅斯夫人的下巴抬得老高。「她的英國人夫婿有好幾百萬的身家，之後他們要去歐洲度蜜月。回來以後，就要在溫尼頓的大理石豪宅定居了。只是有一個問題，那就是琴對做菜很拿手，偏偏她丈夫不讓她做，因爲他太有錢了，家裡都直接請廚師來做飯。他們準備在新家請一名廚師、兩名女傭、一名馬車夫和一名男管家。安，那你呢？你也大學畢業了，怎麼都沒聽說要結婚啊？」

「喔！」安笑了。「我準備要孤獨終老啦，因爲我實在找不到適合我的男人。」安很調皮，她刻意提醒安德羅斯夫人，自己曾拒絕某人的求婚。不過，安德羅斯夫人馬上就反擊了。

「我發現太挑的女孩子啊，很容易沒人要的。對了，我聽說吉伯已經跟某個史都華小姐訂婚了，這是怎麼一回事呀？查理．史隆還說她是個大美人呢！這是真的嗎？」

「我不知道他們是不是訂婚了，」安十分沉著地回答。「不過史都華小姐是個非常漂亮的女孩子。」

「我本來還以爲你會和吉伯在一起呢。」安德羅斯夫人說。「安，你要是再不好好把握，機會就會從你的指縫間溜走哦。」

安懶得再和她鬥下去，對方現在可是手持戰斧在與她比劍呢。

「既然琴不在，」安高傲地起身。「我就先回去了，下次再過來拜訪她。」

「好啊。」安德羅斯夫人表現出熱情的模樣。「我們的琴不是傲慢的人，她還是很希望跟老朋友繼續來往，她一定會很高興看到你的。」

琴的富豪未婚夫在五月三十一日抵達，然後以華麗又高調的方式將她帶走了。林德夫人瞧那英國佬已經四十歲，個頭矮小，身形乾瘦又頭髮花白，心裡平衡了許多。她在列舉他的缺點上，可是一點都沒留情呢。

「我看他那樣子啊，就算花光全部的財產，也沒辦法變得好看。」林德夫人用力地批評。

「他看起來很親切、很善良啊。」安袒護她的朋友。「而且他一定深愛著琴。」

「最好是！」林德夫人輕蔑地哼聲。

*

一週後，安來到波林布洛克擔任菲兒的伴娘。這天，新娘菲兒打扮得像仙女一樣美麗，喬納斯的臉上也散發著幸福的光芒，沒有半個人覺得他長得不好看。

「我們要去伊凡吉琳之地[1]享受蜜月時光。」菲兒說。「然後回到巴達森街定居。我的母親很反對，她覺得喬的教堂最少也要在一個體面的地方，可是只要有他在，荒涼的巴達森街也會變成漂亮的玫瑰花園。安，我幸福到心都痛了呢。」

安總是替朋友的幸福感到高興，但是被不屬於自己的幸福包圍，有時也令她感到寂寞。回到艾凡里後，同樣的場景再次出現。這一次，黛安娜坐在剛出生不久的孩子旁邊，渾身散發著女人的美麗光芒。安看著眼前的黛安娜，心中升起一股前所未有的敬畏感。這名皮膚蒼白、眼神喜悅的女子，真的是擁有黑色捲髮、兩頰透紅，總是跟她玩在一起的黛安娜嗎？安不禁有種被遺棄的感覺，她似乎只屬於黛安娜的過去，不管是現在或未來，都已經沒有她的位置了。

「他是不是長得很好看？」黛安娜自豪地說。

這個胖胖的小娃娃長得和佛雷德一模一樣，有張圓滾滾又紅通通的小臉蛋。憑良心講，安並不覺得他長得多好看，但他的確很可愛，讓人很想一親芳澤。

1伊凡吉琳之地（*The Land of Evangeline*），美國畫家約瑟夫．梅克（Joseph Rusling Meeker）一八七四年的畫作，其創作靈感來自於詩人亨利．朗費羅的詩《伊凡吉琳》。

「本來我想生個女孩子，這樣就能把她取名叫安了。」黛安娜說。「可是現在有了小佛雷德以後，就算拿一百個女孩給我，我也不換。他是我的心肝寶貝。」

「每個小孩都是最可愛、最棒的。」亞倫夫人說。「如果你生了小小安，你也會這麼想的。」

這是亞倫夫人離開艾凡里後第一次回來。她還是和以前一樣開朗、溫柔又體貼，大家看到她都高興極了。雖說現任的牧師太太也是個値得尊重的人，但是她與大家並沒有太深的情感。

「我等不及聽他說話的聲音了。」黛安娜嘆息道。「眞想聽他對我喊一聲『媽媽』。我也想好了，一定要讓他對我留下美好的第一印象。我對母親的第一個記憶，是我做錯事被她賞了一巴掌。我相信那巴掌是我應得的，她是個好母親，我非常敬愛她，但我眞希望那份記憶是快樂的。」

「我只記得一段關於我母親的回憶，這也是我人生最美好的記憶。」亞倫夫人說。「當年我五歲，第一次和兩位姊姊一起去上學，等到放學時，她們分別和朋友一起走，彼此都以爲我和對方在一起。可事實上，我跟著下課時認識的女孩一起跑去她家玩泥巴了。在我們玩得正高興時，我姊姊怒氣沖沖地跑來了，她大喊『你這個壞孩子！』然後一把抓住我的手，用力把我拖走。『跟我回家。你死定了！母親氣個半死，她肯定會狠狠揍你一頓。』

「我從來沒有被打過，幼小的心靈充滿恐懼。回家的路上，我第一次覺得人生好淒慘。我沒有想不聽話，只是菲米邀請我去她家玩而已，我不知道自己究竟做錯了什麼，還要被打。一回到家，姊姊就把我拖到廚房，而母親就坐在火爐邊，我的雙腳不停顫抖，所以一直站不好，沒想到母親將我抱起來，一句斥責也沒有，反而親了我一下，將我放在她胸前。『寶貝，我還以爲你走丟了。』她輕聲說。當她低頭望著我時，我能看見她的眼神散發著愛的光芒。她沒有罵我，只跟我說以後沒經過同意，不可以自己亂跑。沒多久後，母親就過世了，這是我對她唯一的記憶，是不是很感人？」

安走回家的路上，心裡的孤獨感愈發濃烈。她從很久沒從「樺樹道」和「柳樹林」走回家。這天夜晚，小路旁開滿了深紫色的花朵，空氣中瀰漫著花香，不過味道稍嫌厚重，就像是杯子盛得太滿，讓人喝得有些厭煩。「樺樹道」的樺樹已經從樹苗長成大樹了，這一切都變了。安希望暑假快點結束，等到開始工作後，日子就不會這麼空虛了吧。

「我曾走過這世界，
昔日的浪漫色彩，不復初見。」[2]

安嘆息著說。世界不如以前浪漫了，這種想法不禁讓安感到莫大的安慰。

2引用自威廉・布萊恩（William Cullen Bryant）的詩。

第40章 啓示錄

今年夏天，艾文一家回到「回聲莊」過暑假，安也跑去那裡度過愉快的三個星期。拉文達小姐一點都沒變，而喬洛特四世已經長成一名窈窕淑女了，她對安仍然十分崇拜。

「雪莉小姐，整個波士頓都沒有人能比得上你。」她直接說出心中的想法。

保羅已經十六歲，快要變成大人了。那一頭栗色的捲髮，變成褐色的短髮，對足球的興趣也勝過了幻想世界的妖精。不過他與安之間的師生情誼依然緊密，志同道合的人，不會因爲歲月的流逝而改變。

七月一個潮濕且寒冷的夜晚，安回到綠色屋頂之家。夏季的暴風雨在海上肆虐，掀起一陣波瀾。安一踏進家門，雨滴就開始拍打窗戶。

「是保羅送你回來的嗎？」瑪麗拉詢問。「你怎麼不讓他留下來住一晚呢？再晚一點，風雨會變得很大的。」

「在雨變大之前，他就回到『回聲莊』了吧。他想要回家住。我這幾天玩得很開心，不過看到你們我更高興。外面再好，也沒有家裡好。德比，你是不是又長高了？」

「你不在的時候，我又長高了整整一吋哦！」德比驕傲地說。「我現在跟謬弟一樣高了耶，是不是很棒？他以後不能再說他比我高了。安，你知道吉伯快死掉了嗎？」安渾身僵硬地看向德比，一句話都說不出來。她的臉色變得蒼白，瑪麗拉擔心她會因此昏過去。

「德比，閉上你的嘴！」林德夫人生氣地說。「安，你別難過啊！我們打算慢慢告訴你的。」

「這……是真的嗎？」安的聲音變得不像自己。

「吉伯病得很嚴重。」林德夫人的語氣十分沉重。「你去『回聲莊』度假後不久，他就得了傷寒。你都沒聽說嗎？」

「沒有。」安的聲音還是很不正常。

「他的病情一開始就很嚴重，醫生說他是操勞過度了。他們家請了專業的看護，也盡了一切努力，安，你別難過，只要他還活著，就有希望。」

「可是哈里森先生今天傍晚有去看他，說他已經沒救了。」德比說。

疲憊的瑪麗拉站起身，板著臉孔將德比趕出廚房。

「安，你不要這種表情啊。」林德夫人把手放在安的肩上。「吉伯肯定不會有事的，他可是擁有布萊斯家的優良基因啊。」

安輕輕拿開林德夫人的手，茫然地穿過走廊，走回樓上房間。她來到窗前跪下，凝視著外面的一片黑暗。雨滴打在田野上，「幽靈森林」的樹木在暴風雨的摧折下發出哀嚎，巨大的海浪用力拍打著海岸，讓空氣都跟著震動起來。這一刻，吉伯竟然快死了！

每個人的生命中都有一本啓示錄，就跟聖經一樣。這個痛苦的夜晚，安讀了她的啓示錄，在暴風雨和黑暗中，禱告了一整晚。她愛吉伯，一直都愛著他！她現在終於明白了。就像是不能砍斷自己的右手一樣，她再也不能毫無痛苦地拋下吉伯。可是她領悟得太晚了，在吉伯臨終前，她想陪伴在他身邊，卽便痛苦也好，但是已經太遲了。如果她沒有那麼盲目、那麼愚蠢，她就有資格守在他身邊了。

吉伯在不知道安愛他的情況下，就要離開了。今後的歲月將會是多麼空虛又黑暗啊！她沒辦法忍受，她做不到！安縮在窗邊，在她年輕又快樂的人生中，第一次有想死的念頭。如果吉伯沒有留下隻字片語就離開她的生命，她也活不下去了。人生少了他就沒有意義。他們屬於彼此，處在絕望深淵中的安，對此深信不疑。吉伯沒有愛上克莉絲汀，自始至終都沒有。唉，她眞是太愚蠢了，竟然看不出自己與吉伯本就相連在一起，還將對羅爾的幻想錯當成愛情。而現在，她只能爲自己的愚蠢付出代價。

林德夫人和瑪麗拉在睡前悄悄來到安的房間門口，可是裡頭一片沉默，兩人只能搖搖頭走開了。暴風雨肆虐了一整夜，但到了破曉時分便停下來。安在黑暗的邊緣看見一道曙光，沒多久，東邊山頂上照射出紅寶石色的陽光，雲朶在地平線上散開，形成一朶朶雪白又柔軟的塊狀物，整片天空也閃爍著藍色的光輝。這個世界總算沉靜下來。

安站起來，悄悄走到樓下。清新的微風吹拂過她蒼白的面頰，舒緩了她乾澀紅腫的雙眼。這時，小徑另一頭傳來一陣愉悅的口哨聲，接著，巴西飛克的身影出現了。

安突然感到一陣虛弱，若不是抓住柳樹的枝條，只怕要跌倒在地上。巴西飛克是喬治·佛列傑家的雇工，喬治就住在布萊斯家隔壁，而佛列傑夫人又是吉伯的阿姨，那巴西飛克一定會知道所有的消息。如果……消息很重大的話。

巴西飛克一邊吹著口哨，一邊大步從紅色小徑往前進。他沒看見安，安則試圖叫住他，但試了三次都喊不出聲音。眼看巴西飛克就快要走過，安才終於顫抖著叫出聲：「巴西飛克！」

巴西飛克轉頭一看，隨即露齒而笑，開心地向安道早安。

「巴西飛克，」安虛弱地說。「你是從佛列傑先生那邊過來的嗎？」

「是啊。」巴西飛克親切地回答。「昨天晚上我父親生病了，可是風雨太大我去不了，所以今天一大早就起床，打算從樹林抄近路回家。」

「你知道吉伯今天的狀況怎麼樣嗎？」安再也忍不住地問。即使是最壞的情況，也比這個可怕的懸念更容易忍受。

「他已經好多了。」巴西飛克說。「昨天晚上好轉的，醫生說他很快就會康復了。不過他差點就死了呢！他是在大學把身體搞壞的。我該走啦，我父親在等我了。」

巴西飛克又吹著口哨走了。安注視著他的背影，眼裡的喜悅驅散了昨夜的痛苦。連巴西飛克這個瘦巴巴、衣衫襤褸又其貌不揚的少年，在她眼裡都成了可愛的送信天使。以後安看見他黝黑的圓臉，都會想起他送來好消息的這一刻。

巴西飛克的口哨聲從「戀人小徑」逐漸遠去後，安站在柳樹下，感受著恐懼消失後的甜美滋味。這天早晨彷彿盛起迷霧與魅力的杯子，一旁的角落新開出帶著水晶露珠的玫瑰，大樹上的鳥兒顫著聲音輕柔歌唱，正巧與她的心情完美契合。安想起古老、真實又美妙的聖經裡，有過這麼一句話：

「一宿雖然有哭泣，早晨便必歡呼。」[1]

1出自《舊約・詩篇》30:5。

第41章 眞情時刻

「我來邀請你下午一起去重溫以前的散步時光，『再次穿越九月的樹林和種滿香料的丘陵。』」吉伯突然出現在前門拐彎處。「我們去海絲特的花園走走吧？」

安坐在石階上，腿上擺著一件薄薄的淺綠色衣裳，一臉困惑地抬頭。

「我很想去，」她緩緩地說。「可是我不行。今天傍晚就是愛麗絲．彭哈洛的婚禮了，我得把這件裙子縫一縫，等弄好之後也差不多要準備出發了。我很抱歉，我眞的很想去的。」

「那明天下午怎麼樣？」吉伯繼續問，他看起來一點都不失望。

「好啊。」

「那我得趕快回家把事情做一做，不然明天就沒時間了。今晚愛麗絲．彭哈洛要結婚了啊？安，這個夏天你已經參加三場婚禮了，分別是菲兒、愛麗絲和琴的，而琴竟然沒有邀請我，我絕對不能原諒她。」

「你要是看到他們家邀請了多少親戚，你就不會怪她了。那間房子根本容納不了那麼多人，因爲我跟琴是好朋友才受到邀請的，至少琴是這樣想啦，她母親的目的，大概是爲了讓我看看琴打扮得有多奢華吧。」

「聽說琴身上的鑽石多到幾乎快看不見她的人了，這是眞的嗎？」

安笑了，「她的確戴了很多鑽石。那些珠寶、白綢、面紗、蕾絲、玫瑰和黃花，把原本古板的琴都給淹沒了。不過她很幸福，英國先生也很幸福，安德羅斯夫人也很高興。」

「那是你今晚要穿的裙子嗎？」吉伯低頭看著那一團絨毛和褶邊。

「對啊，是不是很漂亮？我還要在頭髮插上星星形狀的花朵，今年夏天，『幽靈森林』開出了好多哦！」

吉伯的眼前突然浮現安穿著綠色褶邊禮服，露出手臂和頸項的樣子，盤起來的紅髮上還裝飾著白色的星形花朵，讓他不禁屏住了呼吸，不過他輕輕地轉身離開了。

「那我明天再來，希望你今晚玩得愉快。」

安看著吉伯大步離去的背影，嘆了一口氣。吉伯的態度很友善，事實上是太友善了。自從他病好了之後，就經常跑來綠色屋頂之家，他們之間的舊情誼也恢復了。不過安再也不能滿足於友情，因爲愛情的玫瑰讓友情的花朵變得既蒼白又無味。她不禁又開始懷疑，吉伯對她是否只剩下友情？日子回歸正常以後，那一晚的堅定也隨之淡去了。她深怕自己犯下的錯誤再也無法挽回，也許吉伯愛的人眞的是克莉絲汀，說不定他們早就已經訂婚了。安努力把這些惱人的念頭趕出腦海，思考著只有工作與抱負的未來。她可以當老師，就算不夠高尚也沒關係，而且她的小品文也開始受到編輯的肯定，這對她的文學夢想來說是個好兆頭。可是——安拿起綠色洋裝，再度嘆了一口氣。

第二天下午吉伯來的時候，發現安已經在等候了，經過昨晚的歡樂時光，今天的安看起來和黎明一樣清新，和星星一樣美麗。安穿著綠色洋裝，但不是參加婚禮的那一件，而是吉伯曾在雷蒙的歡迎會上說過很喜歡的舊洋裝。它能襯托出安的髮色、星點般的灰色雙眸與嬌嫩的肌膚。他們走在林間小路上，吉伯不時從旁邊偷看她，他覺得今天的安特別動人。安也不停偷看吉伯，大病初癒後的他，看起來蒼老了許多，彷彿把童年永遠拋在了腦後。

這天的天氣十分晴朗，路上的風景也很美麗，當他們抵達海絲特的花園，在老舊的長椅上坐下時，安還覺得有些遺憾。不過這個地方也很漂亮，就跟金色野餐那天她與黛安娜、琴和普莉希拉發現的風景一樣美。當時，遍地開滿了水仙花和紫羅蘭，而今黃花在角落燃起妖精般的火炬，藍色的紫苑花點綴著大地。小河的呼喚聲從樺樹林傳來，散發出古老的魅力；柔和的空氣中迴盪著大海的低鳴；田野邊的柵欄在夏季的陽光下，逐漸褪化成銀灰色；秋天的雲影覆蓋著連綿的山丘，隨著西風吹拂，他們一起重溫舊夢。

「我想，」安靜靜地說。「『實現夢想的國度』就在那座小山谷的藍色薄霧裡吧。」

「安，你有什麼還沒實現的夢想嗎？」吉伯問。

他的語氣隱含著某種訊息，在『芭蒂之家』果樹園的傷心夜之後，她就不曾聽過了。安的心不停狂跳，但她輕描淡寫地回應。

「當然有啊，每個人都是一樣的。我們不可能實現所有夢想，但如果沒有夢想，就跟死了沒有兩樣。哇，西沉的太陽讓紫苑花和蕨類散發出好香的氣息啊！眞希望我們不只能聞到香味，還能看得見香味，我相信那畫面一定很美麗。」

吉伯不打算轉移話題。

「我有一個夢想。」他緩緩地說。「雖然我總覺得不會實現，但我不曾放棄過。我夢想一個有壁爐、有貓狗、有朋友來訪，還有你存在的家。」

安想回應，但她說不出話。幸福像一陣浪潮，突如其來地湧向她，讓她有些害怕。

「安，我在兩年前問過你一個問題，現在我再問一次的話，你會給我不同的答案嗎？」

安仍舊說不出話，但她抬起雙眸，凝視著吉伯，眼神中閃耀著幸福的喜悅。他不需要再聽她的回答了。

兩人在花園裡散步，直到晚霞悄悄攀上天空，伊甸園的暮色大概就是這麼甜美吧。他們聊了好多，也回憶了許多過往，像是說過的話、做過的事、聽到的傳聞、有過的想法、曾經的感受與沒解開的誤會。

「我以爲你愛上克莉絲汀了。」安不滿地說，彷彿她自己沒有喜歡上羅爾一樣。

吉伯像個孩子一樣笑了起來。

「克莉絲汀早就跟她家鄉的人訂婚了，我本來就知道這件事，她也知道我知情。她哥哥畢業之後，跟我說他妹妹隔年冬天要來金斯泊學音樂，請我幫忙照顧她，不然她人生地不熟，怕她會孤單，所以我就幫忙他了，後來我也挺喜歡這個女孩的，她是我見過最善良的女生之一。我知道學校都在流傳我和她的八卦，但我不在乎。安，在你拒絕我之後，有好長一段時間，所有事情都變得沒有意義了。我從來沒有愛過別人，除了你以外，永遠都不可能有別人。打從你用石板打我頭的那一天起，我就愛上你了。」

「我不懂我在犯蠢的時候，你怎麼還能一直愛著我。」安說。

「我也想過要放棄。」吉伯坦白地說。「但並不是你說的原因，而是羅爾的出現，讓我以為自己沒機會了。可我沒辦法放棄，這兩年來，我一直以為妳會嫁給他，而且每個星期都會有人謠傳你們即將訂婚的消息，我的心情實在難以言喻，卻又不能告訴你。直到某一天我退燒時，收到菲兒．高登——哦，現在是菲兒．布雷克了——的來信，她說你跟羅爾之間沒什麼，並鼓勵我再試一次，那之後連醫生都驚訝我恢復得那麼快。」

安回以笑容，接著卻顫抖了一下。

「吉伯，我永遠都忘不了得知你快死掉的那一晚。那時候我才明白我的心，可是……我以為來不及了。」

「沒事了，親愛的。現在這一切都值得了。我們把這一天當作是這輩子最美好的一天吧，因為它帶給我們禮物。」

「這是我們幸福的誕生日。」安溫柔地說。「我一直都很喜歡海絲特的花園，今後這個地方也將變得更有意義了。」

「安，但我得請你等我一段很長的時間了。」吉伯難過地說。「還要三年，我才能從醫學院畢業，而且到了那時，我也給不了你旭日鑽石和大理石客廳。」

安笑了。

「我不要鑽石或是大理石客廳，我只要你。這一點，我跟菲兒的臉皮一樣厚。鑽石或是大理石客廳或許很好，但是少了這些，反而有更多的幻想空間啊。我也不在乎要等多久，我們一起為對方努力，一起編織美夢，一起過快樂的生活。今後都只會是幸福的美夢了。」

吉伯將安擁入懷裡，並親吻了她。夕陽下，在愛情王國加冕為國王和王后的兩人，沿著繁花盛開的蜿蜒小路，穿過吹拂著希望與記憶之風的草原，一起踏上歸途。

——《島嶼上的安》全文已完結，四部曲《安的幸福》敬請期待！

國家圖書館出版品預行編目資料

清秀佳人. 3, 島嶼上的安/露西.蒙哥瑪麗(L. M. Montgomery)原著；賴怡毓譯.
—— 四版. ——臺中市：好讀出版有限公司, 2022.06
面：　公分，——（典藏經典；11）

譯自：Anne of the Island

ISBN 978-986-178-581-3（平裝）

885.357　　110021538

好讀出版

典藏經典 11

清秀佳人3：**島嶼上的安【經典新裝版】**

原　　著／露西．蒙哥瑪麗 L. M. Montgomery
翻　　譯／賴怡毓
總 編 輯／鄧茵茵
文字編輯／林泳誼
美術設計／李靜姿、吳偉光
行銷企畫／劉恩綺
發 行 所／好讀出版有限公司
407台中市西屯區工業30路1號
407台中市西屯區大有街13號（編輯部）
TEL:04-23157795　FAX:04-23144188
http://howdo.morningstar.com.tw
（如對本書編輯或內容有意見，請來電或上網告訴我們）
法律顧問／陳思成律師

讀者服務專線：(02)23672044 / (04)23595819#230
讀者傳眞專線：(02)23635741 / (04)23595493
讀者專用信箱：service@morningstar.com.tw
晨星網路書店：http://www.morningstar.com.tw
郵政劃撥：15062393（知己圖書股份有限公司）
如需詳細出版書目、訂書，歡迎洽詢

四版／西元2022年6月15日
初版／西元2004年6月15日
定價：280元
如有破損或裝訂錯誤，請寄回知己圖書更換

Published by How-Do Publishing Co., Ltd.
2022 Printed in Taiwan
All rights reserved.
ISBN 978-986-178-581-3

填寫線上讀者回函
獲得更多好讀資訊